Coleção Melhores Crônicas

Moacyr Scliar

Direção Edla van Steen

Coleção MELHORES CRÔNICAS

Moacyr Scliar

Seleção e Prefácio
Luís Augusto Fischer

© Moacyr Scliar, 2004

1ª EDIÇÃO, 2004
1ª REIMPRESSÃO, 2008

Diretor Editorial
JEFFERSON L. ALVES

Gerente de Produção
FLÁVIO SAMUEL

Assistente Editorial
ANA CRISTINA TEIXEIRA

Revisão
CLÁUDIA ELIANA AGUENA
SOLANGE MARTINS

Projeto de Capa
VICTOR BURTON

Editoração Eletrônica
ANTONIO SILVIO LOPES

Dados Internacionais de Catalogação na Publicação (CIP)
(Câmara Brasileira do Livro, SP, Brasil)

Scliar, Moacyr
  Moacyr Scliar / seleção e prefácio Luís Augusto Fischer. – São Paulo : Global, 2004. – (Coleção Melhores Crônicas / Direção Edla van Steen)

Bibliografia.
ISBN 85-260-0946-X

1. Crônicas brasileiras I. Fischer, Luís Augusto. II. Steen, Edla van. III. Título. IV. Série.

04-5836   CDD–869.93

Índices para catálogo sistemático:
1. Crônicas : Literatura brasileira 869.93

Direitos Reservados

**GLOBAL EDITORA E
DISTRIBUIDORA LTDA.**

Rua Pirapitingüi, 111 – Liberdade
CEP 01508-020 – São Paulo – SP
Tel.: (11) 3277-7999 – Fax: (11) 3277-8141
E-mail: global@globaleditora.com.br
www.globaleditora.com.br

Colabore com a produção científica e cultural.
Proibida a reprodução total ou parcial desta obra
sem a autorização do editor.

Nº DE CATÁLOGO: **2434**

Melhores Crônicas

Moacyr Scliar

PREFÁCIO

Contista reconhecido como uma das vozes mais significativas de sua geração, romancista lido em sua língua e num punhado de outras, ensaísta de circulação relevante, Moacyr Scliar podia não ser cronista, porque já seria suficientemente escritor, artista importante de seu tempo e de seu lugar. Ocorre que há mais de 30 anos ele milita diretamente na área em que Rubem Braga é parâmetro e em que, ao que tudo indica, o Brasil se expressa com muita adequação, destacando-se entre os países modernos neste particular. Scliar estava merecendo esta reunião de crônicas, para figurar com nitidez na galeria dos cronistas brasileiros.

De certa forma, todo cronista é um anacrônico, um velho sábio, e um marginal, um deslocado, metaforicamente falando; isso porque todo cronista precisa considerar as coisas que colhe na vida diária, e que serão o combustível de sua escrita, como quem as estranha, as olha de longe, de cima, de fora – e portanto panoramicamente, como quem pode servir-se da experiência larga para ajuizar sobre o valor das coisas singulares do dia, e do estranhamento radical para enxergar o tamanho relativo das mesmas coisas.

No caso de Scliar, estamos diante de um sujeito com todas as credenciais para a tarefa cronística. Já não é o rapazinho porto-alegrense que sonhava remotamente em ser escritor – nasceu em 1937, ano que já penetra, para os olhos de 2004, no reino do provecto, senão do improvável –, e por outro lado sua profissão de formação, a Medicina Social, que se ocupa com a Saúde Pública, garantiu-lhe por si só uma posição de profunda e cética distância em relação à vida real diária (cética não quer dizer indiferente, muito menos cínica, porque o cronista que é também médico, ou vice-versa, emprega necessariamente suas pequenas forças de solidariedade social na leitura e interpretação do mundo que lhe cabe testemunhar). A convivência com a doença, o sofrimento e a morte, assim como um conhecimento da realidade brasileira, veio principalmente dessa origem e está registrada em obras ficcionais, como *A Majestade do Xingu*, e não-ficcionais, como *A Paixão Transformada: História da Medicina na Literatura*.

Isso sem contar outra credencial de distanciamento crítico, a condição judaica, que em Scliar não tem nada de trivial ou secundária: compenetrado no imenso tesouro que vem da longa e pródiga tradição do "Povo do Livro", ele tem publicado relatos ficcionais, artigos e ensaios sobre o tema, com alguma ênfase no lado civil dessa cultura, em sua dimensão humanística e com seu tempero humorístico. É um tema central em sua produção ficcional, aparecendo em obras como *A Guerra no Bom Fim*, *O Exército de um Homem Só*, *O Centauro no Jardim*, *A Estranha Nação de Rafael Mendes*, *A Majestade do Xingu*.

Tudo somado, estamos diante de um caso em que as condições estruturais para a crônica estão dadas, faltando averiguar apenas a vocação específica, que existe e é bem-sucedida no caso de nosso autor, Moacyr Scliar.

Um Passeio pela Crônica

Ninguém precisa de lições para ler a crônica. Mas não custa recuperar duas ou três coisas a respeito, a começar pelo capítulo brasileiro da história desse curioso gênero literário, que tem relações com o ensaio de Montaigne e com o *essay* escrito para o jornal inglês desde o século 18. Uma boa fonte é o *Dicionário Moraes*, o primeiro da língua a nascer no Brasil. Na edição de 1844, está lá:

CHRÓNICA (do Gr. chronos, tempo): Historia escrita conforme a ordem dos tempos, referindo a elles, a épocas certas, as cousas, que se narrão; chrónica escandalosa; *discursos maledicos, historia de successos escandalosos, talvez contemporaneos. V. annaes, syn.*

Pelo que *não* está escrito no verbete, desde logo se deduz que não estava em cogitação chamar crônica ao texto de jornal que nós passamos a chamar crônica. O dado cronológico ajuda a circunstanciar algumas coisas. Se é verdade que o termo "crônica" migrou desde o domínio do relato histórico até o domínio do literário, pelo depoimento de Moraes pode-se ver que a mudança é posterior a 1850. Afrânio Coutinho, em *A Literatura no Brasil*, observa: "'Crônica' e 'cronista' passaram a ser usados com o sentido atualmente generalizado em literatura: é um gênero específico, estritamente ligado ao jornalismo. Ao que parece, a transformação operou-se no século 19, não havendo certeza se em Portugal ou no Brasil".

Do nascimento ibérico, em que designava os relatos da vida de reis, o termo guardou seu significado até um século e meio atrás. E de então em diante desenvolveu-se prodigiosamente, por motivos que aqui não serão mais que insinuados, a ponto de o gênero vir a adquirir um estatuto de impressionante hierarquia. Um leitor sensível como Paulo Rónai, entusiasmado com o gênero, chegou mesmo a cogitar na compilação de crônicas de contemporâneos seus (Ribeiro Couto, Manuel Bandeira, Rachel de Queiroz, Drummond, Rubem Braga, entre outros) "para turistas interessados e imigrantes alfabetizados"; mas desistiu. E assim explica o aborto do projeto, em *Encontros com o Brasil*:

"De fato, os viajantes sentimentais que deveriam ler a antologia com deleite e proveito iguais não sabem português. Pois, se a crônica possui alguma característica substancial, é precisamente a sua intraduzibilidade. Tão enraizada está ela na terra de que brotou [o Brasil], tão ligada às sugestões sentimentais, aos hábitos lingüísticos e à realidade social do ambiente, que, vertida em qualquer idioma estrangeiro, precisaria de um sem-número de notas de pé de página para elucidar subentendidos e alusões – e essas notas matariam outra característica fundamental, a leveza".

Assim, o termo transitou da história para a vida, num processo que trocou a relativa solenidade que cerca a narração dos fatos históricos pela relativa trivialidade que informa o fato cotidiano, na mesma medida em que veio de Portugal para o Brasil, lá tendo contribuído para estabelecer a diferenciação entre a língua portuguesa e sua matriz, a língua latina, aqui tendo contribuído para mais uma vez demarcar fronteiras entre a língua portuguesa da matriz e a da ex-colônia.

Para o mesmo Afrânio Coutinho, "a crônica brasileira propriamente dita começou com Francisco Otaviano de Almeida Rosa em folhetim do *Jornal do Commercio* do Rio de Janeiro", na precisa data de 2 de dezembro de 1852. Mas mais relevante que tal desbravador certamente foi Manuel Antônio de Almeida, cuja obra guarda mais de uma relação com a crônica, falando nisso. Estamos, nessa época, no país, nos domínios do Romantismo total e inarredável, momento que viu nascer tanto a crônica quanto o jornal em que ela se estampava. Neste sentido genético, há aqui um claro parentesco entre a nossa crônica e uma das vertentes do ensaio inglês, a do texto sobre tema doméstico e/ou de ponto de vista marcadamente pessoal. (E a palavra "ensaio", entre nós, restou cingida ao campo dos estudos críticos. Mas este é outro tema.)

Mas ainda não é aí que o termo "crônica" se estabiliza finalmente. Durante algum tempo ainda houve hesitação entre chamar àquele texto de crônica mesmo ou, alternativamente, de "folhetim". É o que se vê na obra do primeiro cronista apreciável da tradição brasileira, José de Alencar, autor que exercitou os músculos precisamente nela, para só depois desempenhar-se no romance. Sua coluna (como a chamaríamos hoje) tinha o significativo título de "Ao correr da pena", nome que já introduz a noção de um texto relativamente descomprometido, que se faz ao sabor do acaso. Depois dele, é Machado de Assis o cronista-chefe da língua brasileira. Pratica-a ao longo da vida, e cada vez melhor – hoje tem ficado clara sua excelência também neste mister. Após Machado, naqueles tempos de virada do século em que o Rio se configurava como grande cidade moderna, pelo menos dois autores merecem registro. Um deles é Olavo Bilac. Curiosidade: o poeta parnasiano sucedeu a Machado em seu posto de cronista na *Gazeta de Notícias*, a partir de 1897. A qualidade da reflexão e da consciência do autor acerca do gênero não chega a mudar muito em relação ao ponto em que Machado a colocara. O outro cronista da época, em muitos sentidos superior a Bilac, é João do Rio, pseudônimo de Paulo Barreto, figura peculiar e de alto relevo para o gênero no Brasil. Sua prática o torna próximo da fronteira entre a crônica e outras modalidades de texto, da reportagem pura e simples (que não é fácil, porém, muito menos no Brasil, de tão pouca tradição investigativa no jornalismo), senão mesmo da antropologia urbana.

Para encerrar esta vista panorâmica sobre o gênero, fiquemos com a súmula de José Paulo Paes, que em seu *Pequeno Dicionário da Literatura Brasileira* de alguma forma resume a natureza deste gênero: "Nesta última acepção [pequeno comentário publicado em jornal ou revista, acerca de fatos reais ou imaginários], que é a propriamente literária, e exclusiva, ao que parece, de nosso idioma, a crônica se confunde com aquilo que, nas literaturas de língua inglesa, se conhece pelo nome de ensaio pessoal, informal, familiar, ou *sketch*. Gênero menor, cujas fronteiras imprecisas confinam as do ensaio de idéias, do memorialismo, do conto e do poema em prosa, a crônica se caracteriza pela expressão limitada. Focaliza, via de regra, um tema restrito, em prosa amena, quase coloquial, onde repontam amiúde notas discretas de humor e sentimentalismo; o tom é predominantemente impressionista e as idéias se encadeiam menos por nexos lógicos que imaginativos. Graças a isso, estabelece-se uma atmosfera de intimidade entre o leitor e o cronista, que refere experiências pessoais ou expende juízos originais acerca dos fatos versados".

A Crônica Moderna

Na geração seguinte é que brotou o até agora mais notável cronista da língua, Rubem Braga, que sempre é citado como o único escritor a ganhar nome e prestígio literário escrevendo "apenas" crônica. Naturalmente o "apenas" corre por conta do estatuto do gênero, tido como menor relativamente aos modos clássicos de praticar a literatura – o romance, a poesia e o drama, que no mundo ocidental são as formas atuais dos grandes gêneros definidos já por Aristóteles, o épico, o lírico e o dramático, respectivamente.

Ocorre que a crônica não se encaixa em nenhum deles, tomadas as coisas a seco: nem tem ela o apetite para a narração épica de fatos ligados a uma personagem exemplar, como também rejeita o mergulho na própria linguagem para extrair imagens, sons e idéias poéticas, assim como não tem compromisso com a reprodução de ações por meio de diálogos num tempo dramaticamente concentrado. A crônica definitivamente não cabe nesse estreito cânone.

Acresce que ela é praticada no diário, literalmente – ela é impressa nos jornais, que são lidos e abandonados em seguida, da mesma forma que ela se faz com a matéria da vida real cotidiana. Pior ainda: ela é escrita em língua de dia de semana, sem pompa, com vistas ao leitor apressado e, talvez, de pouco refinamento. As três coisas evidentemente contribuem para a condição provisória da crônica, oposta, então, à aspiração de eternidade que os demais gêneros têm. Não foi por outro motivo que Antonio Candido, em comentário exemplar, disse da crônica que ela é a literatura feita sobre a vida ao rés-do-chão.

No correr dos tempos e das vocações, gente como Rubem Braga, e depois todo um conjunto agora já clássico de escritores, como Paulo Mendes Campos, Antônio Maria, Otto Lara Resende, Nelson Rodrigues, entre tantos outros, impôs uma alteração naquele enquadramento depreciativo da crônica. Tanta gente superior praticando um gênero tido como menor implica a elevação do tom da conversa, em todos os sentidos. (Aliás, o Brasil parece ser um país, uma cultura, que se compraz e se realiza em gêneros artísticos tidos como menores: a crônica, a canção popular, a caricatura, para não falar do futebol e do carnaval. Uma possível explicação: a combinação de grande vivacidade da vida real, uma natureza pródiga, muita imigração ao longo do tempo e, de outro lado, um imenso abismo social, que deixa fora do acesso às artes elevadas a esmagadora maioria das gentes – essa combinação talvez tenha gerado as condições para a destreza brasileira nos gêneros que exigem poucas letras formais mas muita criatividade. Será?)

São pelo menos dois movimentos paralelos que redefinem o tamanho da crônica na cultura brasileira. Um tem a ver diretamente com a freqüentação por artistas de talento, como os já citados ou ainda – a lista é imensa – Cecília Meireles, Marques Rebelo, Rachel de Queiroz, Fernando Sabino, Carlos Drummond de Andrade, da geração anterior, ou os atuais Carlos Heitor Cony, Aldir Blanc, Luis Fernando

Verissimo, Ivan Lessa. Que língua não se orgulharia de se ver praticada por estilistas desse talento? O outro vetor tem a ver com aquilo que Nelson Rodrigues, um filósofo da crônica, definiria como a domesticação da língua, o adestramento do português. Porque a crônica, sendo diária em todos aqueles sentidos, tem um enorme papel no amaciamento da língua, preparando-a para as capacidades superiores da cultura – a expressão dos maiores sentimentos, os mais fundos raciocínios, as enormes tristezas e subidas alegrias, os grandes problemas e as correspondentes soluções, quando há, tudo isso só pode existir por escrito pelos gênios, que acontecem sabe-se lá como, mas com a língua preparada culturalmente por várias gerações, a língua por assim dizer cultivada pacienciosamente, no sentido exato em que uma terra é cultivada para a semeadura que antecede a brotação.

Quarto Gênero Literário

Por tudo isso é que a cultura brasileira incorporou a crônica, fazendo-a viver para além da efêmera vigência do jornal diário. Levou-a para o livro, para a sala de aula, para a vida toda, como elemento relevante para entender e praticar o país e, insisto, a língua em que nos expressamos. Não apenas pelas grandes imagens, personagens ou expressões que os cronistas legaram à cultura do país – o "óbvio ululante" de Nelson Rodrigues, a "Velhinha de Taubaté" de Verissimo –, mas pelo trato diário mesmo, que resulta naquele adestramento. (Há outra palavra que merece entrar aqui, pelo sentido e pelo som – *amanhação*, o ato de amanhar a terra, quer dizer, de amansar, preparar para o cultivo. Palavra que tem dentro de si a manha, o que cabe bem para várias experiências brasileiras, isso sem falar da manhã, que também cabe aí.)

Tanto incorporamos a crônica que, no campo conceitual, seria hora de admitir uma mudança de paradigma:

dada sua estatura, a crônica lidera o que poderia ser um quarto gênero literário, irmão do épico, do lírico e do dramático. Gênero que incorporaria uma enorme quantidade de textos aparentados da crônica que, meio zumbis de si mesmos, andam por aí, na vida, desempenhando seu papel mas sem repousar em nenhum escaninho do cânone literário. Gênero que traz em si algo do épico porque conta histórias, algo do lírico porque quer a expressão sublime da subjetividade, algo do dramático porque mergulha diretamente na vida, e é mais que a mera justaposição dessas marcas. Gênero praticado na forma de ensaios, cartas, memórias, aforismos, biografias, prefácios – e especialmente crônicas. Todos eles textos não diretamente ficcionais, escritos com a mesma voz que o autor usa como cidadão civil, para relatar e comentar a vida real.

E aqui temos a equação conceitual para trazer de volta ao palco nosso cronista, Moacyr Scliar. Praticante do gênero há mais de três décadas, faz conviver sua vocação de ficcionista – no conto, na novela e no romance – com a de ensaísta, biógrafo e cronista. Nesta faceta, que é aquela que justificaria o mencionado Quarto Gênero, encontraremos mais diretamente o dia-a-dia: a vida familiar naquilo que ela tem de imediato; a dura prática da medicina social, que não tem horário para exigir a presença e a preocupação do médico (há anos Scliar tem uma coluna semanal, no jornal *Zero Hora*, sobre temas ligados à saúde); a experiência da viagem acontecida ainda esses dias, a leitura do livro recém-saído, a audição do concerto acontecido logo antes, a presença ao filme lançado. Quer dizer: na ficção, curta e longa, temos o escritor ocupado dos temas de maior transcendência – a identidade de uma geração, as mazelas da imigração, o destino das cidades –, ao passo que na crônica lemos o escritor ocupado da vida miúda, que se faz dos pequenos gestos. A vida como ela é, na boa frase de Nelson Rodrigues.

O Cronista Moacyr Scliar

Como os maiores cronistas, Scliar está regularmente no jornal, oferecendo sua cota de adestramento (amanhação) da língua ao serviço geral da cultura brasileira, a partir de suas convicções e sonhos, com a matéria da vida diária. E como ele pratica sua crônica?

Sem pretensão a qualquer palavra definitiva, vamos tentar alguma aproximação. O melhor começo talvez seja considerar, como já mencionado, a larga experiência, que começa se manifestando na linguagem direta, enxuta, a serviço das idéias que a crônica veicula. Praticar a crônica em jornais importantes, de Porto Alegre, a terra de nascimento e de eleição para viver, e de São Paulo, a metrópole nacional de nossa época, e por anos a fio, implica intimidade com o gênero. Naturalmente aprende-se com o tempo, aprimora-se a mão e a sintaxe, o olho crítico e a adjetivação; mas a alma do cronista e comentador tende a ser uma só, do começo ao fim.

Qual alma? Como dito antes, Scliar olha o mundo a partir de sua personalidade, de suas circunstâncias, de suas limitações, como qualquer outro. Mas há singularidades notáveis, a começar de sua qualificação profissional, a Medicina Social, que o traz para dentro de uma larga tradição de médicos-escritores, o torna íntimo da vida de sanitaristas como Osvaldo Cruz, sobre quem escreve *Sonhos Tropicais*, e, mais precisamente, lhe proporciona um excepcional ângulo de observação da vida humana e tem rendido inúmeras crônicas, algumas já reunidas em livro. A segunda singularidade, também atrás mencionada, é a condição de filho de imigrantes judeus – a experiência do deslocamento, da convivência com outra língua no ambiente familiar, da percepção aguda das coisas circunstantes.

Experiente, aparelhado de visão particular pelo lado médico e pelo judaico, visão que permite a leitura crítica e muitas vezes o ângulo irônico, quando não humorístico, Scliar ostenta ainda, em sua obra, um apreciável traço ensaístico, que talvez venha da prática do texto científico, mas pensado e escrito nos termos da melhor comunicabilidade, assim como da vocação intelectual para o comentário erudito e informado, a que falta sempre, e ainda bem, a pedanteria, o tom professoral, a pretensão à sentença definitiva. Como se pode observar em sua larga bibliografia, Scliar escreve ensaios de interpretação da realidade imigrante, da vida médica, da cidade, da literatura. Algum traço intelectual dessa área certamente vaza para o âmbito da crônica em sentido estrito.

O lado ficcionista, o mais notável do conjunto de sua obra, também aparecerá com força na prática da crônica. Não bastasse ser ele um admirador de Kafka, não bastassem seus consagrados contos curtos e alegóricos, à maneira do escritor tcheco, não bastassem ainda certos enredos imaginativos com que constrói romances como *O Centauro no Jardim*, Scliar ainda resolve reinventar um tanto da natureza da crônica, como tem feito já há alguns anos, colhendo notícias reais saídas no jornal a partir das quais inventa enredos que são, a um só tempo, crônicas diretamente empenhadas no flagrante da vida diária e relatos narrativos vizinhos do conto, muitos dos quais contados segundo ponto de vista fantástico.

Scliar, assim, contribui para borrar mais uma vez os limites entre a crônica e os demais domínios da literatura. E isso é bom, porque ajuda a arejar a linguagem, contribui para aquele adestramento da linguagem brasileira, oferece leituras novas e criativas da vida. É um gosto ler sua crônica por tudo isso e por ainda outro traço, que de propósito ficou para o fim: é que o cronista Moacyr Scliar é, literariamente, o mesmo cidadão republicano, democrata, esclarecido, iluminista, progressista, entusiasta da cultura e da educação para todos, que ele é na vida civil. Sua crônica proporciona ao leitor a agradável sensação de compartilhamento, que temos ao conversar com um parceiro, um companheiro de convicções, um amigo – o mesmo amigo disponível que, posso garantir, Moacyr Scliar é na vida real.

CRÔNICAS

TIPOS HUMANOS

O PICARETA

*U*ns estão por cima, outros por baixo. Às vezes os que estão por cima descem e os que estão por baixo sobem. O intelectual afunda, o técnico emerge. O artista desce, o empresário sobe. Mas, e os que estão no meio, nos interstícios? Destes, pouco se fala: dos que se movem por canais estreitos, por veredas sinuosas; dos que se equilibram precariamente. Do picareta, por exemplo. Não há como a linguagem do povo para esculpir uma palavra à imagem exata de sua conotação. *Picareta*: o termo é perfeito para designar o tipo. Nenhum outro instrumento ou ferramenta serviria para o apelido. Martelo? Não extrai nada, o martelo. A torquês é capaz de extrair um prego, mas desde que a cabeça esteja aparecendo; a pá retira terra aos montes, misturando tudo. A picareta é que vai ao lugar exato, tira aquilo que parecia impossível tirar. Seu ponto de aplicação é perfeitamente definido; seu golpe, vigoroso. Foi uma picareta que matou Trotsky (felizmente os *picaretas* de hoje são menos sanguinários).

A única coisa errada com a palavra é o gênero. Deveria ser masculino, já que a maioria dos *picaretas* são homens; a estes compete, por enquanto, cavar a vida. São eles que têm de saltar da cama de manhã, sobressaltados, se perguntando, atordoados, quem são, o que pretendem, e onde o conseguirão; são eles que têm de tomar café ligeiro e se vestir.

Vestir-se – aí começa o ritual. Um *picareta* não pode se apresentar mal. Nem bem demais. Não tão sóbrio que pareça retrógrado, nem tão colorido que aparente leviandade. Tais os parâmetros que regulam a cor da camisa e da gravata, a largura da lapela do casaco, a altura do salto dos sapatos. Independente disto, há um acessório que o *picareta* carrega sempre: uma vistosa pasta. Pasta todo o mundo tem, a diferença está no conteúdo. Em sua pasta, o *picareta* leva prospectos memoriais descritivos, contratos em branco, promissórias, papel timbrado, muitas canetas, cigarros americanos e pastilhas de hortelã (mau hálito, o grande inimigo).

Com este equipamento o *picareta* lança-se à aventura do cotidiano, cujo cenário é, em geral, o centro da cidade. Durante horas o *picareta* palmilhará ruas, subirá e descerá por elevadores, encontrará dezenas de amigos e conhecidos, tomará centenas de cafezinhos, fumará milhares de cigarros e sobretudo falará; falará sobre negócios de milhões, envolvendo poderosos grupos e interesses multinacionais. E neste contexto oferecerá à venda carnês, ou idéias, ou títulos, ou ações. Qualquer coisa, porque uma das características do *picareta* é ser inespecífico. Evolui com desenvoltura por muitas áreas de atividade – o que o distingue do técnico. À diferença do intelectual – que embora abarque com o olhar amplos horizontes tem de pairar no limbo à espera de que alguém o chame – o *picareta* tem os pés firmemente apoiados na terra. Sabe muito bem que no final das contas toda papagaiada pode e deve ser traduzida em cruzeiros – e acredita nestes, embora não desacredite totalmente de sua própria conversa. O *picareta*: um visionário, um cínico? Talvez ambas as coisas. De qualquer maneira um teimoso: não volta para casa sem ter amarrado alguma coisa, sem ter montado um esquema, sem ter participado numa composição de forças.

Quando volta para casa – noite fechada – vem desfeito, a gravata torta, a boca amarga. Entra, atira a pasta a um canto, joga-se na poltrona; levanta-se apenas para comer, sem apetite, e volta para a frente da TV. Assiste ao jornal (precisa estar a par do que se passa no mundo), ao programa humorístico, à novela, ao filme. Lá pelas tantas adormece. Sonha com a infância: é menino, corre de pés descalços pelo campo – sem gravata, sem pasta, corre pelo prazer de correr.

Acorda com frio. Desliga o televisor, arrasta-se para a cama. Deita-se ao lado da esposa que ressona. Tem mais algumas horas de sono. Logo o despertador tocará. Ao lado da cadeira a pasta o espera, imóvel.

O INTERINO

O interino é exatamente isto, um interino. Híbrido e sibilino, pragmático e circunspecto, o interino é sempre cordial, muitas vezes trivial, mas nunca chega a ser venal – por falta de tempo? De ocasião? Mistério. O coração do interino tem razões (mas só no ventrículo esquerdo e na aurícula direita – o interino nunca ocupa as quatro cavidades cardíacas) que a própria razão desconhece. Na dura realidade da interinidade se origina a melancolia da verdadeira sabedoria: *sic transit gloria mundi*, murmura o interino, veraz, ainda que fugaz. A cátedra e sua vitaliciedade, a Academia e sua imortalidade, a glória da Eternidade, nada disto está ao alcance do interino. A ele está reservada a fração de minutos, os quartos-de-hora, os solstícios e os equinócios, os interstícios e os solilóquios. O interino é a sístole, mas não a diástole, a expiração mas não a inspiração. O interino aspira a desaparecer: como a primeira pomba, mas sem o fragor da bomba. Como a neblina que se desfaz, lá se vai o nosso rapaz.

Questões: quem é que ocupou o lugar do Senhor quando Ele, no sétimo dia, foi descansar? Quem é que fica tomando conta da situação, depois que o último apaga a luz e sai? Quem é que ficou em Marte, quando toda a vida de lá desapareceu? Quem é que administra o limbo? No meio do caminho da nossa vida, quem é que achamos?

Relatos. No primeiro Congresso dos Interinos recentemente realizado numa cidade de barracas provisoriamente armadas no deserto de Gobi, ninguém apareceu. É que os interinos mandaram seus interinos, e estes mandaram outros interinos e assim por diante – até agora os interinos estão se substituindo uns aos outros, a esta altura com tal velocidade que nenhum interino permanece como tal mais que meio segundo.
Não é comigo. Volte amanhã. Procure o responsável. O senhor tem certeza que o apêndice é do lado esquerdo? – perguntou o paciente ao cirurgião. Este não estava bem certo; era interino. Mas o paciente não tinha mais apêndice; também ele era um interino.
Um prisioneiro político se evadiu e deixou em seu lugar um interino. No mesmo dia este foi chamado: era a data da execução. O interino enfrentou com um sorriso o pelotão de fuzilamento: de certo usarão balas de festim, pensou. Estava enganado; e assim, de preso interino se transformou em mártir titular. Mesmo os interinos têm seus momentos de glória.

OS EMERGENTES

Enquanto boa parte da população brasileira afunda em dívidas, no desespero ou em ambos, uma nova classe surge, triunfante: a dos emergentes. São as pessoas que estão na crista da onda, na mídia, nos negócios, na vida social, na política. Pessoas que fazem render aqueles 15 minutos de fama a que, segundo Andy Warhol, todos terão direito um dia. Os emergentes não são necessariamente simpáticos, ou inteligentes ou mesmo agradáveis. E isso porque emergir é uma tarefa árdua. Não é uma misteriosa corrente submarina que traz o emergente à tona; não, é o esforço, o trabalho braçal e sobretudo o trabalho dos cotovelos – é preciso conquistar espaço, à força, entre os muitos que lutam por um lugar ao sol do sucesso. Quando se fala em emergentes, muitos são os atraídos pelas luzes da celebridade – e poucos são os bem-sucedidos.

Agora: emergir é uma glória. O emergente está sempre feliz; feliz, não, eufórico. Emergente ri à toa; é só haver uma lente fotográfica por perto e pronto, um sorriso invade sua face, e lá estão os dentes, às vezes com próteses precárias, recordações da época pré-emergência.

O emergente tem do que rir. E não é só por causa da celebridade; é pela grana também. Emergente, no Brasil, ganha muito dinheiro. É a nova riqueza que surge e que, diferente da riqueza tradicional, não está ligada à terra ou a empresas. Não, o emergente enriquece pela simples razão de que ele é emergente, e o mercado ama emergentes. Por uma piadinha sem graça dita na tevê o emergente ganha mais do que um operário num ano de trabalho. Agora: o emergente paga um preço pela fama e pela fortuna. O emergente tem medo, tem um secreto terror que, às vezes, o faz acordar no meio da noite gritando. O emergente teme submergir. Teme voltar para o fundo escuro e lodoso de onde saiu, povoado por estranhos e silenciosos monstros marinhos que, desprovidos de olhos, não podem ver o emergente e muito menos aplaudi-lo. Como o profeta Jonas, o emergente sente-se perseguido por um peixe enorme que um dia vai engoli-lo e levá-lo, não para uma praia distante, mas para as profundezas.

Enquanto isso não acontece, porém, o emergente se diverte. É Nero tocando harpa enquanto Roma incendeia? É Maria Antonieta dando uma festa? É o último baile da Ilha Fiscal? Ao emergente não importa. Desde que a festa seja notícia, e desde que ele esteja na capa de uma revista qualquer, tudo bem, tudo ótimo. Emergir ou não emergir, eis a questão. O resto é silêncio.

O BLOCO DOS CONTENTES

Não sei dizer exatamente quando, nem a propósito de quê, surgiu no Brasil a expressão Bloco dos Contentes, mas depois que surgiu tem-se mantido com razoável persistência, emergindo aqui e ali no comentário de um colunista mais irônico. A verdade é que Bloco dos Contentes, como expressão, sintetiza muito bem um comportamento típico de nosso país, a começar pela palavra Bloco, tão carnavalesca. Quanto aos Contentes, mudam com a época e com o tempo, mas são sempre identificáveis, e não apenas pelo sorriso radiante que mostram nas fotografias, um sorriso do qual a foto de Gilberto Mestrinho é um exemplo típico, como também pelo modo de agir e de levar a vida (Contentes fazem isso, eles levam a vida, e muito bem).

Quem são os Contentes? Em primeiro lugar, é preciso dizer quem eles não são. Os Contentes não são os Ufanistas, aqueles que, no passado, fizeram do livro do Conde Afonso Celso, *Por Que Me Ufano de Meu País*, a sua Bíblia e seu manifesto existencial. Os Contentes não são patriotas fervorosos, ao contrário. Patriotas – mesmo ufanistas – muitas vezes sofrem, e se há coisa que os Contentes detestam é sofrer: para eles, a vida é sempre boa. E é sempre boa porque sabem como agir numa conjuntura difícil como a nossa. Os Contentes estão por dentro, os Contentes têm contatos, os Contentes sabem das coisas. Os Contentes são assim com os homens – os Contentes conhecem bem quem são os homens, sabem seus nomes, os nomes de suas esposas, os pratos que apreciam, o time para o qual torcem. Por causa disso, os Contentes sempre ganham, nunca perdem. Eles sabem com quem falar para conseguir as bocas. Sabem quando entrar na Bolsa e sair dela, sabem quem está subindo e quem está caindo em desgraça. Se há governo, os Contentes estão a favor, e sempre antecipando grandes sucessos. Os Contentes evitam os Fracassomaníacos que, sabidamente, dão azar e estragam o champanha que gostam de saborear. Os Contentes estão em cima do muro? Não. Jamais ficariam numa posição de tal visibilidade. Os Contentes ganharam a concorrência para construir o muro, o que lhes deu uma boa grana.

Não perguntem a um Contente se ele é feliz; felicidade é uma coisa, contentamento é outra. Talvez os Contentes tenham pesadelos, talvez sejam assaltados por súbitas inquietações, talvez se interroguem, angustiados, quanto à possibilidade de câncer. Mas isso não os impede de continuar Contentes. Câncer? Eles conhecem um cara no Exterior que tem um remédio infalível e que só vende para – bem, só para Contentes.

A CASA NA ÁRVORE

Desempregado monta casa em árvore para fugir da "agitação".
Cotidiano, 28 de novembro de 2001

A história do homem que tinha instalado sua casa numa árvore espalhou-se rapidamente e acabou gerando uma espécie de intrigante movimento: em todo o país, pessoas – jovens de classe média, principalmente – deixavam apartamentos confortáveis e até mansões, procuravam árvores e nelas passavam a morar. O povo das árvores, como se autodenominavam, dispunha até de uma estação de rádio, instalada em um grande jacarandá em Porto Alegre; dali, notícias e dicas chegavam a todos os lugares.

Sílvia foi das primeiras a aderirem ao movimento. Filha mais moça de pais ricos, garota revoltada, ela viu naquilo a maneira de expressar a sua desconformidade. De modo que localizou uma árvore – não na cidade, mas nos arredores –, e nela, com ajuda de amigos (que também lhe traziam comida e outras coisas de que necessitasse), se instalou.

Os pais quase enlouqueceram. Sílvia havia saído de casa sem nem sequer dizer para onde se dirigia; o bilhete falava apenas em "uma árvore solitária no meio do campo". Depois de muito procurar, conseguiram finalmente descobrir onde estava a tal árvore. Foram até lá, e o que viram deixou-os consternados. Na enorme árvore, Sílvia tinha, sim, construído uma casa, mas era uma coisa muito precária, feita de galhos. E pensar que esta menina foi criada com todo o conforto, disse a mãe.

O pai chamou por Sílvia. Ela meteu a cabeça pela abertura da cabana e, de maus modos, perguntou o que queriam. Falar com você, respondeu o pai. Eu não quero falar com ninguém, disse ela, quero ficar aqui na minha árvore, longe de pessoas hipócritas como vocês. Mas os pais insistiram tanto – a mãe, em lágrimas – que ela acabou concordando. Sim, conversaria com eles. Com uma condição:

– Vocês têm de subir até aqui. Ao chão eu não vou descer. O pai, perplexo, disse que não tinha condições de subir na árvore.

– Pois então não falarão comigo – replicou Sílvia. – Se vocês me amam como dizem, darão um jeito de subir nesta árvore.

De nada valeram os pedidos, as súplicas: a garota mostrava-se irredutível. Por fim, impaciente, disse que fossem embora: estava na hora de escutar a rádio do povo das árvores.

Os pais estão agora fazendo um curso sobre como subir em árvores. Apesar da idade e das limitações físicas, progrediram bastante. Mas o pai suspeita de que o treinamento vá ser inútil. Quando, finalmente, estiverem em condições de subir na árvore de Sílvia, ela já terá trocado a casa por um outro lugar qualquer. Uma caverna no Afeganistão, talvez.

O AMOR QUE OUSA DIZER SEU NOME (E EXIGE CAMA DE CASAL)

> Hotel é acusado de discriminar *gays*: estabecimento não teria deixado advogado e companheiro dividirem cama de casal.
> *Cotidiano*, 21 de novembro de 2001

Para o porteiro do hotel, eles até que nem pareciam gays: dois senhores distintos, um de camisa esporte, o outro de terno e gravata. Quando, porém, dirigiram-se à portaria e pediram um único quarto para ambos, ficou mais ou menos evidente a sua orientação sexual – e configurou-se o problema. Naquele momento só estavam disponíveis quartos com cama de casal. O homem de terno e gravata disse que não fazia mal, que aceitavam um aposento nessas condições, mas o encarregado da portaria, muito embaraçado e escolhendo cuidadosamente as palavras, explicou que não poderia recebê-los: dois homens em uma mesma cama, isso violava o código de conduta da casa. Ofereceu-se para verificar se havia vaga em outro hotel – mais adequado, na expressão dele –, mas o homem de terno e gravata irritou-se: de maneira nenhuma, queria um quarto naquele hotel e iria obtê-lo de qualquer modo.

Àquela altura a discussão já havia atraído a atenção de pessoas que estavam no saguão, de modo que o rapaz optou por chamar o gerente. Veio o gerente, ouviu as partes e tentou evitar o conflito. Sim, reconhecia que as pessoas têm o direito de dormir com quem lhes aprouver e na cama que lhes aprouver. Por outro lado, os clientes precisavam entender: a direção do hotel havia estabelecido certas diretrizes – que ele, como gerente, era obrigado a cumprir. E aí saiu-se com uma solução intermediária: os dois poderiam, sim, ocupar um quarto, desde que a moral fosse preservada.

– E o que significa isso? – perguntou o homem de camisa esporte.

– Significa – disse o gerente – que precisaremos colocar alguém no quarto com os senhores. Talvez o nosso encarregado da portaria aqui...

Os dois homens consideraram aquilo uma afronta. Acabaram por ir embora.

Para o gerente aquilo encerrava o incidente. Que, no entanto, deixou seqüelas.

A partir daquele dia o encarregado da portaria começou a se portar de maneira estranha. Olhava longamente os hóspedes, conversava com eles. Uma noite desapareceu. Foram encontrá-lo de manhã, num quarto do hotel, dormindo com um cliente. Detalhe: era um quarto de camas separadas. Que eles, sem nenhum esforço, haviam conseguido juntar.

EM BUSCA DO ESQUECIMENTO

O que você gostaria de esquecer?
Folha Equilíbrio, 11 de outubro de 2001

"Doutor, estou aqui porque esqueço coisas.
Já sei o que o senhor me dirá. Em primeiro lugar, o senhor vai me consolar: é normal para uma pessoa de 70 anos esquecer coisas, afinal, você não tem o cérebro de um jovem, seus neurônios já não funcionam tão bem. Depois, e dependendo do tipo de médico que o senhor é, o senhor talvez me receite alguma coisa, alguma vitamina, algum desses chamados tônicos para o sistema nervoso. E, tendo feito isso, o senhor se levantará e, com um sorriso, o senhor dirá: 'Não se preocupe, a sua memória vai melhorar'. O senhor me acompanhará até a porta, achando que, ao menos transitoriamente, o senhor resolveu a questão.

Mas o senhor está enganado, doutor.
Eu não quero mais memória; disso desisti há tempo. Eu quero menos memória.
Não, os seus ouvidos não lhe traíram; o senhor ouviu muito bem. E eu não estou louquejando, pelo contrário. Nunca estive tão bem de cabeça. Eu quero menos memó-

ria. Memória zero é o que eu pretendo. E já vou explicar-lhe a razão desse pedido que lhe pode soar estranho.
Eu esqueço coisas, doutor. Esqueço onde deixei certos objetos, esqueço do que conversei com pessoas. Mas, por incrível que pareça, não é isso o que me incomoda. As coisas que esqueço, já descobri, não me prejudicam em nada – a esta altura da vida, ninguém precisa de mim, não sou necessário para coisa alguma, portanto não há nada que eu tenha de lembrar. Mas lembro, sim, que esqueci, e isso me inferniza a vida. Esqueci alguma coisa; não lembro que coisa é; não faz diferença lembrar que coisa é; não quero lembrar que coisa é – mas por que, diabos, tenho de lembrar que esqueci? Por que esta compulsão, nesta necessidade imperativa e absurda? Se esqueço tudo, por que não posso também esquecer que esqueci? Um esquecimento neutralizaria outro, os dois mutuamente se extinguiriam. Eu não teria lembranças, mas também não passaria por esta dor que é constatar o sumiço de tais lembranças, de coisas que desaparecem da memória como a água no ralo da pia. É isso o que eu quero: viver como se meu cérebro fosse uma folha em branco – ou uma tela de computador vazia, se o senhor quiser. Ali não há nada do passado. Ali só aparecerá o que está acontecendo. A cada instante minha vida recomeçará. Mesmo eu tendo 70 anos. Melhor dizendo: exatamente porque tenho 70 anos. É só numa idade assim que a gente pode reiniciar a existência sem nenhum compromisso com o que ficou para trás.
Eu vim aqui para lhe pedir isso, doutor.
Isso o quê?
O que foi mesmo que eu lhe pedi? Que coisa, doutor: acabei de esquecer. Isso me acontece. Aliás, tem a ver justamente com o motivo de minha consulta.
Doutor, eu estou aqui porque esqueço coisas."

NÃO NOS DEIXEIS
CAIR EM TENTAÇÃO

Ladrão é preso bêbado em igreja: assaltante não conseguiu escapar após beber vinho usado nas missas.

Cotidiano, 29 de maio de 2001

O assalto não rendeu grande coisa – um aspirador de pó e um projetor de slides, objeto para ele um tanto misterioso –, mas, considerando que se tratava de uma igreja, não dava para esperar muito mais, de modo que ele se preparou para ir embora, carregando o botim. Foi então que viu, sobre a mesa, as duas garrafas de vinho.

Uma tentação para quem, como ele, gostava demais de um trago. Poderia fazer uma festa, depois, com aquelas duas garrafas. Mas não seria muito fácil levá-las. Já estava atrapalhado com o aspirador e o projetor, objetos relativamente volumosos e pesados. Além disso, garrafa é coisa que quebra. Não, não daria para levar o vinho. De modo que, com um suspiro, optou por renunciar à bebida. Mas resolveu, pelo menos, provar um gole.

Gostou. Gostou muito. Nada parecido às bebidas que ele conhecia, caninha, cerveja. Não, tratava-se de um vinho licoroso, aparentemente muito suave. Vinho canônico, segundo o rótulo. Ele não era muito versado nesses termos, mas deduziu que "canônico" tinha algo a ver com religião. Tomou mais uns goles e aí começou a ouvir vozes. Duas vozes, para ser mais exato, as duas sussurrando-lhe coisas ao ouvido.

– Beba esse vinho – dizia a primeira voz. – É um vinho de igreja, não pode lhe fazer mal. Ao contrário, é uma bebida abençoada. E você merece, depois de todo o sofrimento pelo qual passou em sua vida.

– Não faça isso – dizia a segunda voz. – Não é o momento. Você já está complicado, pode se complicar mais ainda. Essa voz que lhe diz para beber é a voz do demônio.

– Nada disso – retornava a primeira voz. – Eu sou o seu anjo da guarda. Voz do demônio é a outra.

E assim continuou aquele intrigante diálogo, que ele ouvia bebendo. E já tinha quase esvaziado as garrafas quando foi preso. Bêbado, não ofereceu resistência.

Não se sente chateado por não ter levado o aspirador e o projetor. Afinal, com a crise de energia, quem iria querer essas coisas? O que lhe incomoda é a dúvida: não sabe qual era a voz do demônio, qual a do anjo da guarda. E, por causa disso, resolveu: nunca mais assaltará igrejas.

O REI DOS DEDOS

Comandante da American Airlines, ao ser fichado no aeroporto de São Paulo, posou com o dedo médio em riste. "É um gesto internacionalmente obsceno", afirmou o delegado Francisco Baltazar da Silva.

Cotidiano, 15 de janeiro de 2004

Sim, nós pertencemos todos à mesma mão, ao mesmo corpo. Sim, nós temos basicamente a mesma função, nós cinco. Sim, nós somos todos iguais. Mas alguns, é preciso dizer, são mais iguais. Alguém precisa se destacar, alguém precisa se impor, alguém precisa mandar, alguém precisa dizer ao resto da corja como proceder. E agora ficou claro a quem deve caber esse papel, esse posto, esse título.

Você, Polegar, não podia ter essa aspiração. Para começar você é pequeno, tão pequeno que até deu o nome para aquele personagem de uma história infantil, o Pequeno Polegar. Além de pequeno, você é humilde. Você é sempre o escolhido para dar a impressão digital. Se um analfabeto precisa assinar um documento, passam um pouco de tinta em você e fazem com que você cumpra esse desagradável serviço. Ou seja, sua existência se traduz nisso, em uma impressão.

Você, Mindinho, é pior ainda. O Polegar é ao menos grosso; você é fininho, delicado. No passado você servia para indicar aristocracia; aquelas pessoas elegantes que tomavam chá com você elevado no ar, lembra? Isso passou, nem essa função você tem mais. Você é completamente inútil, Mindinho. Inútil e fraco. Você não serve para o nosso mundo.

Você, Anular, é o símbolo da submissão. Como seu nome diz, você serve para portar o anel. Você mostra que um homem, ou uma mulher, são casados. Com isso, você tolhe a liberdade deles, você impede que possam viver grandes e excitantes aventuras. Você é um moralista retrógrado, Anular. Pior, você está com os dias contados, em primeiro lugar porque muita gente não casa mais, e em segundo, porque ninguém mais quer usar aliança.

A você, Indicador, devo certo respeito. Reconheço que você seria o único a postular alguma liderança. Porque você tem uma função importante: você aponta, você indica, você acusa. Em muitas circunstâncias você é conhecido como Dedo-Duro e isso, para mim, é uma distinção. Você é temido, Indicador, e no nosso mundo só sobrevive quem é temido.

Mas você, Indicador, não pode pretender estar à minha altura. Nem você, nem os outros. Para começar, estou numa posição privilegiada, sou o dedo central. E sou o maior dedo. Se alguma dúvida ainda existia em torno da minha liderança, ficou definitivamente afastada neste caso do piloto americano. Esse homem pensa que mostrou o dedo. Está enganado. Fui eu quem assumiu a iniciativa. Independente da vontade dele, adiantei-me, elevei-me, posei para os fotógrafos. Foi o meu momento de glória. Mostrei quem está por cima. Coloquei os subdesenvolvidos no seu devido lugar. *Up yours*, eu disse, e esta é uma linguagem que todo o mundo entende, que tem de entender se quiser viver no meu mundo. Curvem-se diante de mim, dedos. Eu sou o maioral, eu sou o chefe, eu sou o rei de vocês, eu sou o Rei dos Dedos, eu sou o Rei do Mundo.

PAIXÃO VIRTUAL

> Concurso realizado pela internet escolhe a mais bela mulher virtual. Começou na semana passada a corrida para eleger a primeira miss Digital World.
>
> *Folha Informática,* 19 de novembro de 2003

Aí está a minha chance, pensou, quando leu a notícia sobre o concurso. Criar mulheres virtuais era coisa na qual tinha prática; havia meses vinha se entregando a esse exercício solitário. Que era, de certa forma, uma compensação. Um divórcio tempestuoso deixara-o traumatizado; vivia sozinho, agora, no pequeno apartamento emprestado por um amigo, entregue a seu trabalho como *designer* independente e a sombrias ruminações sobre a existência. A perspectiva do concurso teve sobre ele um efeito mágico; fez com que se sentisse disposto, animado, excitado mesmo – como se estivesse tendo um caso.

E estava tendo um caso. Com a mulher que, aos poucos, nascia em sua mente e na tela do computador. Ele tinha uma grande coleção de fotos de jovens belíssimas, fotos que de vez em quando serviam de consolo para as suas noites de insônia. E, com a ajuda do computador, começou a criar a mulher de seus sonhos: a boca de uma, os olhos de outra, o narizinho de uma terceira. Quando terminou, viu que até mesmo os seus sonhos tinham sido superados; o rosto que aparecia na tela era deslumbrante, para dizer o mínimo. Uma mulher belíssima, certamente a mais bela mulher de todos os tempos. Ele não podia deixar de mirá-la. Às vezes, até levantava no meio da noite para ficar ali, extasiado, diante do monitor. Àquela altura, já havia desistido do concurso. Não queria repartir aquela visão maravilhosa com ninguém, nem mesmo mediante um valioso prêmio. A musa virtual era dele – e só dele. Um segredo que levaria para o túmulo.

O destino quis diferente. Uma tarde, o dono do apartamento apareceu por ali sem avisar – tinha a chave – e surpreendeu-o ao computador. Olhou a tela, aparentemente sem maior interesse, mas de repente franziu a testa:

– Espere um pouco: eu já vi essa mulher.

Onde a vira era algo que não sabia dizer, mesmo porque viajava muito; poderia ter sido em outra cidade, em outro país até. Comentou, despreocupado, aquela incrível coincidência, e depois de dizer que queria o apartamento de volta, foi-se.

Ele ficou ali, arrasado. Com uma simples frase, o amigo (amigo?) tinha destruído o seu sonho. O fato de que a mulher pudesse existir na realidade acabava de vez com todas as suas fantasias. Só lhe restava uma coisa a fazer, e ele a fez: deletou a imagem. O lindo rosto desfez-se para sempre. Uma coisa que nem Deus, em seus momentos de maior desilusão com os humanos, chegou a fazer. A verdade, porém, é que Deus não tinha computador.

O ÚLTIMO HIPPIE

Protesto na Dinamarca pede preservação de comunidade hippie. Milhares de pessoas realizaram um protesto em Copenhague neste sábado para manifestar apoio à famosa comunidade hippie Christiania, localizada na capital dinamarquesa. A multidão reunida no local protestou contra os planos do governo de construir um conjunto residencial de luxo na área ocupada pela comunidade.

Mundo Online, 30 de agosto de 2003

Os protestos foram inúteis, e o conjunto residencial começou mesmo a ser construído. Os hippies foram, pois, desalojados e acabaram se dispersando pela cidade.

Um apenas permaneceu: hábil concessão da companhia responsável pelo empreendimento, que procurava ganhar o apoio da opinião pública mantendo um hippie como residente. Era um homem idoso, que aderira ao movimento nos anos 60. A ele, pouco importava o lugar em que residisse. Queria ficar em paz, fumando sua maconha e cantarolando velhas melodias de Bob Dylan.

Mas em paz não ficaria. Tão logo o conjunto residencial foi concluído, o homem tornou-se objeto da curiosidade geral. Os moradores, sobretudo as crianças, reuniam-se em torno à precária cabana em que vivia (cuja porta estava sempre aberta) e ali ficavam a observá-lo, como se fosse um curioso animal.

A princípio, o velho hippie não deu muita importância àquela movimentação toda, aos jocosos comentários. Com o tempo, porém, aquilo começou a incomodá-lo. A seu pedido a administração do conjunto residencial construiu uma cerca que impedia a aproximação dos curiosos. Que, no entanto, não desistiam. Queriam ver o estranho morador de qualquer jeito. Um deles perguntou ao hippie quanto cobraria para permitir a passagem pela cerca.

Aquilo deu ao homem uma idéia. Já na semana seguinte, ele estava vendendo os ingressos, que, embora caros, eram disputados pelos moradores e por outros visitantes, que vinham até de longe.

O velho hippie está rico. Pouca gente sabe disso, mas ele já nem mora no conjunto residencial. Com o dinheiro que ganhou, comprou uma enorme casa num outro condomínio, este de luxo. Num carro com motorista, chega à sua cabana de madrugada, veste as suas antigas roupas e passa o dia ali, fumando maconha e cantarolando velhas melodias de Bob Dylan. À noite, depois que os visitantes se foram, regressa para sua casa, onde lhe aguarda trabalho: faz parte da direção do condomínio. Da qual é membro atuante. Recentemente propôs a introdução de um artigo no regulamento, proibindo a admissão ao local de hippies ou de quaisquer outros tipos estranhos.

TATUAGEM

Enfermeira inglesa de 78 anos manda tatuar mensagem no peito pedindo para não proceder a manobras de ressuscitação em caso de parada cardíaca.
Mundo Online, 4 de fevereiro de 2003

Ela não era enfermeira (era secretária), não era inglesa (era brasileira) e não tinha 78 anos, mas sim 42: bela mulher, muito conservada. Mesmo assim, decidiu fazer a mesma coisa. Foi procurar um tatuador, com o recorte da notícia. O homem não comentou: perguntou apenas o que era para ser tatuado.

– É bom você anotar – disse ela – porque não será uma mensagem tão curta como essa da inglesa.

Ele apanhou um caderno e um lápis e dispôs-se a anotar.

– "Em caso de que eu tenha uma parada cardíaca" – ditou ela –, "favor não proceder à ressuscitação".

Uma pausa, e ela continuou:

– "E não procedam à ressuscitação, porque não vale a pena. A vida é cruel, o mundo está cheio de ingratos".

Ele continuou escrevendo, sem dizer nada. Era pago para tatuar, e quanto mais coisas tatuasse, mais ganharia.

Ela continuou falando. Agora voltava à sua infância pobre; falava no sacrifício que fora para ela estudar. Contava do rapaz que conhecera num baile de subúrbio, tão pobre quanto ela, tão esperançoso quanto ela. Descrevia os tempos de namoro, o noivado, o casamento, o nascimento dos dois filhos, agora grandes e morando em outra cidade. Àquela altura o tatuador, homem vivido, já tinha adivinhado como terminaria a história: sem dúvida ela fora abandonada pelo marido, que a trocara por alguma mulher mais jovem e mais bonita. E antes que ela contasse sua tragédia resolveu interrompê-la. Desculpe, disse, mas para eu tatuar tudo que a senhora me contou, eu precisaria de mais três ou quatro mulheres.

Ela começou a chorar. Ele consolou-a como pôde. Depois, convidou-a para tomar alguma coisa num bar ali perto.

Estão vivendo juntos há algum tempo. E se dão muito bem. Ela sente um pouco de ciúmes quando ele é procurado por belas garotas, mas sabe que isso é, afinal, o seu trabalho. Além disso, ele fez uma tatuagem especialmente para ela, no seu próprio peito. Nada de muito artístico, o clássico coração atravessado por uma flecha, com os nomes de ambos. Mas cada vez que ela vê essa tatuagem, ela se sente reconfortada. Como se tivesse sido ressuscitada, e como se estivesse vivendo uma nova, e muito melhor, existência.

OS USOS DA INSÔNIA

Promoção feita por *shopping* vai premiar quem ficar mais tempo sem dormir. O vencedor ganhará um colchão.
Cotidiano, 5 de fevereiro de 2003

Durante anos ele sofreu de insônia. Tentou de tudo, experimentou todos os remédios, seguiu todas as recomendações, desde as mais comuns – contou rebanhos inteiros de carneirinhos – até as mais exóticas, que incluíam estranhas técnicas orientais. Nada. Simplesmente não conseguia dormir. Passava noites e noites acordado. O que dava inveja a alguns amigos. Ah, suspirava um deles, se eu tivesse insônia, quantas coisas não faria, trabalharia, leria muito mais, escreveria... Mas ele sabia que não era assim. Não havia nada que preenchesse as horas da noite, nada. Ler era coisa de que não gostava; os filmes da TV o aborreciam, e bem assim os programas de rádio. Numa época, resolveu sair para caminhar. Desistiu depois do segundo assalto. Enfim, passava o tempo amargurado. Por que Deus tinha de me castigar dessa maneira, perguntava-se.

Pensou ter encontrado a resposta quando viu no jornal o anúncio da promoção do *shopping*: quem ficasse mais tempo sem dormir ganharia um colchão. Pela primeira vez, a sua insônia representaria uma vantagem, não um transtorno. O prêmio não lhe interessava muito – de que lhe adiantaria um colchão, mesmo caro, se não dormia? – mas a simples possibilidade de responder à altura a um destino cruel já lhe satisfazia.

Foi correndo se inscrever. O encarregado disse que o número de candidatos superava o número de vagas, mas ele tanto insistiu que o rapaz ficou com pena e decidiu aceitá-lo.

Chegou o grande dia. No recinto do *shopping* destinado para a prova, uma espécie de *reality show*, reuniram-se os concorrentes. Jovens, em sua maioria. Ele olhou-os, um a um, e sorriu, satisfeito. Os insones se conhecem, e ali, disso estava seguro, não havia ninguém com dificuldade para dormir. Aposto que em algumas horas estarão todos ferrados no sono, pensou.

O juiz deu por iniciada a competição. Ele sentou na cadeira que lhe fora destinada e dispôs-se a esperar horas, dias, semanas, até pelo momento de ser proclamado vencedor.

E aí aconteceu.

Um sono invencível apossou-se dele. Um sono como não sentia desde a infância, talvez. E que de imediato o deixou alarmado e enfurecido. Agora, vinha o sono? Agora, que não precisava dele? Agora, que era inimigo? Que sacanagem era aquela?

Não pôde encontrar resposta para esta pergunta. Adormeceu tão profundamente que nem acordou quando os funcionários da empresa, rindo, o removeram do local. A esposa levou-o, de táxi, para casa, ajudou-o a deitar-se.

Nesse momento, ele abriu os olhos. Ali estava ela de novo, a velha companheira, a insônia. Que só abandonara por um curto espaço de tempo. O tempo suficiente para humilhá-lo, para mostrar-lhe quem, afinal, mandava.

Com um fundo suspiro, ele se levantou e foi preparar um copo de leite morno. Recomendação de um tio, que já experimentara mil vezes, sem resultado. Mas tentar é uma coisa que nem a insônia proíbe.

O REI DOS MENTIROSOS

Um francês foi coroado ontem como Rei dos Mentirosos 2002 pela Academia dos Mentirosos de Moncrabeau, França. Receberá como recompensa o privilégio de "mentir impunemente a todo momento e em qualquer lugar". Gunther Clasen, o rei destronado, contou que teve um ano lamentável: sua mulher não acreditava em uma palavra do que ele dizia.

Folha Online, 5 de agosto de 2002

Era muito tarde quando ele chegou em casa. A esposa estava esperando furiosa. Onde é que você esteve, perguntou, os olhos fuzilando de raiva.

– Você sabe, mulher – respondeu, seco. – Eu lhe disse antes de sair: fui participar do concurso para a escolha do Rei dos Mentirosos.

Ela riu:

– Rei dos Mentirosos, essa é muito boa. Nem Pinóquio inventaria uma tão boa. Rei dos Mentirosos... E aposto que você foi o escolhido.

– Fui. E até ganhei uma coroa. Está aqui, neste pacote. Você quer ver?

Ela fechou a cara:

– Agora chega. Chega, ouviu? Não quero ver nada, não quero saber de nada. Durante todos esses anos, agüentei

suas mentiras, mas com essa você passou do limite. Vou lhe perguntar pela última vez. Pense bem no que você vai me dizer, porque, conforme a sua resposta, arrumo a mala e vou embora para sempre. Onde foi que você esteve?
Ele suspirou.
– Está bem. Você quer mesmo saber? Estive com uma mulher. Uma executiva – alta, loira, belíssima. Veio ao escritório para discutir um empreendimento na área de turismo. Começamos a conversar, ela me perguntou se eu não gostaria de tomar um drinque num ambiente mais relaxado. No apartamento dela. Como se tratava de negócio, aceitei. Fomos até lá. Sentei no *living*, ela me pediu que esperasse um momento. Entrou no quarto e depois voltou, usando uma *lingerie* preta. Fiquei deslumbrado. Ela jogou-se sobre mim e tivemos relações ali mesmo, no sofá. Depois eu vim para cá.
Olhou a mulher:
– Pronto. Era isso que você queria ouvir?
Ela não disse nada. Entrou no quarto, fechou a porta atrás de si. Ele suspirou de novo. Enfim, tinha acontecido: a grande briga, aquela que durante tantos anos se esforçara por adiar. Mas o impulso para contar a história fora mais forte, e ele não pudera resistir. Agora era agüentar as conseqüências.
A porta se abriu. Era a mulher: usava uma *lingerie* preta belíssima, provavelmente comprada naquele mesmo dia.
– Era assim que ela estava vestida? – perguntou, com um sorriso.
Fizeram amor ali mesmo, no sofá da sala. Mas depois, como era de hábito, foram para a cama de casal.
No meio da noite, ele se levantou. Abriu o pacote, tirou dali a coroa de Rei dos Mentirosos, colocou-a, olhou-se ao espelho. Ficava-lhe muito bem. Como que sob medida para ele.

METAMORFOSE

Experimento mostra que pessoas confiam mais em quem se parece com elas. As pessoas realmente gostam de se enxergar nas outras. Um novo estudo revela que indivíduos tendem a confiar em quem tem o rosto mais parecido com o próprio.

Ciência, 8 de julho de 2002

Na empresa todos temiam o chefe. Era um homem autoritário, brutal mesmo, que não usava de meias palavras quando xingava seus subordinados: "Você não passa de um traste" era uma de suas expressões preferidas.
Como os outros, Marcelo morria de medo do homem. Recém-casado e com um filho pequeno, precisava desesperadamente do emprego e faria qualquer coisa para mantê-lo, para agradar o chefe. Mas, e aí estava a questão, que coisa? Ele não sabia. Até o dia em que leu no jornal uma notícia falando da confiança que as pessoas depositam naqueles que com elas se parecem. E isso lhe deu uma idéia.
Um pouco parecido com o chefe ele já era. Os dois tinham o rosto redondo, os dois tinham olhos castanhos, os dois tinham orelhas um pouco grandes. Com algumas modificações, ele poderia ficar igual ao homem. De imediato começou a trabalhar nisso. Em primeiro lugar, passou a usar ternos escuros, como o do chefe. Mudou o penteado; ele tinha uma vasta cabeleira, o chefe usava um corte severo.

De posse de uma foto deste foi a um conhecido cabeleireiro, pediu um corte semelhante ao de seu modelo. O cabeleireiro cobrou caro, mas o penteado ficou perfeito. Por fim, teve de recorrer até a uma pequena cirurgia plástica, para remover um sinal do queixo. Pelo qual, aliás, sempre tivera certo carinho. Mas com o futuro não se brinca.

As transformações não pararam aí. Passou a imitar o chefe em tudo: no jeito de andar, na maneira de falar, nos cacoetes até. E a verdade é que deu resultado. O homem nunca comentou nada, mas começou a tratar Marcelo muito melhor. Promoveu-o, deu-lhe um aumento de salário. Um dia chamou-o ao escritório. Marcelo foi – não sem preocupação. Teria o homem, por fim, se dado conta do que estava acontecendo? Seria aquele o momento da verdade, o momento em que seria despedido por causa do truque?

Não. O chefe mandou que ele sentasse. Ficou em silêncio um instante, depois abriu a gaveta, tirou de lá uma foto, estendeu-a a Marcelo. Que, ao olhá-la, sentiu um baque no coração: ele era idêntico ao rapaz que ali aparecia, absolutamente idêntico.

– Meu filho – disse o chefe.

Surpreso, Marcelo viu que ele tinha lágrimas nos olhos. O homem continuou:

– Ele faleceu. De um acidente. Era meu único filho e eu pretendia passar-lhe o comando da empresa. Agora, você ficará no lugar dele.

Abraçou Marcelo efusivamente: a partir daquele momento, ele seria sócio, não mais empregado.

Marcelo correu para casa. Estava ansioso para contar à mulher o que tinha acontecido. Mas, quando chegou, reinava a maior confusão: a empregada tinha ido embora, a comida não estava pronta, o bebê chorava e a mulher estava em prantos.

– Você não passa de um traste – disse Marcelo, irritado. E aí se deu conta: a transformação estava, enfim, completa.

O ÚLTIMO CONCERTO

> O tenor italiano Luciano Pavarotti afirmou que encerrará sua carreira quando completar 70 anos, em outubro de 2005. "Não vou cantar nem mesmo quando estiver tomando banho", afirmou.
>
> *Ilustrada,* 27 de junho de 2002

*I*nterromper a carreira não será difícil, mesmo porque há para isso um forte motivo: se é necessário parar, e todos têm de parar um dia, melhor fazê-lo por iniciativa própria, em um evento capaz de marcar época. Um gigantesco concerto, por exemplo, ao ar livre, dezenas de milhares de pessoas assistindo a ele e aplaudindo delirantemente, e, no final, no *gran finale*, a ária musical mais adequada para uma derradeira apresentação: *Nessun dorma*, da ópera *Turandot*, de Giacomo Puccini. Pela beleza da música, obviamente, mas também por causa da frase final, *Al'alba vincerò, vincerò, vincerò*. "Vencerei": poderá haver palavra mais adequada para quem assume, com coragem, o seu destino? Trovoada de aplausos, gritos de delírio, a consagração eterna. E, depois disso, o merecido repouso, o ócio com dignidade, as conferências, a publicação do livro de memórias... Nada como um futuro devidamente equacionado para proteger contra possíveis amarguras.

Relativamente fácil, portanto. Como fácil lhe será recusar os pedidos para voltar a cantar: "Uma vez só, mestre! Uma única vez!". Com um sorriso magnânimo, ele lembrará ao mundo que promessa é promessa: quem tem palavra não pode voltar atrás. E receberá os suspiros inconformados dos fãs como mais uma gloriosa homenagem.
Isso não será problema. Problema será outra coisa.
Problema será o banho.
Momento temível, esse, o do primeiro banho após a aposentadoria. No recinto fechado, sem ninguém para vê-lo nem para ouvi-lo, ele se despirá lentamente. Abrirá o chuveiro, experimentará a temperatura da água, vacilará um instante e se introduzirá sob o tépido jorro. E as gotas de água, golpeando insistentemente sua pele, dirão, incansáveis: "Canta! Canta!". Como todos os seres humanos – categoria que inevitavelmente inclui os grandes tenores –, ele se sentirá tentado a cantar, e a plenos pulmões. Mas e a promessa? A promessa formulada num programa de TV, diante de milhões de espectadores? Não, ele não pode cantar. Mesmo porque alguém certamente ouvirá: a camareira, o mordomo. A notícia se espalhará e será o escândalo: "Famoso tenor não cumpre a promessa".

A custo, levando a mão à boca, ele se conterá para não entoar o *Nessun dorma*. Resistirá bravamente. Mas será uma vitória, ainda que parcial. Porque, em algum momento desse banho, ele deixará escapar um débil gemido. Um gemido que bem poderá ser uma nota musical. Qualquer uma das muitas notas que compõem aquela imortal ária de Puccini, o *Nessun dorma*.

O ASSALTANTE EM
SEU LABIRINTO

Trio invade e assalta o restaurante Fasano. A arrecadação não foi encontrada porque é complicado o caminho para a sala onde fica o dinheiro. Segundo a polícia, o prédio é um labirinto.
Cotidiano, 28 de maio de 2002

Tão logo entraram no famoso e tradicional restaurante, os três se deram conta: aquilo seria missão impossível. Para começar, o lugar era grande e complicado, um verdadeiro labirinto, com várias salas, vários corredores. Precisavam descobrir, em poucos minutos, onde estava o dinheiro arrecadado no fim de semana e, para isso, se dividiram – cada um foi para um lado. Dois deles desistiram de imediato; optaram por roubar alguns celulares de clientes e fugiram. O terceiro, porém, mais determinado, foi em frente. E se perdeu. De repente, já não sabia onde estava, nem tinha a menor idéia acerca de onde estariam seus companheiros. Mas continuou andando e chegou a um lugar cheio de garrafas de vinho colocadas em prateleiras: a adega. Impressionado, guardou o revólver no bolso, pegou uma das garrafas, com um belo rótulo, e estava a examiná-la, quando alguém disse, atrás dele:

– Posso ajudá-lo, senhor?

Voltou-se. Era um garçom, um senhor de certa idade, elegantíssimo e sorridente. Que continuou:
– Vejo que o senhor faz questão de escolher o vinho pessoalmente. E vejo que o senhor tem bom gosto. O senhor é realmente um conhecedor. Mas permita-me levá-lo até uma mesa.

Sem alternativas, o assaltante concordou. O garçom levou-o a uma sala – vazia, naquele momento –, indicou-lhe uma mesa. O assaltante sentou-se. Apanhou o cardápio e tentou, sem êxito, decifrar alguns dos complicados nomes. De novo o garçom revelou-se providencial:
– Permita-me sugerir-lhe um prato. Tenho certeza de que será de seu agrado e combinará com o vinho que o senhor escolheu.

Que remédio? Àquela altura, sacar a arma e dizer que estava ali para assaltar, não para almoçar, seria, para dizer o mínimo, uma grosseria. E a verdade é que o assaltante estava gostando de ser bem tratado, coisa que em sua vida jamais acontecera. Mas, prudentemente, disse que estava com pressa. O garçom sorriu:
– Compreendo. Estamos habituados a isso. Nossos clientes sabem que o tempo é precioso. Mas garanto-lhe que não vai demorar.

Pediu licença e saiu. O assaltante olhou ao redor: nunca entrara num lugar tão elegante. E nunca tomara um vinho como aquele. Claro, estava correndo um risco enorme. Era possível que o garçom retornasse com meia dúzia de policiais, armados até os dentes. Mas, enquanto isso não acontecia, resolveu relaxar e aproveitar. Antes estava num labirinto, sem saber para onde ir. Agora, era tratado como um príncipe. Mesmo que durasse pouco, valia a pena.

O prato era notável, bem como o vinho, e ele ia dizer para o garçom que nunca se sentira tão feliz, quando o homem apresentou-lhe a conta. Olhou-a e – os números estavam bem claros – teve um sobressalto. Mesmo querendo, não poderia pagá-la: não tinha um centavo no bolso. Aliás, não era por outra razão que estava ali. Assim, sacou o revólver:

— Desculpe, eu me esqueci de dizer antes: isto é um assalto.

Saiu correndo e, de alguma maneira, conseguiu chegar à rua. Às vezes até de um labirinto é possível escapar.

AS AGRURAS
DOS LADRÕES

1. Vida Insalubre

Ladrão rouba carro, assusta-se com polícia e morre de infarto.
Mundo Online, 11 de novembro de 2002

"Você acha que minha vida é fácil, mulher. Você pensa que roubar carros é moleza, que é coisa para vagabundo, para marginal. De nada adiantou eu lhe falar sobre as angústias desta profissão. Você não entende, mulher. Você não sabe o que é se aproximar de um carro à noite, a boca seca, o coração batendo forte, as dúvidas nos atormentando: será que esse carro tem alarme? Será que tem gasolina suficiente? Será que o dono não vai aparecer armado e pronto a nos liquidar? Será que o receptador vai nos pagar um preço justo? Dúvidas cruéis, mulher. Dúvidas para tirar o sono de qualquer um, para dar úlcera no mais tranqüilo. Mas você não acredita nisso, mulher. Você sempre disse que úlcera não dá em folgado. Você sempre disse que eu iria morrer de velhice. Velho, vagabundo e ladrão, foi a expressão que você usou. E eu nada dizia, porque tinha certeza de que o futuro me daria razão. E agora aconteceu. Está aqui a notícia: o cara estava ocupado, tentando levar o carro, apareceu a polícia, interpelou-o violentamente – você sabe como os policiais são delicados –, o pobre se assustou, teve um infarto e pimba, caiu ali mesmo. Vinte e cinco anos, mulher. Vinte e cinco anos ele tinha. Você acha justo um rapaz morrer com essa idade? E essa é a vida que levamos, mulher. Esse é o trabalho que fazemos. Nada de garantia, nada de assistência médica, nada de insalubridade. Só ameaças e deboches. É por isso que eu digo: não vou longe. Aliás, desde ontem estou sentindo uma dor aqui, na boca do estômago. O que você acha que é? Úlcera ou infarto? Você decide, mulher."

2. Sem Olhos no Banco

Ladrão alemão esquece-se de abrir buraco para os olhos em sua máscara e é preso. O ladrão entrou no banco com uma arma de brinquedo e a máscara na cabeça, dando encontrões nas pessoas. Como não enxergava nada, levantou a máscara e pediu dinheiro. O caixa lhe disse que o cofre não poderia ser aberto. O ladrão fugiu, mas foi preso.

Folha Online, 11 de novembro de 2002

"*E*les pensam que eu sou idiota, mulher. O ladrão mais estúpido da história, disse um jornal. Eles não sabem o que está por trás dessa história nem querem saber. Eles não conhecem o Franz, mulher. Mas você conhece. Você sabe que o Franz é um cara agressivo, irônico. Você sabe que o Franz implicava comigo. Você não serve para nada, ele dizia, você quer ser assaltante, mas nem para isso você serve. Tanto me provocou, mulher, que eu fiz uma aposta com ele: eu disse que assaltaria um banco de olhos fechados. Muito bem, respondeu, se você conseguir fazer isto, eu vou embora desta cidade e você nunca mais me verá. Só exigiu que eu colocasse essa ridícula máscara sem olhos: suspeitava de que eu estaria espiando por entre as pálpebras. E assim entrei no banco, sem enxergar nada, dando encontrões nas pessoas. Eu queria encontrar uma fila de gente e, seguindo-a, chegar ao caixa. Mas não deu. Simplesmente não deu. Porque as pessoas são indisciplinadas, mulher. Em vez de ficar em fila, elas – mal entra um assaltante no banco – se dispersam. E assim eu tive de levantar a máscara e identificar o caixa. Que ainda por cima me mentiu, dizendo que não podia abrir o cofre. Ao ver que não podia contar com ninguém, resolvi ir embora. E aí fui preso. Mas não tem importância, mulher. Vou passar os próximos anos na cadeia treinando para andar de olhos fechados. E a primeira coisa que eu farei quando sair daqui será assaltar um banco. Aquele banco onde o Franz é caixa, onde você tem conta – e onde vocês dois trocam olhares suspeitos."

COMO NUM FILME

Winona Ryder é considerada culpada de furto. Um júri condenou a atriz por deixar a loja Saks, em Beverly Hills, com cerca de US$ 5.500 em itens que incluíam *tops*, bolsas e meias.

Mundo, 6 de novembro de 2002

Como num filme, ela entrou na loja aparentando muita calma, indiferença mesmo. Ignorou o olhar curioso das pessoas e dedicou-se a examinar vários artigos: bolsas, meias, essas coisas. Como num filme, ela desempenhava o papel de uma cliente comum, ainda que rica e sofisticada, e, na condição de cliente comum, fez às vendedoras várias perguntas acerca de qualidade e de preço. Como num filme, agradeceu polidamente as informações.

Como num filme, ela dirigiu-se à cabine levando roupas para experimentar. Sabia que havia câmeras por ali, mas procurou ignorá-las. Num filme, a atriz não toma conhecimento de câmeras. Elas estão presentes, é certo, e são uma presença implacável, como a presença divina, a lente da câmera funciona como o olho de Deus. Mas ela podia aparentar calma: anos de treinamento o permitiam. Podia se dar ao luxo de caminhar despreocupada, como se fosse a única pessoa naquela loja, naquela cidade, no mundo; podia se dar ao luxo até de sorrir misteriosamente, como essas pessoas que mantêm consigo próprias um diálogo secreto e misterioso.

Como num filme, entrou na cabine. E, como num filme, agiu de forma rápida e precisa, acomodando os artigos em bolsas plásticas ou escondendo-os sob a própria roupa. Como num filme, mirou-se ao espelho; e, como num filme, respirou fundo. Porque agora, como num filme, vinha a etapa decisiva, aqueles momentos que deixam os espectadores de respiração suspensa, as mãos remexendo nervosamente o saco de pipocas.

Como num filme, ela saiu da cabine. Como esperava, não havia ninguém por perto. E, como num filme, dirigiu-se à saída. E aí, sem querer, apressou o passo. Não deveria fazê-lo, mas era explicável: quando ultrapassasse aquela porta, estaria livre. Livre e triunfante. O empreendimento todo teria sido um sucesso. Ela poderia respirar aliviada, poderia ser ela própria, não aquela dos filmes.

Deu alguns passos e então aconteceu.

Como num filme, seguranças correram atrás dela. Como num filme, agarraram-na. Como num filme, disseram que ela teria de acompanhá-los até a delegacia de polícia.

Como num filme, ela tentou protestar. Mas foi inútil. Porque agora, infelizmente, não era mais filme. Agora era a vida real. A vida que a câmera, implacável, tinha registrado em imagens. Imagens como aquelas que a gente, comendo pipoca, vê em filmes. Às vezes não muito bons.

AS FACES RUBRAS
DA MENTIRA

Novo detector de mentiras usa rubor facial.
Folha de Ciência, 3 de janeiro de 2002

Você me mente, acusava ele. Você também, retrucava ela.
— Você diz que vai fazer compras com suas amigas, mas eu sei que você vai se encontrar com alguém.
— E as suas reuniões de trabalho? Reunião com muita cerveja e muita mulher, é isso?

Estavam casados havia dez anos. E havia dez anos mantinham esse tipo de bate-boca. Que deixava os amigos perplexos. As opiniões a respeito se dividiam: alguns achavam que os dois deveriam se separar, e pronto: não seria difícil, nem tinham filhos. Outros, ao contrário, acreditavam que aquelas brigas eram apenas uma forma por assim dizer heterodoxa de manifestar amor. Mas, lá pelas tantas, o marido exagerou tanto nas agressões verbais que a esposa, cansada, resolveu tomar uma providência. E um dia, quando ele voltou para a casa, ela mostrou um pequeno aparelho.
— O que é isto? — indagou ele, suspeitoso.

– É um detector de mentiras importado. Você o coloca em frente a seu rosto e diz uma frase. Se for mentira, esta luzinha aqui acenderá.

E propôs que, daí em diante, substituíssem a polêmica por aquela simples prova. Relutante embora, ele concordou em experimentar.

A coisa funcionava, como ele descobriu já na noite seguinte. Voltou tarde para casa. A mulher, colocando o detector de mentiras em frente ao rosto dele, perguntou onde havia estado.

– No clube, com uns amigos – foi a resposta, que fez de imediato acender a luz vermelha. Desagradavelmente surpreso, teve de confessar que havia mentido. Dois dias depois foi a vez dela. Como de costume, saíra à tarde. Aparelhinho em riste, o marido indagou onde estivera.

– No dentista – respondeu a mulher, tranqüilamente. A lâmpada nem piscou; continuou apagada.

No fim, ele conheceu outra moça. Pediu o divórcio, que ela, amistosamente, concedeu: foi, como disseram os amigos, uma separação civilizada. Quando se despediram, ele se lembrou de algo: como funcionava o aparelho? Sorrindo, ela explicou que se tratava de um receptor capaz de captar o rubor que se produz, sobretudo em torno dos olhos, quando a pessoa mente.

– Incrível – disse ele. – Agora: eu tenho certeza de que você me mentiu, pelo menos algumas vezes. Como é que o detector de mentiras não denunciou você?

Ela sorriu e não respondeu. Não precisava. A espessa maquiagem que usava, sobretudo em torno dos olhos, falava por si.

Ele agora está casado de novo, e feliz. Mas, por via das dúvidas, anda atrás de maquiagem para homens. Para colocar em torno dos olhos, naturalmente.

LUTANDO PELA INDENIZAÇÃO

Recusa ao sexo pode gerar indenização, diz advogada.
Brasil, 24 de dezembro de 2001

Durante anos Joana quis se divorciar. Tinha boas razões para isso: as infidelidades do marido eram bem conhecidas na pequena cidade. Não era raro vê-lo no carro com três ou quatro mulheres. Mas ele se recusava a dar o divórcio tão insistentemente pedido pela mulher. Em primeiro lugar, por mesquinharia: não queria pagar-lhe pensão.
  Em segundo lugar porque a situação lhe parecia relativamente cômoda. Simplesmente não tomava conhecimento da esposa, com a qual não tinha filhos. Mas ela, conscienciosa, continuava cuidando da casa, onde nada lhe faltava.
  As amigas de Joana ficavam revoltadas com aquilo. É uma vergonha, diziam, esse homem é um cafajeste, debocha de você e você não faz nada. Aos poucos ela se foi dando conta do papel lamentável que desempenhava. E aos poucos começou a pensar em vingança. Vingar-se – mas como? A maneira mais segura seria atingi-lo no ponto em que era mais sensível, no bolso. Só que não sabia como fazê-lo. E aí leu no jornal a notícia: recusa ao sexo poderia

gerar uma ação indenizatória. Foi procurar uma amiga advogada, que confirmou: sim, tal possibilidade existia.
Naquela mesma noite entrou no quarto do marido que, por casualidade, estava em casa.
— Quero fazer sexo com você — disse. — Melhor: exijo fazer sexo com você.
Surpreso, e irritado, o marido ia mandá-la embora. Mas aí viu o recorte de jornal que ela exibia, com a notícia sobre os riscos da recusa ao sexo. Não, a mulher não estava brincando. Sem vontade embora, fez amor com ela.
— Mais uma vez — comandou Joana, quando terminaram.
Àquela altura, ele já estava francamente apreensivo. Mais uma vez? Que história era aquela? Mas, de novo, a recusa podia representar um risco. De modo que fez das tripas coração, mobilizou todos os seus recursos de masculinidade e foi em frente.
Na noite seguinte ela voltou. Dessa vez exibia uma maquiagem diabólica, francamente repulsiva. Pior, tinha colocado uma essência qualquer de cheiro nauseante. Mas queria fazer amor. Que remédio? Ele cumpriu com a obrigação.
Na terceira noite não voltou para casa — e pensou que tinha enganado a mulher. Mas, quando chegou ao escritório de manhã, lá estava ela. Deitada no sofá, com um sorriso sinistro, abriu as pernas e comandou:
— Vem.
E assim, dia após dia (ou noite após noite, ou madrugada após madrugada — toda hora era hora), ela obrigava-o a cumprir o ritual. Exausto, ele já estava disposto a ceder: pagando a indenização, concedendo o divórcio. Mas aí descobriu uma coisa surpreendente: ele agora estava gostando de fazer amor com a mulher. Tinha redescoberto a Joana por quem se apaixonara em sua juventude.
Agora vivem muito bem. E ele exige que ela cumpra as obrigações matrimoniais. Sob pena, claro, de uma ação indenizatória.

RINDO POR DENTRO

Você ri por dentro?
Folha Equilíbrio, 26 de julho de 2001

Durante muitos anos – décadas, na verdade – o patrão o maltratou. Tratava-o como se fosse um traste velho, humilhava-o na frente de outros empregados: você é um idiota, você não serve para nada, só mantenho você na empresa porque você é parente da minha mulher.
Ele ouvia sem dizer nada. Precisava do emprego, não tinha coragem de procurar outro; coisa difícil, sobretudo em tempos de recessão. Resignadamente, ia agüentando. Quando a pressão era muita, trancava-se no banheiro, chorava um pouco. Depois, lavava o rosto e voltava ao monótono trabalho.
Um dia o patrão morreu. Morreu subitamente: um derrame, coisa no gênero. Como outros empregados, ele foi ao enterro. Ali estava o tirano, duro no caixão. E aí, o inesperado: uma mosca, insolente e atrevida como todas as moscas, pousou na testa do cadáver, e ali ficou andando de um lado para o outro.
A sua primeira reação foi de espanto. Depois, teve uma imensa, uma incontrolável vontade de rir. Mas não podia rir, claro, então ria por dentro. O que exigia dele um

enorme esforço: cerrava os dentes, apertava os olhos – logo as lágrimas lhe corriam pelo rosto. As pessoas miravam-no, surpresas, e pensavam: que homem generoso, chora pelo patrão que fez dele gato e sapato.

Os minutos passavam e a vontade de rir não diminuía, ao contrário, aumentava. Ele começou a se sentir mal; precisava de ar. Dirigiu-se, cambaleando, até a porta, mas não chegou lá: caiu morto antes. Infarto, diagnosticou um médico que estava no velório.

Foi enterrado no dia seguinte.

O filho do patrão, que assumira o comando da empresa, fez um discurso elogiando a dedicação do falecido, que até na morte acompanhava o seu ex-chefe. Soprava um vento forte, naquela manhã. Ninguém teria ouvido nenhum ruído vindo de dentro do caixão. Mesmo que se tratasse do estranho ruído de um riso a custo contido.

CONFISSÕES DE UM ABSTÊMIO

Com a mesma voz trêmula em que os outros revelam vícios secretos, com o mesmo olhar gacho, com a mesma expressão acovardada, confesso: sou um abstêmio!
Não sei como me aconteceu isto. Fui uma criança normal, talvez um pouco mais adicto ao guaraná que a maioria dos meus amiguinhos. À época adequada comecei a fumar; é verdade que depois larguei, o que talvez explique eu não levar a vida estupenda descrita nos anúncios de cigarro. Também joguei cartas. É verdade, por outro lado, que tenho esta coisa de escrever, escrever; mas esta estranha compulsão não me impede de viver como qualquer outro brasileiro de classe média. Nem mesmo minha condição de médico me impediria de beber – com moderação, naturalmente, pois a moderação sempre fez parte dos conselhos médicos. Finalmente, devo dizer que, quanto a outras atividades habitualmente relacionadas no elenco de prazeres da vida – tudo bem. Tudo bem *mesmo*. Que estão olhando, vocês? Tudo bem.
Agora: não bebo. Vocês, que bebem (pelo menos socialmente), não podem avaliar a gravidade do fato. Não beber, numa sociedade que faz do álcool um meio de amável confraternização! Não beber, no país do Proálcool? Incrível! Incrível, mas tristemente verdadeiro. Permitam-me, pois,

descrever em detalhes a reação do público à espantosa anomalia. Sou convidado para uma festa (cada vez menos, agora que este meu lado de, digamos, Mr. Hyde, foi descoberto). Chego, cumprimento todo o mundo. Até aí tudo bem. Misturo-me a um grupo. Tudo bem – *ainda*. Sou capaz de manter uma conversação normal: minhas opiniões não são demasiadamente radicais, faço comentários espirituosos sobre os eventos do cotidiano, e outros. Sou um pouco fraco em matéria de futebol, mas razoavelmente informado quanto a cinema, e uma coisa compensa a outra. Enfim, as coisas caminham até que chega a hora das bebidas. Líquidos de cores diversas são servidos nos mais variados recipientes. Os participantes da festa servem-se, em meio a um coro de comentários elogiosos. Quanto a mim...
– Não bebo – digo, numa voz quase inaudível.
– Como? – pergunta o dono da casa, incrédulo.
Não bebo, repito, já suando frio. O dono da casa me olha, olha os copos – que coisa repugnante terei visto neles? –, resmunga qualquer coisa sobre suco de tomate. A esta altura os circunstantes já me olham como se eu fosse uma criatura exótica, um homenzinho verde de Marte, ou, no mínimo, o sacerdote de uma seita de fanáticos dos píncaros do Himalaia. Sou forçado a explicar que nada tenho contra bebidas de álcool, que não faço qualquer restrição ao fato de outros beberem – é que não gosto, simplesmente.
Simplesmente? Pois sim. As pessoas acreditam tanto em mim quanto num agente da CIA. Simplesmente não bebe? Não existe tal coisa. Se as pessoas não bebem, deve ser por algo *muito* complicado. Inconfessável, provavelmente. A hipótese de doença venérea passa a ser mencionada pelos cantos. Minha mulher é até encarada com piedade.
Mas não termina aí meu calvário. É que, além de beber, as pessoas gostam de falar – insistentemente e com um prazer que chega à volúpia – sobre aquilo que bebem, que beberam (em várias cidades do mundo) e que beberão

um dia, quando tiverem *muito* dinheiro. Nomes de bebidas são mencionados com uma facilidade que me espanta – é tudo sânscrito, para mim. Minhas manifestações sobre o assunto são de uma indigência constrangedora: posso lembrar o barril de Amontillado, citado no conto de Poe, duas ou três marcas de água mineral, e estamos conversados.

Minha ignorância em matéria de vinhos vai ao ponto de desfaçatez. Certa vez, em Paris, pedi (ainda bem que o restaurante era modesto, o que atenua a gravidade do fato), para acompanhar um prato de carne, um refrigerante. A expressão de dor no proprietário era de comover o mais empedernido criminoso. Não o abstêmio que vos fala. Encarei-o tranqüilamente; nem pestanejei quando ele disse que não dispunha de refrigerante, teria de mandar comprar. Mandou comprar.

Um último e não menos importante problema que tenho enfrentado. Todos sabem que *in vino veritas*. Não podendo chegar à verdade por este tão simples método, fui obrigado a recorrer, em diferentes momentos, à dialética, à psicanálise, ao estudo ingente das ciências. Longas noites dediquei a isto. Sempre suspirando, sempre invejando Omar Kháyám e tantos outros a quem o vinho alegrou e deu sabedoria. Como diz John Gay, na *Ópera do Mendigo*: "Enchamos os copos, pois o vinho nos inspira, / e nos inflama / com coragem, amor e alegria. / Em mulheres e vinho deveríamos a vida empregar. / Há algo na terra que seja mais desejável?".

Quanto a mulheres, não. Quanto ao vinho, também suspeito que não. Suspeito, resignadamente, que não. Mas apenas suspeito, não estou seguro. Vocês vêem, sou um abstêmio, e um abstêmio nunca pode estar seguro de nada.

OS LUGARES ONDE SE SALVA A PÁTRIA

Crônicas fabulosas têm aparecido nesta página aqui do lado, "Um lugar". O tema é inesgotável: lugares míticos são uma constante na literatura e representam um desafio à nossa imaginação.
Diferentes são os lugares que realmente existem e que precisam ser descobertos, ou redescobertos. Por exemplo: os lugares onde se salva a pátria.
Que lugares são esses? Pois são os lugares onde um ou vários cidadãos se põem de repente a discursar, propondo soluções – simples, exeqüíveis, geniais – para os problemas que atormentam o Brasil.
Um desses lugares: o vestiário dos clubes. O momento de calçar os tênis (e talvez por causa do preço destes) coincide com catilinárias do tipo "é uma barbaridade". É uma barbaridade o que estão cobrando... É uma barbaridade o que estão fazendo... É uma barbaridade, é uma barbaridade. Já na hora de vestir a camiseta, contudo, as propostas (o mais das vezes do tipo "tem de botar na cadeia") começam a emergir. Como emergem na Praça da Alfândega, nas rodas de bar, e, no verão, à beira da piscina ou do mar. Todos, lugares onde a pátria é salva.
Mas o grande lugar para salvar a pátria, o verdadeiro salvódromo do Brasil, é o calçadão de Copacabana no

domingo. Com o trânsito interditado, milhares de pessoas caminham por ali. No domingo passado estive lá, e à medida que ia passando por grupinhos, anotava frases: "Aí eu cheguei na janela, vi a coisa e gritei: mas não é possível, roubando um carro velho desses!" "Tem que acabar com esse negócio de ficar massageando o ego dele só porque é o chefe." "Eu botava todos esses candidatos num detector de mentiras", e assim por diante. O sol brilhava, o clima era ameno, o papo animado. Daí a pouco começou a chover e todo o mundo foi para casa. É uma pena, mas nem os lugares onde se salva a pátria são imunes à intempérie.

AI, GRAMÁTICA.
AI, VIDA.

O que a gente deve aos professores! Este pouco de gramática que eu sei, por exemplo, foram Dona Maria de Lourdes e Dona Nair Freitas que me ensinaram. E vocês querem coisa mais importante do que gramática? *La grammaire qui sait régenter jusqu'aux rois* – dizia Molière: a gramática que sabe reger até os reis, e Montaigne: *La plus part des ocasions des troubles du monde sont grammairiens* – a maior parte das ocasiões de confusão no mundo vem da gramática.

Há quem discorde. Oscar Wilde, por exemplo, dizia de George Moore: *escreveu excelente inglês, até que descobriu a gramática.* (A propósito, de onde é que eu tirei tantas citações? Simples: tenho em minha biblioteca três livros contendo exclusivamente citações. Para enfeitar uma crônica, não tem coisa melhor. Pena que os livros são em inglês. Aliás, inglês eu não aprendi na escola. Foi mais com a revista MAD e outras que vocês podem imaginar.)

Discordâncias à parte, gramática é um negócio importante e gramática se ensina na escola – mas quem, professores, nos ensina a viver? Porque, como dizia o Irmão Lourenço, *no schola sed vita* – é preciso aprender não para a escola, mas para a vida. (A propósito – de novo – aí não deveria se usar o acusativo, em vez do dativo? Latinistas: cartas para a redação.)

Ora, dirão os professores, vida é gramática. De acordo. Vou até mais longe: vida é pontuação. A vida de uma pessoa é balisada por sinais ortográficos. Podemos acompanhar a vida de uma criatura, do nascimento ao túmulo, marcando as diferentes etapas por sinais de pontuação.
Querem ver? Olhem esta biografia.

Infância: A Permanente Exclamação

Nasceu! É um menino! Que grande! E como chora! Claro, quem não chora não mama!
Me dá! É meu!
Ovo! Uva! Ivo viu o ovo! Ivo viu a uva! O ovo viu a uva!
Olha como o vovô está quietinho, mamãe!
Ele não se mexe, mamãe! Ele nem fala, mamãe!
Ama com fé e orgulho a terra em que nasceste! Criança – Não verás nenhum país como este!
Dá agora! Dá agora, se tu és homem! Dá agora, quero ver!

A Puberdade: A Travessia (ou o travessão)

Papai, eu queria – não, não é que eu queria – bom, tu sabes eu precisava – bom, não é bem isto – bom, eu pensei – bom, deixa, agora não posso falar, amanhã quem sabe eu – bom –
– O que eu acho, Jorge – não sei se tu também achas – o que eu acho – porque a gente sempre acha muitas coisas – o que eu acho – não sei – tu és irmão dela – mas o que eu estive pensando – pode ser bobagem – mas será que não é de a gente falar – não, de eu falar com a Alice –.
– Alice tu sabes – tu me conheces – a gente se dá – a gente conversa – tudo isto Alice – tanto tempo – eu queria te dizer Alice – é difícil – a gente – eu não sei falar direito.

Juventude – A Interrogação

Mas quem é que eu sou afinal? E o que é que eu

quero? E o que que vai ser de mim? E Deus, existe? E Deus cuida da gente? E o anjo da guarda, existe? E o diabo? E por que é que a gente se sente tão mal? E o que é isto que me saiu aqui, Jorge? Tu achas que isto é doença pegada, Jorge? Mas ela não era limpinha? Ai, Jorge, será que isso pega? Tu não achas que eu não deveria chegar perto da Alice? Quem sabe eu vou no médico, Jorge? Será que ele não vai cobrar muito caro? Mas por que é que tem pobres e ricos? Por que é que uns têm tudo e outros não têm nada? Por que é que uns têm auto e outros andam a pé? Por que é que uns vão viajar e outros ficam trabalhando?

As Pausas Receosas (Receosas, Vírgula, Cautelosas) do Jovem Adulto

Estamos, meus colegas, todos nós, hoje, aqui, nesta festa de formatura, nesta festa, que, meus colegas, é não só nossa, colegas, mas também, colegas, de nossos pais, de nossos irmãos, de nossas noivas, enfim, de todos quantos, nas jornadas, penosas embora, mas confiantes sempre, nos acompanharam, estamos, colegas, cônscios de nosso dever, para com a família, para com a comunidade, para com esta Faculdade, tão jovem, tão batalhadora, mas ao mesmo tempo tão, colegas, tão.

É claro, Jorge, eu quero casar com Alice, é claro, aliás, entendo tua preocupação, ela é tua irmã, vocês viveram sempre juntos, aliás, nós três, sempre juntos, mas Jorge, quero que compreendas.

Lógico, senhor diretor, o senhor, naturalmente, tem toda a razão, senhor diretor, estou perfeitamente, mas perfeitamente, de acordo, quero que o senhor, senhor diretor, me compreenda, o Jorge, naturalmente, é meu cunhado, mas senhor diretor, se for para o bem da empresa, não vejo por que, senhor diretor, dada a atual situação, que, todos sabemos, é de, embora passageira, severa retração, não vejo por que, naturalmente com toda a diplomacia, não dispensar os serviços dele, já que, não é,

Ora, caros companheiros de clube, todos aqui conhecem, certamente, minha posição, que não é de hoje, mas é de sempre, da infância, até, eu diria, todos conhecem, repito, minha posição, que é bem clara, em relação a certos problemas sociais, pois eu sempre tenho dito, que se pode pedir, se pode reivindicar, se pode, até exigir, mas, sempre, dentro dos limites do razoável, do senso comum, sem radicalismo, sem paixões, porque, afinal,

O Homem Maduro. No Ponto.

Uma cambada de ladrões. Tem de matar.
Matar. Pena de morte.
O Jorge também. Cunhado também. Tem de matar. Esquadrão da morte. E ponto final.
No meu filho mando eu. E filho meu estuda o que eu quero. Sai com quem eu quero. Lê o que eu quero. Freqüenta os clubes que eu mando.
Tu ouviste bem, Alice. Não quero discutir mais este assunto. E ponto final.
Chiou, boto pra rua. Não tem conversa. É pão pão queijo queijo. É lé com lé cré com cré. Cada macaco no seu galho. Na minha firma mando eu. No clube que presido mando eu. E na minha casa mando eu. E ponto final.

(Um Parêntese)

(Está bem, Luana, eu pago, só não faz escândalo)

O Final... Reticente...

Sim, o tempo passou... E eu estou feliz... Foi uma vida bem vivida, esta... Aprendi tanta coisa... Mas das coisas que aprendi... A que mais me dá alegria... É que hoje eu sei tudo... Sobre pontuação...

ESTES JOVENS ENTREVISTADORES E SEUS FANTÁSTICOS GRAVADORES

    *S*e há coisa que comove e estimula um escritor gaúcho é o apoio, sempre dedicado e muitas vezes anônimo, que a literatura rio-grandense recebe em centenas de escolas, às vezes no mais remoto interior. Ainda na semana que passou, vários colégios fizeram realizar a Semana do Escritor Gaúcho. Muitos escritores, entre eles eu, foram procurados para palestras, sessões de autógrafos e entrevistas.
    Não são todos os escritores que gostam de falar para estudantes, ou para quem quer que seja; Dalton Trevisan, por exemplo, distribui uma entrevista-padrão mimeografada, e pronto, todo o resto está em seus livros. Eu, porém, gosto de conversar com jovens ou com qualquer pessoa sobre literatura. É um ofício muito solitário, este, de modo que romper a casca de vez em quando é benéfico. Não essencial, mas benéfico; sempre é algum *feedback*. E também é bom ajudar gente moça, que está se iniciando na literatura, e que muitas vezes se aflige com o misterioso código dos textos. Eu às vezes recebo telefonemas aflitos:
    – Rápido! Tenho prova amanhã! O que é que o senhor quer dizer com a sua obra?

Não há dúvida que é um bom exercício de síntese e que deve ter alguma utilidade: acredito que, no dia do Juízo, o Senhor nos cobrará mais ou menos nesses termos – Rápido! Qual foi o sentido de sua vida? –, de modo que é bom a gente estar preparado. Mas mesmo quando não estão a algumas horas de um exame, os estudantes entram em ansiedade aguda ante a perspectiva de fazer perguntas a um escritor. Uma das causas deve ser o próprio escritor, sempre uma figura mítica; outra causa deve ser o temor de fazer perguntas inadequadas; mas eu acho que o principal fator de perturbação dos jovens é o gravador.

Nas mãos de um aluno de primeiro ou segundo grau, o gravador se revela um instrumento maligno, simplesmente incapaz de ser controlado – ao menos na ocasião de entrevistar um escritor. É uma rotina que constantemente se repete: entra o grupo de alunos e, em meio a risinhos nervosos, se prepara para a entrevista de antemão combinada. A primeira providência é desdobrar a folha de papel com as mil quatrocentas e vinte perguntas preparadas; a segunda – *conditio sine qua non* para a entrevista – é fazer funcionar o gravador. A primeira coisa que descobrem é que está sem pilhas; nenhum problema, só que a dona do gravador esqueceu de colocá-las. Mas aí, quando ela procura na bolsa, vê que só tem três pilhas, não quatro. A quarta, simplesmente sumiu, e deve ser fornecida pelo escritor, de cujo equipamento intelectual as pilhas são hoje componente indispensável. Colocada a pilha, deveria começar a gravação – e então é aquela atrapalhação com as teclas; em vez de *Record* a menina aperta o *Fast Forward ou Rewind*.

O resultado disto é que, quando a entrevista finalmente começa, os entrevistadores não conseguem desgrudar os olhos da cassete, para ver se ela está rodando mesmo, o que acaba contagiando o escritor – e no fim, estão todos mais preocupados com o gravador que com a literatura. Mesmo que a cassete tenha rodado, contudo, não há garantia de que a entrevista tenha saído boa, é possível que os entrevistadores se lembrem que esqueceram de regular o volume, com o que a cassete, tocada, revela apenas uns débeis murmúrios que nem a professora de mais boa vontade poderá identificar com uma voz poderosa da literatura. Começa tudo de novo: onde é que o senhor nasceu? Que livros já escreveu? – etc. E desta vez então dá certo, e os alunos sorriem triunfantes, o escritor se solidariza com eles – bom trabalho, pessoal! – e, como convém à literatura e à vida, chega-se a um final feliz. Que é, afinal, o supremo consolo para os ofícios solitários. Enquanto houver jovens dispostos a – com ou sem gravador – perguntar, valerá a pena escrever e falar sobre o escrever.

AOS OLHOS
DA MESTRA

Evoco uma cena de minha infância: a professora entrando na sala, e os olhares de cinqüenta alunos imediatamente convergindo sobre ela, à espera do que ia fazer ou dizer. A encenação de um texto? Uma aula comum? Uma sabatina de improviso?

Os olhares sobre ela. Durante anos pensei na professora como uma pessoa a ser olhada, a ser observada, a ser escutada. Mas depois – acho que aí já estava me tornando adulto – comecei a pensar na professora como uma pessoa que olha. E como é este olhar do mestre sobre a classe? Que panorama ele divisa?

Só recentemente, dando palestras a diferentes grupos de estudantes, me dei conta de que, da perspectiva do professor, há muitas formas de ver os alunos.

Mas há uma que me parece muito constante: aquela que divide a classe, mediante uma linha imaginária, em duas metades, a da frente e a de trás.

O aluno da frente é o que chega cedo, o que vem limpinho e arrumado. Seus lápis estão cuidadosamente apontados, seus cadernos escrupulosamente cuidados. Ele senta inclinado para a frente; testa enrugada, olhar fixo, boca entreaberta, ele bebe todas as palavras da professora, faz anotações, não esquece nada. O aluno da frente é aplicado, ele sabe tudo; ele tira boas notas, não cola no exame, não conversa com o vizinho do lado. Muitas vezes fica depois da aula, faz perguntas. Nos velhos tempos este aluno era classificado como *caxias*, talvez como homenagem ao infatigável militar que se dedicou – justamente – a impor a ordem e a disciplina neste país; ou, mais grosseiramente, de *cu-de-ferro* (cdf), sugerindo um traseiro habituado a longas temporadas sobre duros assentos (tanto o apelido como a situação se constituindo no terror da proctologia).

O aluno lá de trás chega depois que a aula começou. Muitas vezes nem traz livros ou cadernos. Senta atirado para trás, encostado na parede – o que é um privilégio de poucos, pois nem todas as filas são a última fila. O aluno lá de trás fuma, diz palavrões, dá tapas nos colegas da frente e conversa com os do lado. Cola descaradamente na prova, mas mesmo assim suas notas são péssimas. Contudo, o que melhor caracteriza o aluno lá de trás são os óculos escuros, particularmente aqueles, hoje raros, de lentes espelhadas.

Atrás dos óculos escuros o aluno lá de trás torna-se uma figura enigmática. A professora nunca sabe se ele está tramando alguma coisa, se está distante, ou mesmo se está dormindo.

Alunos da frente e alunos de trás. Uma classificação que é inútil, naturalmente: na sociedade competitiva em que vivemos é muito possível que o aluno da frente se torne um pobre funcionário e que o aluno de trás se transforme num grande magnata. Mas há outra razão pela qual esta classificação não importa. É que em algum lugar da classe há um aluno que ama desesperadamente a professora, que povoa com a figura dela seus sonhos e seus devaneios, que suspira por um olhar dela. E este aluno tanto pode estar sentado na frente como atrás. O amor à professora supera todas as barreiras.

O PRIMEIRO CADERNO

Emoções há muitas na vida, e de todos os tipos, mas raras se comparam em intensidade àquela que a gente tem quando se compra o primeiro caderno escolar. De cinqüenta folhas ou de cem, pautado ou sem pauta, humilde ou sofisticado, não importa: o primeiro caderno é o símbolo de uma nova etapa. De uma nova vida. Pois as páginas em branco, modestas e radiantes em sua pureza, são exatamente isto: uma proposta de renovação, de um início de vida. Mesmo quando a sua vida ainda está no início (e muito mais quando se é adulto: quem de nós já não resolveu passar a vida a limpo, pensando exatamente nisto, num caderno novinho a ser escrito com todo o capricho e dedicação?).

Não sei se ainda é assim, mas quando eu era guri a gente recebia, no colégio, uma lista do material a comprar, incluindo os cadernos. Esta simples lista já era, em sua discriminação, um excitante enigma. Cadernos de cem folhas, de duzentas: aquilo decerto era para matérias muito sérias, de longas digressões. Os cadernos mais finos acenavam com coisas leves. Os quadriculados se propunham a nos ensinar a disciplina da geometria, das contas aritméticas, o caderno de caligrafia lembrava que há limites para a dimensão das letras. Havia um caderno de música, decerto para entusiasmar um futuro Beethoven, e um caderno de desenho, este a desafiar a imaginação com suas folhas brancas de papel cartonado. E havia os humildes blocos, já resignados a serem riscados, borrados, engordurados e rasgados; a terem suas folhas transformadas em aviõezinhos (qual a criança que não faz aviãozinho de papel quando a professora dá as costas?). Os cadernos exigiam mais respeito; os mais aplicados chegavam a encapá-los com papéis de desenhos alegres. Mostrar os cadernos aos colegas fazia parte do excitante clima do começo do ano, que chegava a seu ápice quando se escrevia, na primeira página do primeiro caderno, a primeira lição para casa: um ato realizado num clima de quase mística unção, as letras sendo caprichosamente desenhadas, uma após a outra.

Mas os dias passam, as lições para casa se sucedem, os cadernos, como todas as coisas, vão ficando velhos, manchados, amassados. Algumas folhas são arrancadas, outras caem, e um dia a capa se desprende também e é colada com um durex que logo fica também sujo, encardido. O caderno resiste bravamente, mas o tempo trabalha contra ele: um dia chega o fim do ano, os exames finais. Há ainda uns derradeiros momentos de glória, de febril emoção, quando o caderno é de novo e nervosamente folheado, em busca dos pontos que cairão na prova.

Mas aí vem o resultado final – *passei! Mãe, pai, passei!* – e num gesto de irresponsável, mas compreensível alegria, o caderno é arremessado longe, às vezes até pela janela. Cai na rua, um carro passa sobre ele, termina de destruí-lo: o vento leva para longe as folhas soltas, e algum papeleiro recolherá o que dele resta. O menino vai para as férias, volta, e um dia entra numa papelaria, os olhos brilhando, com uma nova lista de cadernos para comprar.

A PRIMEIRA CARTILHA

Há coisas que a gente não esquece: a primeira namorada, a primeira professora, a primeira cartilha. Minha introdução às letras foi feita através de um livrinho chamado *Queres Ler?* (assim mesmo, com ponto de interrogação). Era um clássico, embora tivesse alguns problemas: em primeiro lugar, tratava-se de um livro uruguaio, traduzido (o que era, e é, um vexame: cartilhas, pelo menos, deveriam ser nacionais). Em segundo lugar, era uma obra aberta e indiscreta: trazia instruções pormenorizadas sobre a maneira pela qual os professores deveriam usar o livro com os alunos. Quer dizer: era, também, para os professores, uma cartilha, o que, se não chegava a solapar a imagem dos mestres, pelo menos os colocava em relativo pé de igualdade com os alunos (pé de igualdade, não; menos. Pé de página, e em letras bem pequenas). Isto talvez fosse benéfico, porque um estímulo tínhamos para aprender a ler: ansiávamos pra descobrir os segredos dos mestres.
    Em terceiro lugar – mas isto era grave –, a cartilha começava com a palavra *uva*. Com a palavra só, não; havia uma ilustração mostrando um grande, suculento, lascivo cacho de uvas (estrangeiras, naturalmente). Era um suplício olhar aquelas uvas (aliás, à época, uva designava, e não por

acaso, uma dona boa), principalmente para os alunos mais pobres cujo único contato com o fruto da videira era exatamente através daquela figura. Bem, mas não é isto o que importa. O que importa é que aquele era o nosso primeiro livro, o livro que carregávamos com orgulho em nossa pasta. E o que importa, também, é que esse livro, o livro que jamais esqueceríamos, tinha um nome provocadoramente amável: ele não ordenava, ele perguntava; ele não só perguntava, ele convidava. E não sei de que outra maneira se possa introduzir uma criança à leitura, senão através de um sedutor convite. Porque ler é um ato da vontade. Diante da TV se pode ficar passivo, absorvendo imagens e sons. A TV não indaga, ela se impõe. E pode se impor por causa da força de uma tecnologia que é absolutamente totalitária: do universo eletrônico no qual vivemos ninguém escapa.

Ler, não. Ler exige esforço. No mundo da leitura só se entra pagando ingresso. Decodificar as letras, transformá-las em imagens é uma arte, como é uma arte tocar um instrumento musical. Mas aqueles que entram no mundo da leitura, aqueles que a ele são bem conduzidos, estes encontram nos livros um lar, uma pátria, o território dos sonhos e das emoções.

Queres Ler? – pergunto a meu filho, e espero que a resposta dele seja afirmativa. Para que ele possa provar a uva da qual é feito o doce vinho da fantasia arrebatadora.

A ARTE DE
ROUBAR LIVROS

Na turbulenta década dos sessenta, um líder radical norte-americano, não me lembro se Jerry Rubin ou Abbie Hoffman, redigiu um manual de terrorismo, que ensinava a fazer coquetéis Molotov e coisas assim. A obra foi publicada com o seguinte e sugestivo título: *Roube este livro*. Não se sabe se o conselho foi seguido ou não. Os anos sessenta passaram, Rubin e Hoffman tornaram-se prósperos executivos, *yuppies* como dizem os americanos, e não se falou mais a respeito. A verdade, porém, é que roubar livros é uma arte antiga, que já existia antes de Rubin e Hoffman, e continuará, pelo jeito, a existir durante muito tempo. Os livreiros são discretos a respeito, mas qualquer um deles dirá que um certo número de leitores prefere levar obras literárias sem passar pela caixa registradora.

* * *

Por quê? Por que se roubam livros das lojas com maior facilidade com que se roubaria, digamos, um revólver numa loja de armas? Por duas razões. A primeira é que o livro é (com exceção do Aurelião e de alguns outros) portátil, fácil de carregar. Em segundo lugar, o livro é um objeto inofensivo, modesto, desamparado. Longe dos leitores, sente-se tão abandonado, que no silêncio das livrarias é quase possível ouvir o seu murmúrio queixoso: *leve-me, por favor.*

* * *

Qualquer meliante experimentado faria uma limpa numa livraria. Só que os meliantes estão desaparecendo, e dando lugar aos assaltantes violentos. Nem estes, porém, nem os gatunos de outrora estão interessados em livrarias. Eles têm mais o que roubar, e não precisam consultar livro algum. Desta forma, a tarefa de furtar livros fica a cargo de amadores. Pior: de intelectuais. E roubar livros é uma tentação que assalta qualquer leitor cuja voracidade não encontra suporte numa bem nutrida conta bancária. Infelizmente, esta tentação não se traduz na habilidade mínima necessária para surrupiar mesmo um livro de bolso. Minha própria experiência a respeito é ilustrativa. Adolescente, viajei certa vez a São Paulo, e lá alguns amigos me levaram a uma livraria que era o local ideal para a iniciação ao furto. Em primeiro lugar, era uma sala pequena, escura, atulhada de livros. Em segundo lugar, só era vigiada pelo dono, um velhinho míope e sonolento. Em terceiro lugar, tratava-se de um estabelecimento especializado em literatura marxista, onde toda a defesa da propriedade privada estava, portanto, suspensa *a priori*. Meus amigos, equipados com pastas, não tiveram dificuldade de fazer uma farta colheita – e se mandaram. Fiquei lá sozinho, incapaz de cumprir uma tarefa que, àquela altura, já era questão de honra. Terminei escolhendo um opúsculo de Marx (era, creio, *O Dezoito de Brumário e Luiz Napoleão*), coloquei-o – adivinhem! – sobre o ombro (isto mesmo, sobre o ombro), e sobre este livro coloquei a jaqueta que eu levava. Equilibrando precariamente livro, jaqueta, e mais a minha culpa judaica e a má consciência da classe média, cheguei a ir até a porta – mas voltei e coloquei o livro no lugar. Marx perdeu um leitor, a revolução mundial sofreu um retardo – e ficou mais um livro para ser queimado em 1964.

* * *

A tentação de roubar livros nos persegue pela vida afora, tanto que ninguém devolve os livros que pede emprestado. Não se trata de um problema financeiro, apesar de os livros não estarem exatamente baratos. É uma coisa emocional: como se o amor pela palavra impressa não pudesse ser conspurcado pela transação comercial.

Um amigo meu, ex-revolucionário como Rubin e Hoffman, tornou-se, como eles, um bem-sucedido executivo no Rio de Janeiro, e resolveu aplicar parte de seus ganhos abrindo uma pequena livraria na Zona Sul, cuja administração ficou a cargo de um gerente. Todos os dias ia lá, misturava-se com os clientes – era um lugar bem freqüentado – e ficava observando o movimento. De vez em quando, para testar a velha habilidade, roubava, ele mesmo, um livro. Levava-o para o gerente.

– Você me viu roubar este livro?

Confesso que não vi, dizia o gerente, mas o dono da livraria não conseguia acreditar: será que o homem não estava querendo apenas agradar ao patrão, mesmo com o risco de ser posto para fora por incompetência? Com um suspiro, colocava o livro na prateleira e ia embora. Triste: *quando não se pode mais roubar livros,* dizia, *que graça resta na vida?*

ROEDOR LITERÁRIO

Não pode haver evidência mais implacável da passagem do tempo: Mickey já é sexagenário. Sem rugas, porque os heróis infantis não envelhecem; mais que isto, conservando todo seu encanto, até reforçado pela aura nostálgica. Sou mais o Pato Donald, mais autêntico no seu mau gênio, mas a verdade é que Mickey é a própria imagem da simpatia. Apesar de ser um camundongo; ou justamente por ser um camundongo. É curioso, isto: enquanto os ratos provocam generalizada repulsa, os camundongos são vistos com certa tolerância e até ternura. É que o rato é furtivo, cinzento e tem uma longa cauda; as imagens que evoca, inclusive inconscientes, estão bem de acordo com esta aparência desagradável. Além do que é um animal que destrói alimento e dissemina doenças. Temos pois todos os motivos, reais e imaginários, para não gostar de ratos.

* * *

Não quer dizer que os camundongos sejam inocentes. Além de assustar as donas de casa – e quem não conhece a imagem caricatural de uma pobre senhora aterrorizada, de pé sobre uma cadeira, olhada com filosófica zombaria por um ratinho? – também provocam seus estragos. Como pude constatar, dia desses, na garagem onde guardo meus livros e antigos escritos (o carro, na minha casa, fica ao relento; sou daqueles que acredita que a palavra escrita tem mais direito à proteção do que a máquina). Na alta prateleira onde guardo meus originais ouvi um barulho. Afastei uma caixa de papelão e lá estava ele, o ratinho, muito bem instalado. Além de estar violando as leis do inquilinato, construíra seu ninho com fragmentos de papel – roendo, para isso, meus manuscritos. Constatei que seu gosto literário coincidia com o meu: deixando de lado minhas primeiras tentativas ficcionais, aliás, nunca publicadas, concentrara-se em obras já divulgadas, como O *Exército de um Homem Só*, que me deu considerável trabalho.

* * *

Eu deveria, naturalmente, ter me envaidecido com esta preferência. Afinal, não é todos os dias que se encontram leitores com tal grau de voracidade, e dispostos a fazer da ficção de um autor a casa de seus sonhos. Mas o ser humano é um inimigo atávico dos ratos e assim, munido de uma vassoura, dei a minha contribuição, senão para a preservação da literatura, ao menos para a diminuição da população dos roedores urbanos. Dizem que há dez ratos para cada habitante de Porto Alegre. Diminuí minha cota para nove.

Sei que o camundongo Mickey não deve ter ficado muito satisfeito com meu gesto. Mas, sexagenário, ele já deveria ter aprendido esta lição: a vida é dura. Mesmo para camundongos simpáticos e/ou literários.

OS DIREITOS DAS MULHERES
(CRÔNICA E ANTICRÔNICA)

A Crônica

*U*m novo Código Civil está para ser lançado no país, com o objetivo, entre outros, de promover uma maior igualdade entre os direitos do homem e os direitos da mulher. Objetivo muito meritório. Mas podemos estar certos de que ele não será completamente atingido enquanto as baratas não o aceitarem. Os insetos do gênero *Blatta*, entre os quais as baratas se encontram, é que são os verdadeiros opressores da mulher. Causa admiração o fato de as líderes feministas até hoje não se terem dado conta disto. Não há marido capaz de causar na esposa o pavor que causa a visão de uma barata movendo suas antenas sobre a pia da cozinha. O grito então lançado é capaz de acordar toda a vizinhança – gerando a impressão de que a própria cônjuge está sendo maltratada. Não está. Está apenas olhando, *aterrorizada*, a barata.

As baratas são algozes muito mais eficientes que os esposos. As baratas se escondem, os maridos não (exceto em aviões; mas isto se refere à minoria com poder aquisitivo maior). As baratas estragam a comida – comprada muitas vezes com o salário duramente ganho pelo marido. É verdade que as baratas não resistem a uma chinelada: mas quem se anima a matá-las, senão o próprio marido? É este fato, aliás, que tem feito a fortuna das desinsetizadoras. Claro, não há desinsetizadora para maridos, mas em compensação o enfarte....

A batalha final não será, como imaginava o amargo humorista norte-americano James Thurber, entre homens e mulheres, mas sim entre as mulheres e as baratas.

Um maquiavélico poderia pensar que a manutenção da hegemonia masculina depende de um pacto com as baratas. Se é assim, nós, homens, estamos irremediavelmente perdidos. Acho que, apesar de tudo, ainda preferimos as mulheres. A menos que surja um novo tipo de pervertidos que... Deus do céu, melhor nem pensar. Pornografia com ficção científica também já é demais.

A Anticrônica

O autor da crônica(?) acima, Moacyr Scliar, é metido a engraçado. Quer brincar com um assunto que é sério – e que ele sabe ser sério. No fundo, ele é um preconceituoso. Mesmo sendo um sujeito pretensamente esclarecido, mesmo tendo um curso superior, livros publicados etc., ele não passa de um preconceituoso. Pior: um preconceituoso que já foi, inclusive, vítima de preconceitos.

O sr. Moacyr esquece que foi gerado e criado por uma mulher a quem atormentou durante muito tempo, e pelas mais variadas razões. O sr. Moacyr esquece das numerosas amigas e namoradas que teve, e que agüentaram o quanto deu. O sr. Moacyr esquece sua mulher, companheira de longos anos de lutas. O sr. Moacyr sofre de amnésia – uma doença da qual as baratas certamente estão livres.

Pergunta-se: gosta o sr. Moacyr de lavar pratos? Ele que não venha com a desculpa que a tecnologia moderna livrou as pessoas desta desagradável tarefa. A tecnologia, sr. Moacyr, livrou algumas pessoas dos pratos e das baratas e de muitas outras coisas desagradáveis. Mas a tecnologia ainda não conseguiu erradicar o preconceito e sua manifestação: a brincadeira de mau gosto!

O sr. Moacyr fala com superioridade das baratas. Como se elas fossem o fiel da balança, o divisor de água, o critério maior de desigualdade (outros dizem: no dia em que uma mulher me der um lugar no ônibus... No dia em que uma mulher dirigir um carro sem fazer barbeiragem... No dia em que uma mulher trocar um pneu ou souber que as velas do motor não são de cera... *Tudo cascata.*) Mas o sr. Moacyr não conta o que aconteceu quando entrou na cozinha na noite de 23 de setembro de 1987 e uma enorme barata veio voando em sua direção. Por acaso o sr. Moacyr abriu os braços para a criatura? Por acaso mostrou carinho ou ternura por ela? Não, o sr. Moacyr esquivou-se – como o faz diante de questões difíceis – e foi em busca de uma vassoura, com a qual liquidou a pobre barata, que aliás estava pousada na parede, de costas para ele. Claro, depois se vangloriou: mas esqueceu-se de comparar o seu tamanho com o da barata; esqueceu-se de mencionar a arma que usou.

De qualquer modo, porém, o sr. Moacyr já pagou por suas insolências. A grande história sobre baratas (ou sobre insetos semelhantes a baratas) já foi escrita, e tudo que ele pode fazer agora é invejar Kafka. Invejar Kafka por escrever tão bem, invejar as mulheres pelos poderes que têm: eis o seu castigo. No fundo ele as admira: e sua autocrítica – esta anticrônica – nada mais é que uma homenagem envergonhada. Porém sincera.

TECLADOS

*M*eus pais queriam que eu aprendesse piano: ter um filho concertista é um sonho acalentado por muitos progenitores. Mas eu estava com dez anos, era impaciente e a professora me batia nos dedos com uma régua cada vez que eu errava a escala. Desisti; e, na mesma época, aprendi a bater à máquina. Troquei um teclado por outro. A opção era, provavelmente, inevitável; mas não estou seguro de que tenha sido a melhor. O teclado do piano é sob todos os aspectos superior ao de uma máquina de escrever. Começa que representa um desafio maior. As teclas do piano ali estão, em perfeita fileira, como dentes; brancas ou pretas, não têm, contudo, identificação. Em nenhuma está escrito sol ou dó. Nunca se sabe ao certo que som produzirão, quando golpeadas. No teclado da máquina de escrever estão letras, números, acentos e símbolos gráficos; tudo é previsível e regulável. Falta a surpresa que é, afinal, o que dá sabor à vida.

* * *

Um piano impõe respeito. Pode-se, é claro, dedilhar despreocupadamente o teclado, mas nada mais se obterá do que isto, que sons despreocupados. O teclado responde, sim, ao artista, ou pelo menos à pessoa que treinou arduamente durante muito tempo. Para enfrentar a máquina de escrever, tudo que você precisa é um curso de datilografia, e às vezes nem isso. Certamente há datilógrafos prodigiosos, mas prodigiosos pelo domínio da habilidade, não de uma arte. E a maior parte das pessoas que batem a máquina não são datilógrafos. Entre os escritores não são poucos os que escrevem à mão. Dir-se-ia que a manipulação da caneta ou do lápis estabelece uma melhor comunicação com a palavra que está sendo traçada; o intermediário mecânico pode ser dispensado. Não para o pianista. Pianista e piano são uma coisa só, dissolvem-se como entidades na música. O piano proporciona assim uma gratificação imediata; ou, pelo menos, um *feedback*. O pianista sempre sabe a quantas anda. Não o profissional da palavra. Este vê formarem-se na folha de papel as palavras, as sentenças – mas e aí? O que acontecerá? Um texto é como uma mensagem daquelas que os náufragos lançavam no mar, em garrafas. E porque escrever é um vício solitário, a visão do escritor à máquina não arrebata ninguém; ao contrário, inquieta: o que é que ele já está inventando? Mas, ao piano, o artista empolga a platéia, pela transfiguração, pela poesia ou pela energia dos gestos; pela cabeleira revolta ou pelas belas mãos. E o pianista pode ser ainda acompanhado por uma orquestra, quando então sua capacidade de arrebatar multiplica-se exponencialmente. Mas existe uma orquestra de máquinas de escrever? Existe um concerto para máquina de escrever e orquestra?

* * *

Existe. Isto é, quase existe. O conjunto argentino Les Luthiers, formado por músicos eruditos que tocam os mais exóticos instrumentos, utiliza uma espécie de piano, máquina de escrever em que as teclas percutem lâminas de vidro: letras e música.

O achado, contudo, é uma exceção. Na maioria das vezes quem bate à máquina, seja datilógrafo ou escritor, deve-se contentar com o monótono ruído que, na melhor das hipóteses, lembra o matraquear de uma metralhadora. Entende-se a melancolia do escritor Jack London, na história que contava sobre sua vocação musical revelada, dizia, numa enchente. As pessoas não entendiam e ele então explicava:
– As águas invadiram nossa casa... Meu pai subiu na mesa e saiu flutuando. E eu o acompanhei no piano.

* * *

Esta é, aliás, a última vantagem: num piano se pode flutuar sobre as águas que cobrem a face do mundo; mas com uma máquina de escrever o naufrágio é inevitável: o jeito é parar de escrever e ir para a praia.

A PAIXÃO REDIGIDA

Tecelã usa serviço "Escreve cartas" para dar notícias ao irmão: programa gratuito lançado ontem em São Paulo oferece auxílio para analfabetos.

Cotidiano, 23 de outubro de 2001

*E*la queria mandar uma carta para o irmão, e foi assim que Jorge a ficou conhecendo: era empregado de um serviço que prestava ajuda a pessoas iletradas. Não era bem o que gostaria de fazer; na verdade, seu sonho era tornar-se escritor, e tinha até um romance na gaveta, uma melancólica história de amor que os editores sistematicamente haviam recusado. Assim, para prover o pão de cada dia, aceitara aquela tarefa. Até então se desempenhara com burocrática eficiência, procurando não tomar conhecimento dos dramas que se revelavam em cada missiva.

Mas a mulher, por alguma razão, captou sua simpatia. Escrita a carta, ela voltou muitas vezes; aparentemente era apegada àquele distante irmão, a quem contava tudo. Jorge, como um bíblico escriba, ia registrando tudo. Um dia ela lhe fez um pedido surpreendente: queria que ele escrevesse uma carta de amor. Jorge estranhou: até então ela não falara em namorado, muito menos em namorado distante. Mas ele estava ali para atender a solicitações, não

para investigar a vida alheia. Perguntou a quem se dirigia a carta. Ela não entendeu: como, a quem? Preciso saber o nome da pessoa a quem você vai escrever, explicou. Ela hesitou, embaraçada; por fim, decidiu:
– Deixe em branco o lugar para o nome.
Foi o que ele fez. Mas isso não resolvia o problema: ela confessou que nunca tinha escrito uma carta de amor, que não sabia o que dizer. Jorge tratou de ajudá-la: abra seu coração, fale de seus sentimentos, imagine aquilo que você diria se ele estivesse perto de você.
E ela falou. Abriu o coração, como ele tinha recomendado. Foi como se uma represa se abrisse, deixando escapar uma torrente incontrolável de emoções: você é tudo para mim, eu não posso viver sem você, eu preciso de você. Jorge chegou a ficar perturbado. Pela primeira vez estava vendo a tecelã como uma mulher. E não era feia ela, era até bem bonita, com um rosto doce, ainda que vincado pelo sofrimento.
Terminou de escrever, entregou-lhe o papel, ela agradeceu e foi embora. No dia seguinte, ao chegar para o trabalho, ele encontrou sobre sua mesa um envelope. Abriu-o, e ali estava a carta que tinha escrito. Agora com destinatário. Em letras trêmulas, hesitantes, estava o nome que ela, sem dúvida, tinha copiado da plaqueta que, sobre a mesa, o identificava: Jorge.
Nunca mais voltou. Mas ele tem esperança de encontrá-la. Quer que ela lhe ensine como se escreve sobre o amor.

A ALMA DO NEGÓCIO

Uma prática que se dissemina com as ofertas feitas pela internet está comprometendo a validade dos títulos em cursos de graduação e pós-graduação do país: o comércio de monografias, trabalhos de conclusão de curso, dissertações de mestrado e teses de doutorado.

Cotidiano, 1º de julho de 2002

Durante anos, ele viveu amargurado. Depois de um curso brilhante e promissor, recebera seu diploma e daí em diante sua trajetória havia sido uma sucessão de frustrações. Seus trabalhos eram recusados ou publicados em obscuras revistas de quinta categoria. O sucesso que tanto esperara nunca chegava e, obrigado a sustentar uma família, tivera de aceitar um emprego como professor numa medíocre faculdade de subúrbio. A única coisa que o consolava era navegar pela internet. E foi a internet que de repente lhe revelou um novo caminho.

Descobriu que poderia oferecer trabalhos acadêmicos. Era só anunciar que estava à disposição e aguardar contatos. Deveria fazê-lo?

Foi uma decisão sofrida. Mas, depois que ele a tomou, não se arrependeu. Era uma questão de princípio: nunca se arrependia, nunca voltava atrás. E a verdade é que, ao menos aparentemente, não havia motivos para voltar atrás. Os pedidos choviam, prova de que ao menos alunos desesperados reconheciam seu talento. Mais do que isso, começou a ganhar um bom dinheiro. Sua vida melhorou: mudou para um novo apartamento, comprou um carro novo. A mulher, aparentemente, estava satisfeita, mas não lhe perguntava de onde saía a inesperada riqueza.

A si mesmo ele repete que não está fazendo nada de errado. Vamos dizer que eu estivesse orientando esse aluno, monologa, vamos dizer que ele, memorizando de forma fantástica as minhas palavras, reproduza-as exatamente no texto: é isso uma transgressão? Claro que não é.

O raciocínio acalma sua consciência, mas não desfaz uma certa inquietação. A inquietação gerada por uma peculiar fantasia.

Um dia ele será contratado por algum aluno estranho. Tão estranho, tão irritantemente estranho, que ele se sentirá tentado a escrever uma tese completamente nova e original. Isso ele fará por pirraça, naturalmente. Mas o resultado será surpreendente. A tese será aprovada com distinção. Mais que isso, será publicada e virará *best-seller*. Receberá um importante prêmio, será traduzida em vários idiomas, terá repercussão internacional. Ele verá a foto do estranho aluno em jornais e revistas. Ele ouvirá o nome dele mencionado onde quer que vá.

Terá de guardar segredo, claro. Afinal, como diziam os antigos, o segredo é a alma do negócio.

AS LETRAS NO BANHEIRO

Papel higiênico impresso com lições de inglês. Coisas desse tipo fazem parte do livro *1000 Extraordinary Objects*, produzido pela editora Taschen, da Benetton.

Ilustrada (Marcelo Coelho), 16 de janeiro de 2002

Alguns gostam de ler sentados na poltrona. Outros preferem a cama; e olham com prazer a pilha de livros que se forma na mesa de cabeceira, ignorando o risco que pode representar a queda de tal pilha sobre a pessoa. Outros, ainda, lêem no banheiro. Francisco era desses. Lia no banheiro. Apesar das advertências de seu velho médico: "Você vai acabar com hemorróidas. Evacuar é uma atividade que exige atenção integral. O corpo pune quem não segue esta regra". Pois Francisco não a seguia. Seu estoque de livros no banheiro era muito maior que o estoque de papel higiênico: sofria de prisão de ventre, mas não se importava: graças a ela, tornava-se cada vez mais culto e letrado.

E aí ficou sabendo do papel higiênico impresso com lições em inglês. Vibrou: grande invenção, feita especialmente para gente como ele. Mandou buscar no exterior vários rolos do produto. Que custou muito caro, naturalmente. Mas Francisco achou que valia a pena. Diferentemente de certas marcas nacionais, cujo comprimento às vezes encurta, aqueles rolos eram bastante longos. Tinham de sê-lo: inglês não é uma língua fácil de aprender. E assim Francisco iniciou o seu curso em caráter, digamos, privado. No começo era muito chato, porque tratava-se só de gramática. Francisco aprendeu as regras básicas e foi aumentando o seu vocabulário. Ao final do terceiro rolo já conseguia traduzir os títulos dos filmes e até ler, com alguma dificuldade, jornais. Estes jornais, é bom dizer, eram usados unicamente como fonte de informação. Francisco não era daqueles que substituem o papel higiênico por similares, mesmo em inglês.

Com o quarto rolo veio uma surpresa agradável: Francisco estava entrando na literatura. Começou pela poesia: os sonetos de Shakespeare, que lia com comovida reverência. Tanta reverência que a esposa, impaciente, batia na porta:

– Eu sei que você gosta de ler no banheiro. Mas o pessoal está nos esperando para jantar, Francisco!

Com um suspiro, terminava a leitura. E, embora fosse um sacrilégio, limpava-se com aquele precioso material. Desejando que algo do talento de Shakespeare o impregnasse, ainda que por via retrógrada.

O auge da emoção ocorreu no quinto rolo, todo dedicado a histórias de suspense, o gênero de que Francisco mais gostava. Ali estavam, impressos no papel higiênico, os contos de Edgar Allan Poe. Ali estava Sherlock Holmes, esclarecendo crimes. No dia em que começou este quinto rolo, Francisco preparou-se para horas de deleite.

Em vez disso, um choque. De repente, estava com diarréia – resultado, talvez, de alguma coisa que tinha comido fora de casa. Diarréia terrível, um verdadeiro dilúvio. E, nessa emergência, ele não teve outro remédio senão sacrificar o amado papel higiênico. Sem esclarecer nenhum crime sequer, Holmes era lançado ignominiosamente no vaso e sumia em meio à fétida e líquida matéria fecal. E junto ia o pobre Poe.

Francisco não tem mais lido no banheiro. Em parte porque está seguindo o conselho do médico. Mas, principalmente, porque não quer sofrer outra desilusão.

OS LIVROS
COMO PAIXÃO

> Ladrão de livros de 85 anos é proibido de entrar em bibliotecas da Califórnia.
>
> *Folha Online,* 14 de novembro de 2002

Ninguém compreende minha paixão por livros, suspirava ele. E era uma grande paixão: o pequeno apartamento em que vivia estava literalmente atulhado de romances, livros de contos, obras de auto-ajuda, textos médicos, até. Não que ele os lesse. Ler era secundário. O importante era possuir os livros, saber que toda aquela riqueza cultural do passado estava ali, ao alcance de sua mão. A mão que acariciava as lombadas, que folheava amorosamente as páginas.

O problema é que livros custam dinheiro. E dinheiro lhe faltava. Aos 85 anos, vivendo de uma modesta aposentadoria, o ancião não podia despender muito em livrarias. Por isso roubava. "Roubo", aliás, era uma expressão que lhe desagradava; preferia falar em algo como "redistribuição da riqueza intelectual". Mas o eufemismo não o ajudava muito. Nem as mãos trêmulas, nem a lentidão.

Cada vez que ia roubar um livro, deixava cair uma pilha inteira no chão. Mais do que isso, não sabia disfarçar:

os bibliotecários sabiam quando ele estava roubando. Pediam-lhe as obras furtadas de volta e, justiça seja feita, ele nunca se negou a fazê-lo. Era parte de um jogo, um jogo que ele adorava, e cujas regras sempre respeitou.

Infelizmente, porém, os bibliotecários cansaram deste jogo. E um acordo entre eles resultou em uma decisão: o homem agora está proibido de entrar nas bibliotecas. Não adianta ele dizer que quer apenas consultar jornais. Não adianta, também, dispor-se a ser revistado. A paciência dos responsáveis simplesmente terminou.

Resta-lhe refugiar-se em seu sonho. E que sonho é este? Ele sonha que um dia vai ganhar muito dinheiro – num cassino, ou numa loteria. E aí comprará uma grande e antiga biblioteca – que será só dele. Ninguém mais poderá freqüentá-la. Só ele. Ali irá todos os dias.

Para roubar livros, claro. E os bibliotecários, seus empregados, não poderão dizer nada. Mais: terão de fingir que não percebem o furto. E ele roubará o que quiser.

Belo sonho, consolador sonho. O único inimigo deste sonho é o tempo. Com 85 anos, quanto mais ele poderá esperar pelo cassino ou pela loteria? O tempo é um grande e implacável ladrão. E não tem nenhuma paixão por livros.

ESTRANHAS HISTÓRIAS DE ESCRITORES

Rituais Literários

*E*screver é uma coisa que dá muita alegria, mas dá muita ansiedade também. É um trabalho, claro, mas não é um trabalho parecido ao de assentar tijolos ou fabricar móveis (esta comparação sempre me ocorre: meu avô era marceneiro). Fazer literatura é, como diz Franz Kafka, transformar a vida em palavras – e por isso o escritor acaba pagando um preço que é exatamente este, o da ansiedade.

Uma das maneiras de vencer a ansiedade é recorrer a rituais. E em matéria de rituais, a imaginação dos escritores não encontra limites. Gabriel García Marquez só consegue escrever depois de preparar a sua mesa de trabalho como se fosse a de um artesão, com todas as ferramentas – lápis, borrachas, papel – ali dispostas. Além disto, precisa apontar os lápis, várias dezenas deles, antes de começar a escrever. Já a poeta americana Hilda Doolittle precisa jogar tinta nas próprias roupas, para dar a si mesma um senso de "liberdade e indiferença". Com a conta de tinturaria que deve ter, seguramente precisa ganhar muito dinheiro com sua poesia, a menos que recorra ao estilo Monica Lewinsky – preservar os vestidos sem lavá-los.

Ernest Hemingway só escrevia de pé. Clarice Lispector permitia-se sentar, mas com a máquina de escrever (portátil, claro) ao colo e com os filhos por perto: assim cumpria, sem muita culpa, a dupla tarefa de mãe e escritora. O escritor Robert Graves só escrevia à mão, com uma antiquíssima caneta e tinta. A poeta Elizabeth Bishop podia usar máquina de escrever – mas para prosa. Para poesia tinha também de ser à mão. Conrad Aiken só usava papel jornal, ordinário: não se sentia autorizado a usar papel de boa qualidade para seus textos. Truman Capote deitava-se e ficava ditando o texto para a sua secretária. Já Marcel Proust mandou forrar de cortiça o aposento onde escrevia: não suportava barulho.

Angústias Literárias

Escritores sofrem. Todos os seres humanos sofrem, mas escritores têm motivos peculiares para sofrer. Por exemplo: o bloqueio. Semanas, meses, anos podem se passar sem que o escritor tenha uma boa idéia para um texto. É claro que as boas idéias estão ali, no inconsciente, mas quem disse que a culpa lhes permite emergir? Outras vezes acontece que as idéias surgem, mas rapidamente desaparecem. Daí o clássico caderninho. Daí a pressa em anotar. Que muitas vezes resulta inútil.

Um escritor (deste não lembro o nome; que diabos, não anotei) tinha excelentes idéias enquanto dormia. O problema é que, ao acordar, não as lembrava. Para obviar o inconveniente, colocou um caderninho e um lápis na mesa de cabeceira. Naquela noite teve uma notável idéia. Imediatamente acendeu a luz, fez a anotação e voltou a dormir. De manhã, foi ver o que tinha escrito. Nada: o caderninho estava em branco. Ele sonhara com uma idéia, sonhara que a havia anotado – sonhara, simplesmente.

Coleridge, o grande poeta inglês, era viciado em ópio. Uma vez tomou uma grande dose da droga e, sonolento, adormeceu. Sonhou então com um poema – não com as imagens do poema, mas com o próprio poema, com as palavras brotando em rápida sucessão. Acordou e precipitadamente começou a escrever os versos de seu *Kubla Khan*.
Neste momento bateram à porta: era um cavalheiro que vinha falar de negócios. Coleridge atendeu-o. Quando voltou à mesa, para concluir o trabalho, verificou que não podia fazê-lo: o restante do poema simplesmente tinha sumido de sua mente. *Kubla Khan* ficou incompleto.

Estranho Destino de Textos

Mesmo no papel o texto não está protegido contra as armadilhas do destino. A escritora Edla van Steen esqueceu num táxi os originais de seu primeiro romance. Nunca mais os recuperou.
(Tive uma experiência similar, só que não tão drástica: esqueci num trem americano um capítulo de um romance. Tentei o que pude para recuperá-lo; cheguei a ligar para a companhia de trens, a Amtrak, pedindo que o encontrasse. Resposta do imperturbável funcionário:
– Senhor, ao final de cada viagem o lixo é jogado fora.)
De um trem foi também roubada a maleta de Ernest Hemingway. Ali estavam todos os seus primeiros contos. O escritor não tinha cópia de nenhum deles. Hemingway ficou desesperado, mas o contrário aconteceu com T. E. Lawrence, o autor de *Os Sete Pilares da Sabedoria*. Quando esqueceu, numa estação ferroviária (pelo visto, os escritores têm um problema com trens), a primeira versão de seu texto, exultou:
– Felizmente perdi aquela merda.

A empregada de John Stuart Mill acendeu o fogo com os originais de *A Revolução Francesa*, que Thomas Carlyle havia emprestado a seu patrão.

Toby, o cachorro de John Steinbeck, devorou o primeiro esboço da obra de seu dono, *Ratos e Homens*. Não se sabe se estava mais interessado nos ratos ou nos homens. Cachorros não falam. Nem dão depoimentos literários.

UM RITUAL DA
VIDA LITERÁRIA

Que eu saiba, a Bíblia não teve lançamento. Também não recebeu resenhas do tipo "as histórias são bem narradas, mas há personagens demais" e não apareceu na lista dos mais vendidos. Sobretudo, a Bíblia não teve sessão de autógrafos: os seus autores, ao menos no que se refere ao Antigo Testamento, permanecem até hoje desconhecidos.

Com o que deixaram de participar em um dos mais consagrados rituais da vida literária. A sessão de autógrafos é uma coisa relativamente nova. Em primeiro lugar porque o livro, tal como o conhecemos, tem pouco mais de 500 anos. Depois, porque a idéia de autor (e de direitos autorais) é ainda mais recente, do século 18. Mas foi uma idéia que veio para ficar. Sociedades baseadas no individualismo exigem isto: alguém para glorificar ou para destruir. Atualmente, o livro não existe se o escritor não está por perto. A idéia do anonimato ou do pseudônimo simplesmente sumiu. E escritores esquivos são um problema para o editor, a não ser que se trate de um Rubem Fonseca ou um Dalton Trevisan, cuja aversão à mídia transformou-os em lendas vivas.

Neste contexto, a sessão de autógrafos adquire uma importância inusitada. "E quando será o lançamento?" – é uma pergunta que os jornalistas invariavelmente fazem aos escritores que anunciam uma obra nova. O lançamento – leia-se, a sessão de autógrafos – é o rito de passagem do livro para o mundo real.

Um rito em geral agradável, vamos deixar claro. É uma oportunidade para as pessoas se encontrarem, e também para uma pequena boca-livre, que também tornou-se indispensável. E é uma massagem no ego do escritor, o que, num ofício que muitas vezes tem o característico de vício solitário, não é pouca coisa.

Mas tem o seu preço. Um deles é a ansiedade: virá alguém? É algo imprevisível. O grande escritor Osman Lins uma vez veio à nossa Feira do Livro e deu autógrafos para três pessoas: Isaac e Regina Zilberman e eu. Tivemos de inventar uma desculpa qualquer para justificar a falta de público. Com o nosso Cyro Martins foi ainda pior: convidado a autografar em Caxias, ele subiu a serra numa gélida noite para encontrar, na livraria, apenas duas pessoas. Dado o autógrafo ao primeiro leitor, ele resolveu puxar conversa com o segundo, para não terminar a coisa de maneira tão abrupta. O homem, inquieto, respondia por monossílabos, até que não agüentou mais e declarou:

– Não adianta o senhor me perguntar sobre literatura, doutor Cyro. Eu trabalho na livraria, e estou aqui na fila só para fazer número.

Supondo, porém, que haja bastante gente, surge um outro problema: a amnésia da sessão de autógrafos, uma entidade que ainda aguarda o seu lugar nos manuais de psiquiatria. A quantidade de escritores que esquece o nome de amigos autografandos é imensa. O poeta Ferreira Gullar me contou uma história que é paradigmática. Ele foi a São Luís do Maranhão – sua terra natal – para lá autografar um livro. Os primeiros na fila eram todos desconhecidos, de modo que não havia problema. Mas de repente Gullar avistou o diretor do jornal para o qual ele havia trabalhado na capital maranhense, alguém cujo nome ele deveria lembrar – mas não lembrava. A sua agonia aumentava à medida que o homem se aproximava – e nada de o nome lhe ocorrer. Quando, finalmente, o diretor apareceu à sua frente, teve de confessar, constrangidíssimo, o seu problema. O homem mirou-o friamente:

– Você não lembra meu nome agora. Quando precisava de mim, você lembrava.

Virou as costas e foi embora.

Não preciso dizer que também passei várias vezes por esta situação. Mas numa delas tive uma surpresa agradável. Eu estava nos Estados Unidos quando um livro meu foi publicado lá. A editora avisou-me que numa terça-feira, às dez horas, haveria uma sessão de autógrafos numa livraria. O que me deixou muito apreensivo: e se eu esquecesse um nome? Pior, se não viesse ninguém, o que me parecia muito provável naquele esquisito horário.

Mas fui até lá. A sessão de autógrafos consistia simplesmente em assinar livros, que depois seriam colocados numa prateleira de livros autografados. Nunca foi tão fácil. Era algo que Ferreira Gullar merecia – à guisa de indenização.

ABSURDO?

A NOITE EM QUE OS HOTÉIS ESTAVAM CHEIOS

O casal chegou à cidade tarde da noite. Estavam cansados da viagem; e ela, em adiantada gravidez, não se sentia bem. Foram procurar um lugar onde passar a noite. Hotel, hospedaria, qualquer coisa viria bem, desde que não fosse muito caro, pois eram pessoas de modestos recursos.

Não seria um empreendimento fácil, como descobriram desde o início. No primeiro hotel, o gerente, homem de maus modos, foi logo dizendo que não havia lugar. No segundo, o encarregado da portaria olhou com desconfiança o casal e resolveu pedir documentos. O homem disse que não tinha; na pressa da viagem esquecera os documentos.

– E como pretende o senhor conseguir um lugar num hotel, se não tem documentos? – disse o encarregado. – Eu nem sei se o senhor vai pagar a conta ou não!

O viajante não disse nada. Tomou a esposa pelo braço e seguiu adiante. No terceiro hotel também não havia vaga.

No quarto – que não passava de uma modesta hospedaria – havia lugar, mas o dono desconfiou do casal e resolveu dizer que o estabelecimento estava lotado.

– O senhor vê, se o governo nos desse incentivos, como dá para os grandes hotéis, eu já teria feito uma reforma aqui. Poderia até receber delegações estrangeiras. Mas até hoje não consegui nada. Se eu fosse amigo de algum político influente... A propósito, o senhor não conhece ninguém nas altas esferas?

O viajante hesitou, depois disse que sim, talvez conhecesse alguém nas altas esferas.

– Pois então – disse o dono da hospedaria – fala para esse seu conhecido da minha hospedaria. Assim, da próxima vez que o senhor vier, talvez já possa lhe dar um quarto de primeira classe, com banho e tudo.

O viajante agradeceu, lamentando apenas que seu problema fosse mais urgente: precisava de um quarto para aquela noite.

Foi adiante.

No hotel seguinte, quase tiveram êxito. O gerente estava esperando um casal de conhecidos artistas, que viajavam incógnitos. Quando os viajantes apareceram, pensou que fossem os hóspedes que aguardava e disse que sim, que o quarto já estava pronto. Ainda fez um elogio:

– O disfarce está muito bom.

Que disfarce, perguntou o viajante. Essas roupas velhas que vocês estão usando, disse o gerente. Isso não é disfarce, disse o homem, são as roupas que nós temos. O gerente aí percebeu o engano:

– Sinto muito – desculpou-se. – Eu pensei que tinha um quarto vago, mas parece que já foi ocupado.

O casal foi adiante. No hotel seguinte, também não havia vaga, e o gerente era metido a engraçado. Ali perto havia uma manjedoura, disse, por que não se hospedavam lá? Não seria muito confortável, mas em compensação não pagariam diária. Para surpresa dele, o viajante achou a idéia boa, e até agradeceu. Saíram.

Não demorou muito, apareceram os três Reis Magos, perguntando por um casal de forasteiros. E foi aí que o gerente começou a achar que talvez tivesse perdido os hóspedes mais importantes já chegados a Belém de Nazaré.

OS 15 MINUTOS
DE FAMA

No futuro, disse Andy Warhol, todos nós teremos direito a 15 minutos de fama. Quando isto acontecer, poderemos ter certeza de que os 15 minutos transcorrerão da seguinte maneira:

O *primeiro minuto* será de surpresa. A fama! Que coisa boa! Claro que eu estava esperando, mas não imaginava que chegasse agora!

O *segundo minuto* será de dúvida. Será mesmo que esta fama é destinada a mim? Será que o destino não se enganou?

O *terceiro minuto* será de busca de provas. O que dizem as manchetes do jornal? E o noticiário da tevê? E o rádio?

O *quarto minuto* será de reafirmação. Sim, sou famoso. Não há dúvida, os jornais dizem, e a tevê, e o rádio: sou famoso.

O *quinto minuto* será de otimismo. Sim, agora que sou famoso, as coisas vão melhorar, o dinheiro vai entrar, as mulheres vão me cortejar.

O *sexto minuto* será de planejamento. Preciso administrar a minha fama, com essas coisas é preciso ter cuidado.

O *sétimo minuto* será de organização. Há uma infra-

estrutura da fama, que tem de ser montada. A palavra básica é conexão. A fama depende dos contatos certos.
 O *oitavo minuto* será de atividades febris. É preciso ir a festas, a recepções, a programas de tevê e de rádio.
 O *nono minuto* será de cansaço. Um cansaço gostoso, porém. O cansaço comparável ao que se segue a uma relação sexual muito satisfatória (a propósito: a fama é um poderoso afrodisíaco).
 O *décimo minuto* será de vaga irritação. Alguma coisa está funcionando mal, mas o quê? O que pode estar errado no mecanismo da fama?
 O *décimo primeiro minuto* é de suspeição. Será que não estão solapando a minha fama? Será que não estão querendo me arrebatar o cetro e a coroa?
 O *décimo segundo minuto* será de apreensão. Não, ninguém está roubando a fama, parece que ela mesma está se esgotando, secando como uma poça d'água ao sol.
 O *décimo terceiro minuto* será de ansiosa expectativa. Pode a fama se renovar? Pode a atenção do público ser captada de novo? Podem voltar os convites para as festas, as recepções, as entrevistas?
 O *décimo quarto minuto* será de completa frustração. Há outros famosos, agora, outros que estão apenas no início de seu período de fama, e é para eles que se voltam todas as atenções.
 O *décimo quinto minuto* é de volta à realidade. A fama terminou, a vida, desgraçadamente, continua.
 Quinze minutos. Quinze minutos intensos. Nenhum de felicidade.

A COR DOS
NOSSOS JUROS

Negro que compra carro nos EUA paga juro mais alto.
Folha Dinheiro, 5 de julho de 2001

No começo a taxa de juros para o comprador do automóvel era estabelecida mediante um critério puramente subjetivo: o vendedor olhava para o cliente, e, se se tratava de um branco a taxa era uma, se se tratava de um negro a taxa era outra. Mas as próprias empresas deram-se conta de que tal procedimento era falho. Entre branco e preto há muitas variações, e essas variações precisariam ser contempladas mediante taxas diferenciais. O problema era: como fazê-lo?

Um teste preliminar revelou que o olho do vendedor não era adequado para isso; o julgamento final dependia muito de concepções pessoais sobre a questão da cor da pele. E, como declarou um empresário do setor, preconceitos são incompatíveis com bons negócios.

Solicitou-se a ajuda de técnicos. Depois de muitas pesquisas, um aparelho foi criado, e recebeu o nome de colorímetro-jurômetro. Basicamente tratava-se de uma célula fotoelétrica capaz de "ler" a cor da pele do cliente, distinguindo-a entre mais de 300 tonalidades. Mediante um simples programa de computador, o resultado era transformado em um número, expressão da taxa de juros no financiamento. Nada pessoal, portanto.

O aparelho parecia a solução final do espinhoso problema. Mas, como às vezes acontece nesses casos, surgiram situações inesperadas. Uma revenda de automóveis recebeu a visita de um cliente albino. O aparelho foi aplicado à pele deste e o resultado surpreendeu o vendedor: a taxa de juros era negativa. Ou seja, o comprador deveria receber dinheiro, ao invés de desembolsá-lo. Também verificou-se que clientes brancos, depois de uma temporada de praia, eram taxados excessivamente, o que não parecia justo, e gerou protestos.

De momento, as revendas de automóveis estão pensando no que chamam de modelo brasileiro: uma taxa de juros democrática, igual para todos. E, sobretudo, muito elevada. O que tem uma dupla vantagem: eleva os lucros e dispensa aparelhos complicados.

SALTO NO ESCURO

Empregadas viram as gerentes do apagão. Responsáveis pela administração da casa, elas decidem cortes e confortos que serão riscados da rotina.

Cotidiano, 10 de junho de 2001

Na vida do casal o racionamento de energia representou um trauma. Sem filhos, eles moravam, contudo, numa grande mansão, a mansão que ela exigira para suas festas e reuniões, e na qual, naturalmente, não faltavam lâmpadas de enorme potência, aparelhos elétricos e eletrônicos. Empresário bem-sucedido, ele, resignadamente, entregara a administração da casa à esposa. Agora, entretanto, os tempos eram outros, os negócios já não iam tão bem; começava a sentir a necessidade de cortar despesas e de, mais que isso, integrar-se ao que era afinal uma campanha do país.
Com o que a esposa em absoluto concordava. Não renunciaria às suas comodidades em hipótese alguma. Ásperas discussões se sucediam. Quem resolveu a questão foi a empregada.
Era uma moça de seus 25 anos, simpática, agradável. Não tinha muito estudo, mas mostrava um notável grau de bom senso e de inteligência. E assim – sempre pedindo

licença, claro – ia mostrando aos patrões as causas de desperdício de energia. A geladeira no quarto dos hóspedes não precisava ficar ligada, a menos que o aposento estivesse ocupado. A garagem tinha lâmpadas em demasia. O jardineiro usava um cortador de grama com excesso de potência. E assim por diante.

O dono da casa acolhia, grato e admirado, as sugestões; já a esposa não via com bons olhos aquela interferência. Mesmo quando tinha de se render às evidências, não o fazia sem muita briga. Acompanhada de acusações à empregada:

– Ela não quer ser só a gerente do apagão. Ela quer gerenciar a nossa vida. Eu conheço essa gente; começam dando um palpite aqui, outro ali, e, quando vai se ver, assumiram o poder.

O marido não dizia nada. Contente porque a despesa com energia diminuíra substancialmente, ele procurava evitar o bate-boca. Estava escrito, porém, que em breve seria colocado contra a parede. Isso aconteceu numa tarde em que a empregada, encontrando ligado o aparelho de ar-condicionado no *living*, tomou a iniciativa de desligá-lo. A patroa ficou por conta: xingou-a, ameaçou despedi-la. À noite, contou o incidente ao marido. Ele ponderou que, afinal, a moça não deixava de ter alguma razão. Com o que a mulher explodiu:

– Você vai ter de escolher: eu ou ela.

Ele pensou um pouco.

– Ela.

Separaram-se naquela semana. Ele agora vive com a moça. São muito felizes. Só uma coisa o incomoda: de vez em quando ela diz, num tom absolutamente casual, que a casa anda um pouco escura e que está pensando em comprar lustres novos. Um deles, maravilhoso, com 24 lâmpadas.

OS GUERRILHEIROS DA LUZ CONTRA OS TRAFICANTES DE ENERGIA

Vale pode parar fábrica para vender energia. Desligar fábricas para vender energia no mercado secundário é uma idéia copiada da crise energética da Califórnia.

Dinheiro, 10 de maio de 2001

No começo eram só as grandes indústrias. Depois, a coisa se generalizou, e muita gente começou a vender energia elétrica. O comércio ficou tão intenso que se tornou necessário organizá-lo: criou-se uma entidade chamada Bolsa da Luz, na qual, todas as segundas-feiras, eram realizados os chamados "leilões de energia" e aos quais compareciam centenas de pessoas. Iniciados os trabalhos, o leiloeiro anunciava:

– Senhores, tenho aqui dez megawatts de excelente energia, que será entregue de forma contínua, sem apagões. Quem dá mais?

Apesar do sucesso da Bolsa da Luz, as suas atividades geraram protestos. Se funcionou na Califórnia, tem de funcionar no Brasil, respondiam os organizadores dos leilões, mas lá pelas tantas o escândalo era de tal ordem que o governo foi forçado a intervir, fechando a Bolsa da Luz. O resultado não se fez esperar: surgiu imediatamente um mercado negro de energia. Os traficantes operavam em certos lugares das grandes cidades brasileiras. A cena era típica. Na calada da noite, e eram noites muito escuras, dois homens embuçados se encontrariam numa esquina qualquer. Depois de olhar para os lados, um deles perguntaria, entredentes:

– Trouxe a coisa?

– Está aqui comigo – responderia o outro, também em voz baixa. – Dois megawatts.

– Só dois? Mas você me prometeu cinco!

– Eu sei. Mas o negócio está muito difícil. Os caras estão em cima da gente. Fique com esses dois, que amanhã eu lhe arranjo mais.

O preço seria rapidamente discutido, e o cliente sairia dali com seus dois megawatts.

Quem não gostou da história foram os fabricantes de velas. Eles estavam apostando na crise para ganhar algum dinheiro, já que suas vendas, nos últimos tempos, haviam dependido exclusivamente da devoção religiosa, coisa sempre flutuante. No momento em que viam a luz (de vela, claro) no fim do túnel, surgia o nefando negócio. De início pediram proteção à polícia, que alegou problemas – caçar traficantes no escuro não seria fácil. Foi formado então um grupo paramilitar, "Os Guerrilheiros da Luz", encarregado de reprimir o tráfico de energia. Vários atentados foram realizados; num deles, um traficante foi violentamente espancado com um pacote de velas. Diante disso, as organizações foram desmanteladas. O chefe de uma delas foi visto, há poucos dias, no aeroporto. Iria para a Califórnia. Isso se as luzes do aeroporto funcionassem e o avião conseguisse decolar.

PARAFUSO FROUXO

Parafuso frouxo causou apagão, diz Aneel.
Dinheiro, 24 de janeiro de 2002

"Prezados ouvintes, aqui estamos, transmitindo diretamente desde a linha de alta voltagem pela qual passa a maior parte da energia elétrica destinada ao país. E é um momento de grande emoção, prezados ouvintes. Segundo fomos informados, com absoluta exclusividade, estamos a apenas alguns minutos daquele que será o maior apagão da história do país. Um apagão digno de figurar no *Livro Guinness dos Recordes* – aliás, um dos editores do referido livro aqui está, a nosso convite, tomando todas as providências para registrar o evento. E de que depende, perguntarão os prezados ouvintes, o apagão? Pois bem, aí está o maior suspense: depende de um parafuso, prezados ouvintes. Sim, um parafuso, similar a tantos outros parafusos que os prezados ouvintes conhecem.

Pois o parafuso está frouxo, prezados ouvintes. O que, a propósito, nos exige um inusitado esforço: temos de nos conter, prezados ouvintes, para não fazer óbvios trocadilhos a respeito. Trocadilhos que talvez provocassem o riso dos prezados ouvintes, mas não é riso que pretendemos, pretendemos atenção. Atenção e concentração, é o que o momento exige.

Daqui de onde estamos, prezados ouvintes, e graças a um potente binóculo, podemos visualizar perfeitamente o parafuso. Mais ainda, podemos visualizar os seus movimentos. Sim, porque ele se move, prezados ouvintes! Apesar de tudo, como diria Galileu, se move! Ele está se desatarraxando sozinho. Sozinho, não: impelido pela força do Destino, de que falava, com tanta propriedade, Giuseppe Verdi. E cada giro do parafuso tem, como diria o escritor Henry James, importância decisiva. Cada giro do parafuso é um milimétrico avanço que nos coloca mais próximos do Grande Apagão, aquele que projetará definitivamente o nosso país no mapa do mundo energético. Podemos até iniciar uma contagem regressiva...

Mas esperem! Quem vem ali? É um homem, prezados ouvintes! Um operário, como se pode deduzir das roupas de trabalho que ele usa. E parece – não quero alarmar ninguém, mas é o que parece – um encarregado da manutenção de linhas! Mais do que isto, ele está armado – armado com várias ferramentas, várias chaves de parafuso! Meu Deus – se esse homem perceber que o parafuso está frouxo, será apenas questão de segundos para que ele o aperte! E, neste caso, o Grande Apagão voltará a ser o que sempre foi, durante décadas – um sonho, prezados ouvintes, apenas um sonho! É uma corrida contra o tempo, prezados ouvintes! O parafuso continua se soltando, o operário continua se aproximando – quem vencerá? Suspense incrível, prezados ouvintes, eu mesmo estou todo arrepiado. Atenção: o operário já localizou o parafuso! Já sacou a sua temível chave de parafusos! Será o fim, prezados ouvintes? Espero que não. Espero que..."

Nesse momento, a transmissão radiofônica foi interrompida. Falta de energia.

AS SURPRESAS DE
UM NOVO ANO

> Doações incluem recados e "cantadas". Além das caixinhas individuais de final de ano, existem também as caixinhas coletivas, que ficam nos balcões de padarias, lanchonetes, bares e farmácias. Numa lanchonete, oito funcionários aguardavam ansiosamente a abertura da caixa, que, além das doações, continha recadinhos e "cantadas" para as garçonetes.
> *Folha Online,* 25 de dezembro de 2003

A dona da lanchonete estava acostumada a encontrar na caixinha recados para as garçonetes, mas, na véspera do Ano Novo, surpreendeu-se ao ver ali um pequeno envelope azul com seu próprio nome. Quem o teria colocado na caixinha? Perguntou aos funcionários; ninguém sabia. Decerto a coisa fora feita de maneira sub-reptícia, talvez com a ajuda de uma outra pessoa. Mas era estranho, aquilo, muito estranho. Mulher de meia-idade, divorciada e amargurada, a dona do estabelecimento não tinha relações com outras pessoas, nem queria tê-las. Chegou a pensar em jogar fora o envelope, mas, depois de certa hesitação, acabou por abri-lo. Continha uma curta missiva, escrita numa bem caprichada letra. Você não me conhece, dizia o misterioso remetente, que se assinava apenas com um R. "Mas eu a admiro há muito tempo. Sempre passo por aqui e olho para você. Vejo em você uma mulher enérgica, digna, bela. Minha timidez impediu-me de dirigir-me a você e tive de recorrer a alguém para colocar essa carta na caixinha, mas é que agora estou decidido: quero começar 2004 a seu lado. Para isso, acho que precisamos nos encontrar." E marcava um encontro num restaurante elegante para a noite de 2 de janeiro.

A carta deixou-a surpresa e perturbada. Desde seu divórcio, muito doloroso (o marido traía-a descaradamente), não mais tivera contato com homens. Mas a candura do misterioso R., sua aparente sinceridade e sobretudo a frase "quero começar 2004 a seu lado", foram decisivas. Decidiu arriscar. O máximo que pode acontecer, pensou, é eu não gostar desse homem e cortar a coisa logo no início. E se desse certo, bem, nesse caso 2004 poderia ser o ano da virada em sua vida.

Vestiu-se caprichosamente, chegou a colocar as jóias que eram herança de sua mãe e que quase nunca usava. E, na hora marcada, tomou um táxi e dirigiu-se para o restaurante, que ficava numa rua estreita e pouco iluminada.

Não chegou ao local. Foi assaltada antes. Um homem arrancou-lhe a bolsa e as jóias e, depois de golpeá-la com a coronha do revólver, saiu correndo. Tonta, o sangue escorrendo de um ferimento na cabeça, ela foi socorrida por uma caridosa mulher e levada para o hospital.

Já recuperada, trata de esquecer o ocorrido. Não foi este o primeiro desgosto que a vida lhe deu. Mais: está convencida de que o bandido não é outro senão o gentil missivista, que queria, como todo o mundo, começar 2004 com um sucesso em sua carreira.

TROFÉU E SONHO

Endividados, clubes penhoram até taça. A crise financeira por que passa o futebol brasileiro leva os principais clubes do país a ter parte dos bens penhorada. O Flamengo disponibilizou troféus ganhos nos últimos anos para diversos credores.
Folha Esporte, 5 de outubro de 2003

A mansão, ainda que luxuosa, é de um mau gosto extremo. Não há muito o que ver, mas o dono faz questão de levar os visitantes a uma sala que chama de "meu templo"; ali, em uma espécie de vitrine, iluminada por fortes lâmpadas, está um troféu, uma taça destas que os clubes ganham em campeonatos. E, sem que lhe peçam, ele conta a história dessa taça.

Tudo começou quando era um rapaz pobre, morando em uma pequena cidade do interior. Lugar modorrento, onde nada acontecia. Assim, foi grande a surpresa quando se anunciou a chegada, ali, de um grande time de futebol: nada menos que o Flamengo, do Rio de Janeiro. Notícia que o deixou excitadíssimo porque, em primeiro lugar, era fã de futebol – jogava razoavelmente bem – e, mais importante, era um ardoroso torcedor do rubro-negro. Que viria ali para disputar um torneio regional, no qual participavam o time da cidade e mais alguns outros clubes de localidades vizinhas.

Na véspera do grande jogo, nem conseguiu dormir, tão ansioso estava. No dia seguinte, foi o primeiro a chegar ao pequeno e precário estádio. Aos poucos as arquibancadas foram se enchendo. Todos miravam-no com irritação. Explicável: ele vestia uma camisa do Flamengo e agitava uma bandeira do clube: decidira assumir a sua condição de torcedor e o fazia com orgulho. Aplaudiu com entusiasmo o rubro-negro, quando este entrou em campo.

A partida começou e logo duas coisas ficaram claras; primeiro, que os donos da casa não eram adversários para o Flamengo; segundo, que o time carioca estava com muito azar. Jogador após jogador se lesionava e tinha de ser substituído. Lá pelas tantas, o insólito; mais um lesionado – e já não havia reservas no banco. O que gerou um impasse. A partida foi paralisada, enquanto juiz e dirigentes deliberavam.

– Foi aí – conta ele – que eu tive uma inspiração. Levantei-me e, da arquibancada, gritei que jogaria pelo Flamengo. Os dirigentes olharam-me com espanto, mas decidiram aceitar a proposta. Rapidamente assinei um contrato e no instante seguinte estava no campo. Num instante, apossei-me da bola, driblei um, driblei o segundo, chutei forte no canto esquerdo – gol! Gol da vitória! O Flamengo ganhou a taça. Que os dirigentes, em sinal de gratidão, me ofereceram.

Esta é a história que o homem conta. Na qual ninguém acredita: todos sabem que comprou a taça, por bom dinheiro, de um credor do Flamengo. Mas também ninguém o desmente. Afinal, quem compra um troféu compra junto o sonho que esse troféu representa.

O PREÇO DA LONGEVIDADE

Bordel australiano oferece desconto para aposentados. Pode ser difícil viver apenas de aposentadoria, mas o dono de um bordel australiano quer melhorar a perspectiva para os pensionistas do país e para o seu negócio. Ele espera encorajar a maior freqüência de seus clientes mais velhos oferecendo-lhes um desconto. Cerca de 20% dos clientes de fim de semana do bordel são homens com idade suficiente para se aposentar, disse o empresário. "Recebemos muitos idosos, especialmente nos fins de semana. Domingo é normalmente o dia em que os aposentados saem e relaxam", disse o dono do bordel. "Eles vêm nos ver antes de irem aos clubes de golfe."

Mundo Online, 16 de junho de 2003

A notícia de um desconto para idosos freqüentadores do bordel teve enorme repercussão, que o dono do estabelecimento tratou de aproveitar. "Em alguns lugares, como no Brasil, estão taxando os aposentados. Nós, não. Nós só queremos melhorar a vida dos idosos", gabava-se.

Mas logo um problema surgiu, na pessoa de um novo freqüentador. Um freqüentador assíduo; vinha várias vezes por semana, o que atribuía ao abundante uso de Viagra. E, cada vez que vinha, exigia o seu desconto.

O dono do bordel desconfiou. Em primeiro lugar, o sujeito parecia muito mais jovem do que a idade que alegava, 72 anos. É verdade que mostrava um documento de identidade para comprová-la, mas tratava-se de uma identidade estrangeira, que poderia ter sido falsificada. Mais: os idosos que habitualmente freqüentavam o bordel, aos domingos, saíam dali para o campo de golfe. O homem, não. O homem ia jogar futebol, esporte pouco apropriado para uma pessoa de idade (verdade que era mau jogador, mas corria os 90 minutos). Pior de tudo, conhecidos garantiam já ter visto o sujeito em outros bordéis, sempre pedindo desconto.

O empresário resolveu investigar o novo cliente. Contratou um detetive particular que, uma semana depois, apre-- sentou seu relatório. O homem tinha de fato 72 anos, mas não estava aposentado; continuava trabalhando, no bar de sua propriedade, onde tinha uma vasta clientela, em sua maioria formada de mulheres (várias das quais eram suas amantes).

O dono do bordel ficou indignado. Estava sendo fraudado, o que não podia tolerar. De modo que, quando no domingo o homem apareceu, lampeiro como sempre, interpelou-o: que história era aquela de se declarar aposentado, quando na verdade continuava na ativa? A princípio o homem negou: não, não trabalhava, estava aposentado, passava o dia em casa. Mas diante das fotos tiradas pelo detetive, que o mostravam no balcão do bar, teve de admitir: sim, ainda trabalhava. E aí fez uma inesperada confissão: na verdade, era o trabalho que lhe dava gosto pela vida. A inatividade não apenas deixava-o deprimido como lhe tirava todo o apetite sexual. Ou seja, só poderia freqüentar o bordel se continuasse trabalhando.

O dono do bordel ficou com pena do homem. Chegaram a um acordo: continuava dando desconto, mas, sobre esse desconto, incide uma taxa de 50%. É o preço que o homem paga para continuar trabalhando. O preço da longevidade. E, claro, o preço do tesão.

DEUS EM PARTÍCULAS

Instalação européia reúne 6.500 cientistas de 80 países para procurar a "partícula de Deus". Se tudo sair como o planejado, uma máquina gigante vai liderar a busca pelo Santo Graal da física, um fenômeno sorrateiro conhecido como bóson de Higgs, mas apelidado de "partícula de Deus".

Folha Ciência, 10 de junho de 2003

Tudo saiu como o planejado, e os cientistas finalmente conseguiram encontrar a "partícula de Deus", o que, como se pode imaginar, deu manchetes nos jornais do mundo inteiro. Em algum lugar do Brasil, um jovem leu essa notícia. Era um jovem de classe média, cujo escasso entusiasmo pela universidade que cursava contrastava com sua imensa ambição. O jovem não queria apenas ser alguém na vida. Ele queria deixar no mundo a sua marca, mediante, talvez, uma meteórica carreira política. Mas lhe faltavam atributos essenciais para isso. Não tinha as necessárias conexões; não tinha carisma. Não tinha nada que pudesse apresentar como credencial a um possível eleitorado.

Para tudo isso a "partícula de Deus" poderia ser a solução. Ele não tinha dúvidas de que, incorporando a dita partícula a seu organismo (engolindo-a, por exemplo), adquiriria poderes extraordinários. Poderia fazer os milagres clássicos, como aqueles relatados na Bíblia (abertura das águas do mar, transformação da água em vinho). Ou poderia modernizá-los. Deteria a inflação para sempre, valorizaria o real de forma extraordinária (um real valendo cem dólares). Multiplicaria os cargos públicos ao infinito, de modo a contentar todos os aliados e mesmo todos os eleitores. Enfim, usando a mágica da partícula, daria início a uma era de prosperidade sem fim. E ficaria no poder o tempo que quisesse, talvez para sempre.

Não foi difícil convencer o pai, próspero empresário, a lhe pagar uma viagem para a Europa: inventou um curso qualquer na Suíça e para lá viajou. A "partícula de Deus" estava guardada na sede da organização européia de pesquisa nuclear, Cern, perto de Genebra. Alugou um carro e foi até o local, um maciço edifício situado em meio a uma grande floresta. O problema seria passar pela segurança, e ele já estava pensando em como fazê-lo, mas constatou, para sua surpresa, que não havia segurança alguma. Àquela hora, dez da noite, o local estava completamente deserto. Mais: a porta estava aberta. De modo que ele foi entrando. Caminhou por longos corredores e finalmente chegou ao laboratório principal. Ali estava, sobre uma mesa, uma minúscula caixinha, com um rótulo dizendo: "partícula de Deus".

Chegara o grande momento. Ingerindo a partícula (por sugestiva coincidência, havia sobre a mesa uma garrafa de água mineral e um copo), ele se tornaria um novo Todo-Poderoso. Ia fazê-lo, mas hesitou um instante, e esta hesitação foi fatal. Ouviu passos – um cientista que esquecera algo, decerto – e, assustado, enfiou apressadamente a caixinha no bolso, pulou pela janela e saiu numa doida corrida até o carro. Já sentado ao volante, deu-se conta: tinha perdido a caixinha. E nunca mais a acharia.

Voltou ao Brasil, disse aos pais que o curso fora ótimo e retornou à sua vidinha habitual. Mas um pensamento lhe persegue: o que acontecerá se alguém achar a caixinha? Um bandido, por exemplo? Hein, o que acontecerá?

Só Deus sabe.

CERVEJA, CARNAVAL E MÁQUINA DE LAVAR

Padre alemão fabrica cerveja em máquina de lavar roupa. Michael Fey, 45, padre da cidade de Duisburg, teve a idéia de usar a sua máquina de lavar roupa a fim de produzir cerveja mais barata para reuniões de jovens que organiza. "Tudo o que precisava era algo que pudesse ser usado para aquecer e misturar – então por que não uma máquina de lavar?", disse Fey. A máquina produz 20 litros de cerveja em dez horas.

Mundo Online, 25 de fevereiro de 2003

Aquele seguramente seria o Carnaval mais triste de sua vida. Recém-separado da mulher, desempregado, sem amigos, não tinha aonde ir, não sabia o que fazer. A única coisa que poderia ajudá-lo naqueles dias era a cerveja, tradicional consolo dos solitários. Mas o dinheiro estava tão escasso que nem a isso poderia recorrer.

Foi então que leu no jornal a notícia acerca do padre que, na Alemanha, fazia cerveja na sua máquina de lavar roupa. Intrigado, ligou para um amigo que trabalhara em cervejaria e que confirmou: sim, era muito fácil. Era só arranjar os ingredientes e, naturalmente, a máquina de lavar.

Máquina de lavar ele tinha: uma das poucas coisas que a mulher deixara no apartamento, quando da separação.

Os ingredientes, ele os comprou gastando seus últimos reais. E, seguindo as instruções do amigo, dispôs-se a preparar sua própria cerveja. Foi um processo relativamente lento; ao cabo de várias horas ele tinha na máquina um líquido amarelo que parecia cerveja e cheirava a cerveja. Provou: era cerveja, e da melhor. A AmBev que se prepare, gritou exultante, e passou o resto da noite enchendo a cara.

Ao terminar, uma dúvida lhe ocorreu: estaria a máquina ainda funcionando? Para testá-la, jogou ali a roupa suja das últimas semanas, que não era pouca. A brava máquina cumpriu sua missão: lavou a roupa toda. Ele pendurou-a na área de serviço e, meio tonto, foi dormir.

Acordou, horas depois, com um barulho estranho vindo da área de serviço. Seria um ladrão? Levantou-se, e ainda cambaleando, foi até lá. O que viu fê-lo arregalar os olhos.

As roupas tinham organizado um verdadeiro Carnaval. Ali estavam: as bermudas pulando como malucas, as camisas dançando agarradinhas. As meias, vários pares, haviam formado um verdadeiro bloco e desfilavam pela área, dando um verdadeiro *show* de samba, ao som da música que saía, claro, da máquina de lavar. Ou seja: as roupas estavam bêbadas. E, pior, jogaram-se nele, começaram a arrastá-lo, querendo que ele sambasse também...

Com um berro, acordou. Tinha sido um sonho, naturalmente: na área de serviço, as roupas continuavam na corda, secando pacificamente. A máquina ainda cheirava a cerveja, mas estava quieta. Quanto a ele, jurou que nunca mais fabricará cerveja em casa. Ou, se o fizer, usará uma máquina de lavar comprada especialmente para esse fim.

UMA MÃO
LAVA A OUTRA

Garota arrecada fundos para "turbinar" seios. Uma jovem norte-americana de 23 anos decidiu criar um *site* para arrecadar fundos e financiar uma cirurgia plástica nos seios. O *site* tem o nome de *giveboobs.com* (algo como dê-me seios). "Vou deixar o mundo resolver o meu destino", disse Michelle. "O futuro dos meus seios está nas mãos de vocês."

Folha Online, 16 de janeiro de 2003

"Prezada Michelle. Por recomendação de um amigo, acessei o seu interessante *site*. Tenho de reconhecer: você é realmente uma garota de coragem e iniciativa. Como uma corajosa astronauta, você se aventura no ciberespaço em busca de novos horizontes, de soluções para o seu problema. E isso, devo dizer-lhe, comoveu-me. Senti que somos, por assim dizer, almas-irmãs, que temos muito em comum. E por isso animei-me a lhe escrever e também a lhe fazer uma proposta.

Estou disposto a financiar a sua operação plástica. Isso não será fácil para mim. Essas coisas costumam custar caro e, embora empresário, não tenho tantos recursos assim. Mas vejo em seu pedido uma oportunidade para ambos. Portanto, vou lhe fazer uma proposta. Primeiro, porém, quero apresentar-me.

Como você, sou jovem, e, como você, sou audaz. Como lhe disse, sou empresário; herdei de meu pai uma pequena fábrica de sutiãs, que, aliás, está na família há muito tempo. Meu pai sempre foi conservador, nunca pensou em ousar, em arriscar, em fazer publicidade. Eu, porém, sou diferente. Sou um empresário turbinado, para usar um termo de que você certamente gosta. Penso grande (assim como você quer ter seios grandes).

A proposta que lhe faço é a seguinte. Você se opera por minha conta, ganha os seios turbinados com que sonha – e a partir daí passamos a trabalhar juntos. Quero que você apareça em seu *site* (e se possível em outros *sites*, e na TV, e em revistas) usando os sutiãs que eu fabrico.

Bolaremos um lema para essa nossa campanha conjunta, algo como 'Para seios turbinados, só um sutiã avançado'.

Tenho certeza de que faremos o maior sucesso. Será uma continuação dessa campanha que você, com tanta inteligência, imaginou. E daí por diante nossa associação conhecerá vitória atrás de vitória. Aliás, não excluo a possibilidade de uma mútua atração – afinal, como eu disse, temos tanto em comum.

Bem, mas isso é coisa para o futuro. De momento, temos de pensar em negócios.

Pense em minha proposta e mande-me logo uma resposta – que será, estou seguro, afirmativa. Você disse que o futuro de seus seios está nas mãos de quem lhe ajudar com a cirurgia. Pois bem, eu lhe digo que o meu futuro está em suas mãos. E por isso acho que devemos, sim, dar-nos as mãos.

Mesmo porque, como diz o provérbio, uma mão lava a outra – e as duas mãos podem ganhar muito dinheiro."

NO PAÍS DO ORGASMO

Ditadura do orgasmo inibe prazer. Segundo especialistas, a supervalorização do orgasmo cria ansiedade e pode inibir o desejo. Para eles, o casal tem de buscar o prazer.
Equilíbrio, 31 de janeiro de 2002

O país do orgasmo já foi governado por uma requintada aristocracia, depois passou a ser uma imperfeita democracia. Agora, denunciam contestadores, o regime pode ser caracterizado como uma espécie de despotismo – ainda que esclarecido, sustentado que é por uma moderníssima tecnologia. O Serviço de Informações do Orgasmo (SIO) controla a vida dos casais como uma espécie de Big Brother. Como?

Periodicamente um casal, escolhido de maneira inteiramente aleatória, é chamado à sede do SIO, um soturno prédio situado no centro da capital. Este chamado, diga-se de passagem, é compulsório, tem de ser atendido. Chegando ao local, o homem e a mulher são recebidos por corteses funcionários, que os levam à Câmara de Testes. Trata-se de um compartimento completamente isolado tanto do ponto de vista acústico como visual, onde existe uma cama – confortável, *king size*, com lençóis de cetim. Um cientista, vestindo avental branco, explica ao casal que eles deverão ter um orgasmo, cujos parâmetros – duração, intensidade, grau de prazer proporcionado – serão cuidadosamente avaliados, verdade que para fins exclusivamente estatísticos: o fracasso, de qualquer tipo, não implicará punição. O êxito, sim, gerará recompensa: férias pagas em *resort* exclusivo.

Os dois despem-se, deitam-se. Eletrodos são afixados tanto ao homem como à mulher. Tendo como pano de fundo musical uma suave canção, o cientista que conduz a investigação vai dando instruções: espera-se, por exemplo, que o casal chegue ao orgasmo grau 12 (há uma escala de orgasmos) em 18 minutos, nestes incluídas as carícias prévias. Soa uma campainha e pronto, começou a corrida ao orgasmo. Em geral, os casais não perdem muito tempo com os prolegômenos, ou considerandos, e tentam partir direto para os finalmentes. Um erro, mas este só poderá ser discutido *a posteriori*. De qualquer modo, o ato tem início, e aí uma gravação vai anunciando o tempo: "Faltam cinco minutos... Faltam três minutos... Faltam 57 segundos..." Como num filme de suspense – aqueles em que o protagonista luta contra o relógio tentando desativar a bomba –, o homem e a mulher se esforçam. Em geral, obtêm êxito, e emergem da Câmara de Testes felizes, sob aplausos.

Mas uma nova e inquietante tendência tem sido observada. Não raro, casais que saem do prédio têm se dirigido a um dos numerosos motéis clandestinos surgidos nas imediações. O assunto já passou da área científica para a política. O governo estuda a possibilidade de tratar-se de mais uma campanha do Movimento pelo Orgasmo Livre (MOL). Se isto for verdade, severas penas serão aplicadas aos transgressores.

A MAIS ANTIGA DAS PROFISSÕES, O MAIS NOVO DOS NEGÓCIOS

Bordel australiano planeja lançar ações em Bolsa de Valores.
Folha Online Mundo, 22 de julho de 2002

A situação na Bolsa de Valores era má – tão má, na verdade, que a palavra *crash*, com todas as suas sombrias conotações, começava a ser murmurada nos círculos financeiros. Está na hora de rezar, dizia um grande especulador, e, de fato, já havia muita gente fazendo suas orações.

E então – por efeito das preces ou por qualquer outra razão – a coisa aconteceu. E da forma mais inesperada.

Um grande bordel (na verdade, uma rede de bordéis, incluindo estabelecimentos operando sob franquia) resolveu lançar ações na Bolsa. A iniciativa foi recebida com mal-estar em alguns círculos mais moralistas; outros, no entanto, achavam aquilo perfeitamente normal: a profissão mais antiga do mundo estava, afinal, se revelando também como negócio – o mais novo dos negócios. E um negócio extremamente ousado, inovador mesmo. O balanço da empresa não era apresentado como um maçudo relatório, mas sim sob a forma de atraente publicação, ilustrada com fotos de mulheres nuas – as mulheres que trabalhavam nos numerosos bordéis da companhia. Pelo relatório também se descobria que o negócio incluía a venda de numerosos produtos, entre eles uma camisinha equipada com um *chip* que, durante o ato sexual, emitia uma linda melodia de amor.

O resultado foi, para dizer o mínimo, surpreendente. Depois do espanto inicial, os investidores começaram a se interessar pelos papéis, que de imediato subiram de preço, a princípio lentamente, e logo em ritmo febril. De nada adiantou a advertência de Alan Greenspan com a metáfora do preservativo que se transforma em bolha; as ações eram disputadas freneticamente. Outras companhias entraram no negócio. Algumas sugeriam até a criação de uma Bolsa especializada no assunto, uma espécie de Nasdaq do sexo. Economistas, perplexos, não sabiam como se posicionar nessa nova situação. Como disse um deles, intrigado: "Pelo jeito, só o sexo para fazer subir a Bolsa". Falava-se também no "Viagra econômico".

"A economia erotizada" foi a manchete de um grande jornal financeiro, e, de fato, o comércio sexual transformou-se no carro-chefe da atividade econômica. Não era apenas a produção de camisinhas; *sex shops* surgiam em toda a parte, filmes eróticos vendiam como nunca. E então, quando o mercado financeiro celebrava a superação da crise, veio a debacle.

Um jornalista abelhudo resolveu investigar os bastidores da grande rede de bordéis, incluindo o desempenho financeiro. E o que então veio a público foi uma monumental fraude, uma fraude capaz de enfiar todas as similares no bolso.

Os balanços da grande empresa eram grosseiramente maquiados. Os seus rendimentos tinham sido inflados até o absurdo. Até as fotos das mulheres eram falsas. Muitas delas tinham sido retocadas eletronicamente – o conhecido truque de aumentar o bumbum. Outras tinham sido compradas de magazines pornográficos. Os bordéis, apresentados como estabelecimentos dotados de luxo e de conforto, eram exatamente o contrário disso. Um deles funcionava em um velho trailer; outro, no meio de uma favela.

A notícia caiu como um raio sobre a Bolsa de Valores. As ações da rede de bordéis despencaram e, junto com elas, todas as outras. O pânico tomou conta do negócio e de novo começou a se falar em *crash*.

Agora, uma nova empresa está lançando suas ações. Ela também opera no ramo do comércio sexual, mas alega que seu produto é garantido: bonecas infláveis. Prazer a qualquer momento e da maneira mais prática possível. Certamente as ações subirão. Mas o jornalista abelhudo já está em campo. O sonho dele é descobrir furos nas bonecas – se possível, remendados com esparadrapo.

EM BUSCA
DO OURO

Taça de champanhe com partículas de ouro.
Cardápio em anúncio publicitário de restaurante, 11 de junho de 2002

O dono da empresa resolveu oferecer um jantar aos funcionários mais dedicados, e ele, claro, foi convidado: afinal, estava completando 25 anos no emprego sem ter faltado um dia sequer. Ou seja: em termos de dedicação, era exemplo. De modo que, na noite do jantar, lá estava ele, com seu melhor terno.

Era um restaurante elegante, o restaurante mais elegante que ele já vira. Verdade que não freqüentava muito tais lugares, mas aquilo era coisa de cinema, até pianista tinha, tocando música romântica.

Um cardápio foi distribuído e ele examinou-o com atenção. Os pratos, com nomes franceses, eram para ele inteiramente desconhecidos. Mas um item lhe chamou a atenção. Antes do jantar seria servida uma taça de champanhe com partículas de ouro. Ouro no champanhe? Aquilo era novidade. E será que não faria mal? Resolveu perguntar a um colega, que sorriu, superior: ouro no champanhe era uma coisa sofisticada, elegante:

— Pode tomar sem medo.

Ele tomou o champanhe, que, de fato, tinha um gosto muito bom, nada de estranho. E aí começou a fazer cálculos. Pelo que tinha lido nos jornais, o ouro estava em alta. Portanto haveria uma boa grana na taça de champanhe. A questão era: como recuperar o ouro? Claro que não poderia levar o champanhe para casa. Mas, se o tomasse, o que aconteceria? Isso o colega não sabia ao certo, mas achava que o ouro sairia na urina. O que resolvia o problema: era só coletar a própria urina, deixá-la evaporar e recolher o precioso metal.

Quando o garçom veio com as taças de champanhe, ele se precipitou. Tomou uma, duas, três, várias taças da bebida. Os demais convidados olhavam-no com surpresa, mas ele não dava bola: em matéria de investimento, é preciso ser agressivo, principalmente quando o mercado se mostra instável, nervoso.

Tanto champanhe tomou que ficou alegre. E inconveniente. Aproximou-se do patrão, que estava acompanhado da segunda esposa, uma jovem e bela mulher, e fez alguns gracejos pesados. O homem não hesitou: chamou-o a um canto e despediu-o. Ele teria de ir embora, sem ao menos jantar.

Foi, não sem antes tomar mais quatro taças de champanhe. Chegando em casa, pegou uma vasilha e urinou abundantemente, esperando ver ali os reflexos dourados de um próspero futuro. Mas a urina tinha aspecto absolutamente comum. Cor de urina, cheiro de urina.

Concluiu que o ouro está agora incorporado a seu organismo. Embora desempregado, agora vale mais. É o que diz a si próprio, cada vez que se olha ao espelho:

— Aí está um cara que vale ouro.

O FUNDO
DO POÇO

Indústria de SP ainda não viu o fundo do poço.
Dinheiro, 1º de maio de 2002

Os negócios estavam cada vez piores – as vendas diminuindo, as dívidas aumentando – e ele se desesperava. Onde é que isso vai parar, era a pergunta que se fazia. Uma pergunta que ninguém – nem sua mulher, nem consultores, nem mesmo videntes – sabia responder. Uma pergunta que estava começando a enlouquecê-lo, que lhe tirava o sono. Uma noite, depois de revolver-se horas na cama, adormeceu de simples exaustão. E aí teve um sonho muito revelador.

Nesse sonho, estava dentro de um poço, pendurado na corda. Tentava içar-se e atingir a borda, mas não o conseguia. Cada vez que subia alguns centímetros, escorregava outro tanto. E as mãos doloridas, esfoladas, já não conseguiam sustentá-lo. Gritava por socorro, mas era inútil: ninguém aparecia. Aparentemente aquele era um poço abandonado – tanto que não havia balde, só corda, aquela grossa e velha corda à qual se agarrava.

Em desespero, tomou uma decisão: já que não podia subir, o melhor seria deixar-se cair. Talvez morresse, da queda, ou afogado; talvez não. Se morresse, acabaria de uma vez com o sofrimento. Se não morresse, ao menos já não precisaria fazer força para se sustentar. Aguardaria ali pelo resgate – ou pelo resignado fim.

Contou até três e soltou as mãos. A queda não foi grande: dois metros, se tanto. Ele estivera mais próximo ao fundo do que imaginava. Outra surpresa: não havia água ali, só um pouco de barro sobre uma camada de concreto. Esta seria a razão pela qual o poço havia sido abandonado – a falta de água. E isso significava que ele estaria um pouco mais confortável. A única coisa que o incomodava era o coaxar de algum sapo invisível. Deve ser um príncipe encantado esperando pelo beijo da princesa, pensou, com melancólico humor.

Talvez por associação de idéias com a imagem do príncipe, algo lhe ocorreu. Em criança, ouvira muitas histórias sobre cofres com dinheiro e jóias enterrados no fundo de poços. Parece que aquele havia sido um esconderijo preferencial, antes dos bancos e dos paraísos fiscais. E, se houvesse ali, naquele poço, um cofre com um tesouro – um tesouro capaz de resolver seus problemas financeiros? Fantasia maluca, claro, mas ele podia se permitir o luxo de fantasias malucas. Abaixou-se e começou a explorar com os dedos o lodo do fundo. De repente, deu com uma argola de metal. Era uma tampa, também de concreto. Sob o fundo, havia algo. Meu Deus, perguntou-se, o coração batendo forte, o que será que eu descobri?

Puxando a argola com muito esforço, conseguiu erguer a pesada tampa. Mas não encontrou o cofre com o tesouro. O que havia ali era uma enorme cavidade. A boca de um segundo poço. No fundo do qual ele podia ouvir um sapo coaxando, melancólico. Como um príncipe encantado à espera do beijo redentor.

VOTO ZERO

"Até a derrota sempre" é o lema do Partido do Karma Democrático (PKD) para as eleições municipais do próximo domingo na cidade de Bilbao, no País Basco (norte da Espanha). Nas eleições municipais bascas de 1999, o PKD obteve 14 mil votos, mas, nas regionais de 2001, desabaram para 2 mil votos. Explicável, segundo o candidato a prefeito de Bilbao pelo PKD, o cantor Bosco, "El Tosco". "Somos incompetentes e proclamamos isso", disse o candidato a prefeito de Bilbao. O *slogan* do PKD é "voto inútil", e a última canção do cantor se intitula *Quero Ser Empregado Público*. O programa eleitoral de Bosco, com 13 pontos, promete "tornar quadrada a praça circular de Bilbao".
Mundo Online, 21 de maio de 2003

Dentro de sua ambição reconhecidamente desmedida, o líder nunca escondeu seus reais objetivos: o "voto zero". Segundo ele, chegaria o dia, tão sonhado, em que, nas eleições municipais, o partido não obteria sequer um voto. Para aqueles que o acusavam de sonhador, de utópico, ou pior ainda, de megalomaníaco, ele brandia números: quem passou de 14 mil votos para 2 mil em apenas dois anos pode perfeitamente antecipar uma votação completamente nula, garantia.

A verdade, porém, é que não ficava só nos devaneios. Homem prático, adotava medidas enérgicas para a consecução de seu objetivo. O programa eleitoral, por exemplo, havia sido cuidadosamente desenhado por ele próprio para irritar a população, a começar por aquela história de tornar quadrada uma praça que por séculos fora circular e com a qual todos já estavam habituados. Só aí, calculava o líder, seriam perdidos pelo menos uns 90% dos votos potenciais.

Mas ele ia adiante. No congresso extraordinário do partido, por ele convocado às pressas, várias resoluções foram adotadas, sempre por iniciativa sua. A primeira resolução mandava votar em qualquer dos candidatos adversários, de preferência naqueles que mais ridicularizassem o partido. Como alternativa, admitia-se o voto nulo, mas só em último caso. O líder argumentava, não sem razão, que anular o voto poderia ser interpretado como um apoio direto a ele – coisa que jamais admitiria. Mais ainda: no trabalho de boca-de-urna, os militantes deveriam se hostilizar mutuamente, trocando insultos e, se possível, jogando ovos podres uns nos outros.

O líder tem certeza de que seus comandados seguirão fielmente essas instruções e que o ideal do "voto zero" é perfeitamente exeqüível. Só existe uma incógnita neste plano: o seu próprio voto. O que ele mais teme é o momento em que se verá, sozinho, diante da urna. Pode ser que, neste instante, e movido por um impulso irresistível, ele vote em si próprio. Se tal acontecer, não mais haverá esperança para a humanidade.

EM BUSCA DO VOTO ZERO

Ainda não escolheu seus candidatos?
Eleições 2002, 2 de outubro de 2002

Quando comunicou à mulher que estava se candidatando a deputado estadual, ela abriu a boca de espanto:
– Mas você é o próprio anticandidato! – exclamou.
Era mesmo. Para começar, ninguém o conhecia; nada tinha feito de marcante. Em segundo lugar, era, como ele próprio admitia, um homem antipático, de poucos amigos, mais propenso a brigar do que a estabelecer relações afáveis. Por último, não tinha dinheiro. Não podia financiar nenhum tipo de campanha. Nem tinha a quem apelar.
Os filhos, ambos já homens, também procuraram dissuadi-lo:
– Vai ser o maior vexame, papai, deixe disso.
Mas ele insistia: tendo conseguido legenda em um minúsculo e desconhecido partido, iria em frente rumo à glória.
– Quero deixar minha marca no mundo – afirmava. – E o cargo de deputado serve perfeitamente para isso.
Com essa idéia em mente, tratou de arranjar votos. O que só poderia fazer, claro, mediante contato pessoal. Mas

contato pessoal com quem? Os familiares afirmaram que não votariam nele:

— Isso é maluquice sua – disse o filho mais velho. – Não conte conosco. Você deveria procurar um psiquiatra, isso sim.

Duas semanas depois, ele estava convencido de que o rapaz tinha razão. Falara com uma dúzia de pessoas, no máximo. A maioria já tinha prometido o voto para alguém. E os poucos do "conte comigo" provavelmente estavam mentindo.

E então uma idéia lhe ocorreu. Poderia, sim, passar para a história. Não como deputado eleito. Ao contrário. Enquanto os outros iam em busca de votos, ele se celebrizaria por ser o candidato da votação nula. Ninguém votaria nele.

Tratou de procurar os seus supostos eleitores, contou-lhes que pensara melhor e que, embora não pudesse retirar a candidatura (essas coisas de partido), pedia-lhes que não votassem nele. Um vizinho ainda insistiu: mas eu gostaria, sim, de dar o meu voto a você, afinal, nunca morei perto de um deputado. Ele não hesitou: chamou o homem de idiota, de imbecil. O vizinho virou as costas e foi embora furioso.

Convencido de que seu objetivo – votação zero – seria facilmente atingido, ele foi à urna. Não votou em si, claro; preferiu um desafeto. E ficou aguardando o resultado.

Como esperava, não fazia voto algum. E já antegozava o prazer (e a glória) de ver seu nome no *Livro Guiness dos Recordes*, quando, de repente, aconteceu: numa seção eleitoral de um bairro distante, ele teve um voto. Um único voto, que foi o suficiente para estragar o seu projeto.

Agora, está à procura desse misterioso inimigo. E jura que vai fazê-lo pagar caro pela traição cometida.

A ECONOMIA VISTA DESDE O BANHEIRO

Apagão e câmbio encurtam papel higiênico: rolos do produto diminuem de 40 para 30 metros.
Dinheiro, 9 de agosto de 2001

Durante anos, a Capone & Dillinger (nome fictício), empresa especializada em investimentos norte-americanos no Brasil, enfrentou um problema: precisava de um indicador absolutamente confiável, capaz de orientar seus clientes. Estes, por alguma razão, desconfiavam de números oficiais. Queriam uma informação que partisse, por assim dizer, da cozinha da economia brasileira.

Um técnico foi encarregado de estudar o assunto. Durante meses ele trabalhou exaustivamente, lendo todas as notícias publicadas sobre finanças brasileiras. Cada vez ficava mais confuso – e desanimado. Um dia, já a ponto de desistir, abriu a *Folha de S.Paulo* e lá estava o que procurava: uma matéria informando que, devido à crise econômica, os rolos de papel higiênico vinham diminuindo de tamanho. O indicador ideal vindo, senão da cozinha, pelo menos do banheiro: ninguém maquiaria aquele dado. O tamanho do rolo era uma medida simples, exata, ao alcance de qualquer pessoa com fita métrica.

De imediato o técnico foi para o computador. Ao fim de algumas horas tinha estabelecido uma fórmula correlacionando o comprimento do rolo de papel higiênico com indicadores de desempenho econômico.

Faltava só uma coisa: o papel higiênico. O homem decidiu obtê-lo através de uma conhecida fábrica. Mas, para não despertar suspeitas, inventou uma história. Mandou uma carta, intitulando-se especialista no assunto e oferecendo-se para monitorar a qualidade do papel higiênico sem custo. Tudo o que o fabricante precisaria fazer era mandar-lhe, mensalmente, um rolo do produto.

A proposta foi aceita. Todo dia 15 a empresa de encomendas lhe entregava um rolo de papel higiênico. Que o técnico media, introduzindo depois o resultado no programa de computador. Como suspeitava, o comprimento diminuía. Mas não muito, de modo que a Capone & Dillinger continuou recomendando a seus clientes que investissem, ainda que com cautela, no mercado brasileiro.

Um dia, porém, o homem teve um choque: o comprimento do rolo recebido diminuíra bruscamente. Não havia ali mais de cinco metros. E o mesmo aconteceu no rolo seguinte e no seguinte. Capone & Dillinger mandou um aviso urgente: todos os investimentos no Brasil deveriam cessar.

Isso é o que se sabe. O que não se sabe: o tamanho dos rolos continuava o mesmo. Mas o funcionário encarregado de colocá-los no correio, um rapaz que ganhava muito pouco e que não tinha dinheiro sequer para comprar papel higiênico, decidiu subtrair uns metros do produto para uso próprio; afinal, para controle de qualidade, basta uma pequena amostra.

É verdade que ele só fez isso até começar a sofrer de prisão de ventre. Quando isso aconteceu, voltou a mandar os rolos inteiros. Mas aí era tarde demais.

BICHOS

OS PÁSSAROS
(VERSÃO BRASILEIRA)

Policiais ambientais encontraram 168 pássaros com um passageiro de um ônibus de turismo em Arujá, na Grande São Paulo.
Folha Online, 4 de fevereiro de 2004

"*O* senhor quer saber como é que estes 168 pássaros estão aqui, junto comigo. Bem, eu posso lhe contar, sargento. Sei que o senhor não vai acreditar – no seu lugar eu também não acreditaria –, mas o que posso fazer, se a história é verdadeira?
 Tudo começou na minha infância. E tudo começou com meu pai. Era um bom pai, trabalhador, dedicado. Não tinha vício algum; não bebia, não jogava, não fazia farra com mulheres. Seu único vício, se é que se pode chamar assim, era o cinema. Se pudesse, iria todas as noites. Acontece que minha mãe não gostava de filmes, preferia novelas de TV, o que deixava meu pai muito magoado. Mas ela o consolava: quando nosso filho crescer, ele vai lhe acompanhar ao cinema, você vai ver.
 O filho era eu. E, desde pequeno, meu pai tentou me interessar por filmes. Mas eu era como mamãe: preferia TV. Nessa família ninguém me compreende, dizia meu pai desconsolado.

Uma tarde chegou em casa radiante. Naquela noite iriam passar no pequeno cinema da cidade *Os Pássaros*, de Alfred Hitchcock. Um clássico, como o senhor sabe, que meu pai nunca tinha visto. Agora, não queria perder essa oportunidade: era sessão única. E decidiu levar-me junto.

Fui, resmungando. Eu tinha oito anos, e teria preferido ficar em casa, brincando com meu joguinho eletrônico. Mas papai acreditava no valor cultural do cinema; você vai gostar, prometeu, e arrastou-me até o cinema. Sentamos, começou o filme, e logo eu estava horrorizado, aqueles pássaros malucos perseguindo as pessoas, bicando todo o mundo. Lá pelas tantas não agüentei: levantei e saí correndo. Meu pai teve de vir atrás de mim e, por causa disso, perdeu *Os Pássaros*. Ficou furioso. E nunca chegou a me perdoar; três semanas depois teve um ataque cardíaco e morreu, ainda jovem.

Desde então, sargento, eu tenho sido perseguido por pássaros. É uma coisa incrível. Se atravesso uma praça, as pombas voejam atrás de mim, algumas até fazem cocô na minha roupa. Os papagaios me gritam os maiores desaforos. De vez em quando vejo dois urubus pousados em cima de meu carro.

E aí aconteceu o seguinte: eu estava me preparando para embarcar no ônibus, quando veio essa passarada, esses canários, atrás de mim. Eu não podia perder a viagem, era uma coisa urgente. Aí tive uma idéia. Comprei uma gaiola. Os canários logo entenderam que, se queriam me seguir, só podia ser dessa maneira. Entraram na gaiola.

Que eu ia deixar no ônibus. Palavra, era o que eu ia fazer. Ia me livrar dos canários para sempre. Mas agora o senhor me prendeu... Está bem, me leve para a prisão, me engaiole. Mas prepare-se: o senhor vai ter de arranjar lugar para 1 milhão de pássaros."

A HORA E A VEZ
DO MACACO

Vice-premiê pede que cingapurianos se comportem como macacos. As pessoas de Cingapura foram encorajadas a agir como macacos – o signo do zodíaco chinês para o próximo ano lunar – para o bem de seu país. Os chineses acreditam que o macaco é inteligente, flexível, inovador e constante. "Seja como um macaco. Quando as coisas acontecem, você deve ser esperto. Tire vantagem das oportunidades, não se deixe derrubar, levante-se para o desafio", disse Tony Tan.

Folha Online, 19 de janeiro de 2004

"Nós, Membros do Movimento de Incentivo à Cultura dos Orangotangos e Similares (Micos), estamos vindo a público para, em primeiro lugar, expressar nossa solidariedade ao vice-premiê Tony Tan. O senhor Tan mostra que é homem culto e avançado. Todo o mundo conhece a inteligência e a esperteza dos nossos primos na escala animal. Não era preciso nenhum Darwin para fazer a apologia dos macacos, nenhuma Ana Arósio para posar com eles em fotos, nenhum Tarzan para confraternizar (de forma até suspeita, segundo alguns) com a fiel Chita. Não era preciso um filme chamado *O Planeta dos Macacos* para antecipar que, no futuro, bem podem os macacos dominar a Terra. Isso tudo está bem claro.

Não, porém, num país chamado Brasil, e aqui vem o segundo propósito de nossa manifestação. Queremos protestar contra o tratamento dado aos macacos no país. Aqui, macaco é objeto de deboche. É só olhar o dicionário: depois de reconhecer que esta é a denominação de várias espécies de primatas, o texto acrescenta que macaco é um termo figurativo para indivíduo muito feio, ou para aquele que arremeda ou imita grotescamente – que faz uma macaquice, portanto. Mandar pentear macacos é uma frase ofensiva. Macaco é aquele humilde instrumento que serve para levantar o automóvel. E assim por diante.

Isso, porém, não é nada em comparação ao que se faz com o mico. Essa pobre criatura, que povoava o país muito antes da chegada dos colonizadores, pagou um alto preço pela chamada civilização – algumas espécies estão até em extinção. Adicionando insulto à agressão, o termo "mico" é objeto de deboche. O mico é a carta que ninguém quer, naquele jogo famoso. E ninguém quer pagar o mico. Como se os micos não merecessem ser pagos. Merecem muito mais.

Por tudo isso, estamos lançando um chamado. Macacos e micos do Brasil, uni-vos! Nada tendes a perder, a não ser o secular estigma que aqui vos foi imposto! Rumai para o país que vos compreende: Cingapura. Lá tereis vosso valor reconhecido.

É isso aí, macacada. Vamos logo. Se pegarmos o cipó das 11, chegamos a tempo no aeroporto."

O DESTINO
BATE À PORTA

Canguru fêmea salva a vida de fazendeiro na Austrália. Canguru fêmea salvou a vida de um fazendeiro australiano ao alertar sua família de que ele estava caído no campo, inconsciente. O animal bateu repetidamente na porta da casa da família, até que a mulher do fazendeiro viesse abrir, e levou-a até o marido. Ele havia sido atingido por um galho caído de uma árvore.

Folha Online, 22 de setembro de 2003

A primeira reação do fazendeiro, quando se recuperou da lesão (e do susto), foi de enorme gratidão. De imediato foi atrás da fêmea de canguru que lhe salvara a vida. Depois de muito procurar, encontrou-a, conseguiu atraí-la para uma espécie de cabana que tinha construído perto de sua própria casa e instalou-a ali. Dolly, este foi o nome que lhe deu, revelou-se uma criatura dócil, meiga, afetiva. Aos pulos, como os cangurus costumam fazer, seguia o fazendeiro por toda a parte. E quando ele estava almoçando ou jantando, ficava espiando pela janela, com ar ansioso; parecia querer certificar-se de que o homem estava bem. O fazendeiro, por sua vez, passava longas horas na cabana, alimentando Dolly ou simplesmente olhando-a, embevecido.

Tanta afeição acabou por perturbar a esposa. Depois de muito hesitar, resolveu falar com o marido a respeito. Sim, compreendia a gratidão dele, mas não seria aquilo um exagero? Os amigos, inclusive, já estavam estranhando.

O fazendeiro nada dizia. Olhava-a, simplesmente; um olhar em que se misturavam raiva e desprezo. Por fim falou. E ao fazê-lo estava, claramente, desabafando emoções de há muito contidas.

Começou por admitir que sua relação com Dolly era especial e que ultrapassava o carinho que muitos sentem por animais. Mas isso tinha explicação: o que ele encontrava na fêmea de canguru nunca encontrara em nenhum ser humano, nem mesmo na mulher. Contra quem tinha, aliás, acusações:

Como você mesmo contou, Dolly teve de bater repetidamente na porta para que você abrisse. E, apesar dos esforços dela para demonstrar que se tratava de uma urgência, você hesitou em segui-la.

Boquiaberta, a mulher ouvia, sem saber o que responder. Tentou ponderar que, afinal, tratava-se de um animal, e que, em princípio, ela não tinha por que segui-lo. Como adivinhar que o marido estava na floresta, inconsciente? Falou, falou, mas, pela expressão dele, sabia que era inútil. Tinha perdido o marido. Para uma fêmea de canguru.

Ainda moram juntos, mas ela sabe que é só para manter as aparências. O marido só tem olhos para Dolly. Esposa desprezada, ela fica longas horas mirando a cabana, perguntando-se o que acontece lá dentro e lembrando o dia em que, por assim dizer, o destino bateu à sua porta.

HOMEM-ARANHA

Ucraniano convive com 260 aranhas em apartamento. "Do meu ponto de vista, a aranha é o animal doméstico ideal", confessou Ehven Matveiev. "Não custa quase nada porque come pouco e apenas uma vez por semana", explicou. As migalas, aranhas gigantes cobertas de pêlos, que medem entre cinco e dez centímetros, estão acomodadas em caixas transparentes, mas às vezes passeiam pelo apartamento. O ucraniano afirmou que seus animais de estimação descendem de três aranhas que comprou há cerca de três anos.

Mundo Online, 26 de agosto de 2003

A idéia de criar aranhas surgiu por acaso. Até então ele e a mulher haviam se contentado com um cachorrinho, um *poodle*, o único animal de estimação que poderiam manter no minúsculo apartamento em que viviam. Mas um dia ele foi a uma feira perto de sua casa, uma espécie de mercado de pulgas. E ali encontrou não pulgas, mas aranhas. Eram três e eram sinistras. As pessoas que por ali passavam chegavam a desviar os olhos. Mas foi exatamente isso que o deixou fascinado, a feiúra das aranhas. Talvez identificação; porque, como elas, ele era feio e peludo. Não sei o que me levou a casar com você, dizia a esposa, meio brincando, meio falando sério. Ele comprou as três aranhas. O vendedor ainda perguntou se ele estava seguro de que queria levá-las. Disse que sim. Perguntou como deveria fazer para alimentar as criaturas, pagou e foi-se.

Como era de esperar, a esposa ficou indignada. E de imediato deu um ultimato: ou as aranhas ou eu. Ele nem pensou: as aranhas, disse, seco. Ela fez a mala, pegou o *poodle* e foi-se.

Ele ficou sozinho. O tempo foi passando. As aranhas não apenas pareciam à vontade no apartamento, como inclusive se reproduziam. Ao cabo de três anos eram 260.

Por incrível que pareça, ele é capaz de reconhecê-las, todas. Para cada uma tem um apelido carinhoso: Ligeirinha, Esfomeada, Bailarina, Pensativa. Conversa diariamente com elas: fazem-lhe companhia, na solidão em que vive. Os amigos não querem saber de visitá-lo, as moças evitam-no. O que, para ele, não tem qualquer importância. As aranhas lhe bastam.

Está até mudando de aspecto: a cada dia que passa fica cada vez mais peludo e move-se lentamente, como se tivesse patas em vez de pernas. Também não gosta mais de dormir em cama (inclusive porque esta lhe lembra a mulher). Com cordas, confeccionou uma espécie de teia, que se estende por todo o apartamento. Nessa teia passa o dia, imóvel, olhando as moscas que entram pela janela e que lhe aguçam o apetite. Afinal, moscas, para as aranhas, são o petisco ideal.

OVOS & EMERGÊNCIA

> A Polícia Federal deteve o português João Miguel Folgosa Herculano, acusado de traficar ovos de pássaros silvestres brasileiros para Portugal. Herculano foi flagrado com 58 ovos escondidos dentro de cinco meias de náilon. Eles estavam embrulhados em guardanapos de papel e presos como cintos ao redor do corpo.
> *Cotidiano*, 23 de julho de 2003

Onze coisas que podem ser feitas se você for apanhado por severas autoridades transportando 58 ovos dentro de cinco meias de náilon:

1) Mostre surpresa. Diga que comprou as meias para dar de presente à sua namorada, ignorando que continham ovos. Acrescente uma frase casual do tipo: "Deve ser algum tipo de promoção. Com esta recessão que anda por aí, as lojas fazem qualquer coisa para vender meias".

2) Reconheça a existência dos ovos, mas afirme que se trata de produto para uso próprio: ovos especiais, sem colesterol, produzidos sob receita por um aviário especializado. Alegue que você tem problemas cardíacos e que precisa cuidar da arteriosclerose.

3) Diga que você é colecionador de ovos. Mostre fotos de sua casa: prateleiras com ovos de avestruz, de pomba,

de canário. Informe que se trata de uma coleção multipremiada, considerada patrimônio da humanidade.

4) Sustente que você está participando de uma prova internacional, o Rali dos Ovos. Os competidores devem passar por vários países. Ganha quem chegar à Europa com maior número de ovos inteiros.

5) Diga que se trata de uma solução improvisada. Os ovos deveriam estar em sua casa, numa incubadora. Como ela quebrou e para evitar que se interrompa o processo vital do choco, você está, generosamente, fornecendo o calor do próprio corpo.

6) Em voz baixa, confidencie que você faz parte de uma seita conhecida como Adoradores de Ovos. Aluda ao ovo como símbolo maior: germe da vida, ele invoca a fecundidade. Evoque o ovo cósmico, do qual nascem o céu, a terra e todas as criaturas. Lembre que, por sua forma simples e pela abundância de possibilidades que contém, o ovo é símbolo da perfeição. Fale do ovo de Páscoa.

7) Rindo, e rindo muito, informe que você está a caminho de um baile à fantasia, onde se apresentará como galinha dos ovos de ouro.

8) Cabisbaixo, diga que você é portador de uma doença rara para a qual a medicina não tem tratamento; a conselho de um curandeiro, você está recorrendo a esse método exótico (ovos sobre as partes afetadas), na esperança de um milagre.

9) Baixando a voz e olhando para os lados, sussurre que os ovos, na verdade, haviam sido seqüestrados de um zôo europeu e que você, agente secreto, conseguiu, depois de muitas aventuras, recuperá-los.

10) Voz embargada, conte que você foi, como no filme *Os Pássaros*, de Hitchcock, atacado por um bando de aves enlouquecidas, que queriam botar ovos em você. Para não enfurecê-las ainda mais, você não apenas se submeteu à

postura como também colocou os ovos dentro de meias de náilon, mostrando que você está solidário com os pássaros, malucos ou não.

11) Sacuda os braços como se fossem asas e cacareje. Sempre existe a possibilidade de que você seja confundido com uma ave rara.

A INCONSTÂNCIA
DOS FELINOS

Gato recebe mais de US$ 720 mil de herança na Inglaterra. Um gato de rua recebeu uma casa no norte de Londres e um fundo de investimentos de 100 mil libras (cerca de US$ 160 mil) de herança de uma idosa. Estimativas indicam que Tinker – o nome do gato – tem oito anos. Ele se tornou amigo de Margaret Layne, 89 anos, pouco antes de ela morrer, no ano passado. O testamento dela, que acaba de ser divulgado, estabelece que, até a morte, Tinker deve ficar na casa avaliada em 350 mil libras (pouco mais de US$ 560 mil). Margaret Layne não tinha filhos. O fundo de investimentos para o gato está em nome de Ann e Eugene Wheatley, vizinhos da senhora que morreu.

Folha Online, 7 de maio de 2003

Quando ele leu a notícia sobre o gato inglês que tinha recebido uma herança, seu coração se acelerou. Ali estava, concluiu de imediato, a solução para os seus problemas financeiros, que não eram poucos. Mais do que isso, a notícia representava uma verdadeira loteria, muito melhor que aquela loteria que os lavadores de dinheiro brasileiros ganham com tanta facilidade.

De gatos, ele entendia tudo. Criava-os desde criança, apesar da oposição dos pais, que, nisso, como em muitas outras coisas, tinham errado grosseiramente. Conhecia os costumes dos felinos, suas manhas, suas paixões. E usaria esses conhecimentos para conquistar o gato Tinker e, assim, se apossar de sua herança. Com o que passaria a viver na Inglaterra, no Primeiro Mundo. E seria feliz para sempre.

    O plano era relativamente simples. Tratava-se de fazer com que Tinker se apaixonasse perdidamente por uma gata e que a acolhesse em sua casa (bem como ao dono da gata, claro). Ele tinha essa gata, a formosa e sensual Samantha (assim mesmo, com th – o nome inglês era mais uma indicação do destino). De modo que começou a trabalhar imediatamente. O primeiro passo consistia em fazer com que Samantha demonstrasse afeto por Tinker. Para isso iniciou um treinamento pavloviano: mostrava à gata fotos ampliadas de Tinker. Se ela ronronasse amorosamente, ganhava um belo pedaço de carne. Samantha, que não era burra, logo descobriu o que o seu dono queria. Suas manifestações de amor por Tinker, ou pela foto deste, chegavam a ser comoventes.

    O segundo passo era aproximar-se do felino inglês. Para isso entrou em contato com a família que estava cuidando do bichano. Intitulando-se jornalista, disse que pretendia fazer uma reportagem a respeito. Como esperava, recebeu sinal verde. Mas não conseguiu partir imediatamente, pela simples razão de que não tinha dinheiro para a passagem. Um parente ficou de emprestar-lhe a grana, mas, enquanto isso não acontecia, notou que Samantha começou a portar-se de maneira diferente. Suspeitas surgiram nele, suspeitas que rapidamente se confirmaram: ela estava prenhe. E o pior é que o pai não era sequer parecido com o belo Tinker: era um gato vagabundo, desses que vagueiam por qualquer cidade do Brasil. Samantha não tardou a fugir com o sedutor. Ele nem se importou. A verdade é que tinha aprendido sua lição. Os gatos são inconstantes. Inconfiáveis. Quase tão inconfiáveis quanto os seres humanos.

A FEROCIDADE
DOS CÃES

Vira-lata evita agressão de cães a mulher e criança no Guarujá. Uma pequena cachorra vira-lata que vive nas ruas enfrentou dois *rottweilers* e um *pit bull* e impediu que uma mulher e um bebê ficassem feridos.

Cotidiano, 5 de setembro de 2002

A notícia deixou-o muito deprimido. Sempre sonhara em ter um *rottweiler*, um cão muito feroz. Não se tratava de proteger a casa; aliás, ele nem tinha casa, morava num minúsculo apartamento, cujo aluguel o seu magro salário mal cobria. Mesmo assim ele queria ter um *rottweiler*. Um cão que se chamaria muito apropriadamente Demônio. Um cão capaz de inspirar medo e respeito aos vizinhos do prédio. Especialmente aquele Fernandes, que sempre debochava dele, que imitava o seu andar vacilante, que, nas reuniões de condomínio, o chamava de babaca. O Fernandes grandão, que ele, homem pequeno e franzino, não podia enfrentar. Agora: se tivesse um *rottweiler*, a coisa seria bem diferente. Se tivesse um *rottweiler* e se o Fernandes lhe dissesse alguma coisa desagradável, tudo o que ele teria de fazer seria atiçar o cão: pega, Demônio! Num abrir e fechar de olhos, o animal atacaria o insolente. E ele se deliciava imaginando o Fernandes caído no chão, gritando por socorro, as presas do Demônio dilacerando-lhe a carne. Esse tinha sido o seu sonho. Até o momento em que lera a notícia no jornal. A princípio com incredulidade, logo com espanto, por fim com desalento, com amarga melancolia. Uma pequena cachorra pusera para correr não um, mas dois *rottweilers* (e um *pit bull* de quebra). Uma cachorra vira-lata, uma cachorra de rua. Os ferozes cães, aqueles de cuja raça sairia o algoz do Fernandes, haviam fugido vergonhosamente. E, ao fazê-lo, tinham destruído sua derradeira esperança de ser, um dia, respeitado.

– Mas você ainda está aí? A mulher, entrando na cozinha. – Eu não disse para você esvaziar a lixeira? Será que nem para isso você serve? Será que eu tenho de fazer tudo nessa casa, enquanto você fica sentado, lendo o jornal?

Ele olhou-a. Uma mulher magra, precocemente envelhecida, não muito bonita. E mulata ainda por cima. Os pais haviam sido contra o casamento: "Essa mulata ainda vai acabar com você, procure uma moça de melhor condição". Talvez para contrariá-los, ele fora em frente, casara. E agora tinha o seu castigo. A mulher e o Fernandes, ele não sabia quem o humilhava mais. Ela aproximou-se, deu uma olhada na notícia, sorriu: é uma heroína essa cachorra, deveriam fazer um monumento para ela.

Ele não disse nada. Tinha de esvaziar a lixeira e esvaziou a lixeira. Mas fê-lo rosnando baixinho e mostrando os dentes.

O PROTESTO DOS FELINOS

A campanha contra o furto de energia "Diga não ao gato", que vem sendo veiculada pela distribuidora Light, foi levada ao pé da letra pela Suipa, Sociedade Internacional Protetora dos Animais. A entidade entrou com uma ação pedindo que a concessionária seja obrigada a pôr fim à campanha, sob a alegação de que ela suja a imagem dos animais.

Cotidiano, 17 de abril de 2002

A notícia de que a palavra "gato" estava sendo usada, numa campanha, associada ao furto de energia, provocou de imediato uma justa e compreensível reação no mundo felino. Não se manifestaram apenas os gatos comuns, aqueles que andam pelos telhados nas noites de lua. Diversas e lendárias figuras dessa antiga e respeitada espécie – afinal, no Egito antigo, os gatos eram considerados criaturas divinas – fizeram ouvir o seu protesto.

O Gato de Botas, por exemplo, disse que, de maneira alguma, admitia ser rotulado de ladrão.

– Essas botas que uso – declarou a um jornalista – e que me tornaram famoso foram compradas em uma loja de calçados. Tenho até a nota fiscal para mostrar aos incrédulos.

Tom – aquele do Tom & Jerry – estava absolutamente possesso. Em toda a sua longa carreira cinematográfica, jamais fora associado à transgressão:

– Não é bastante o fato de ser massacrado por um ratinho – queixava-se. – Ainda tenho de suportar essa humilhação.

Surpreendentemente, Jerry se associou a ele – afinal, para os humanos, a palavra "rato" também tem conotação pejorativa. Jerry se ofereceu até mesmo para conseguir o apoio de outras figuras do mundo murino, entre elas o camundongo Mickey.

Quem se mostrava particularmente deprimido era o gato Félix, aquele dos desenhos. Bichano sensível, estava em lágrimas e disse que estava disposto a se sacrificar pela causa felina, atirando-se de um telhado como forma de protesto. Quando lhe lembraram que essa ameaça não seria levada a sério pelos humanos – todo mundo sabe que os gatos têm sete vidas –, replicou altivo:

– Pois então me atirarei oito vezes.

Com essa forte liderança, o movimento de protesto logo ganhou adeptos pelo mundo inteiro. Em cada país realizaram-se assembléias. Resoluções foram adotadas. Durante um mês, os bichanos se recusariam a ronronar; ficariam em absoluto silêncio. Mais do que isso, evitariam lugares com iluminação elétrica – só aceitariam freqüentar casas iluminadas por velas e lampiões. Faixas foram confeccionadas, com a divisa "Gatos unidos jamais serão vencidos".

Quanto à empresa, não está dando muita importância a essas manifestações de repúdio. Alega que "gato", como sinônimo de gatuno, está no dicionário (não no nosso, reclamou o furibundo Tom). As ligações clandestinas continuam sendo cortadas. E ai de quem miar.

O MOSQUITO
DA VINGANÇA

Três homens roubam casa disfarçados de funcionários que combatem a dengue.

Cotidiano, 27 de março de 2002

O assalto foi muito bem planejado. Primeiro, eles roubaram uniformes, crachás e mochilas da Fundação Nacional de Saúde. Depois, ensaiaram cuidadosamente o que iriam dizer: "Estamos aqui para procurar focos do mosquito transmissor da dengue". Esta parte foi mais difícil, porque um deles, o mais jovem, gaguejava na hora de dizer o nome do inseto, *Aedes aegypti*. Teve de treinar até fazê-lo sem hesitação: o chefe, que era o mais velho, exigia perfeição nos menores detalhes.

Finalmente, passaram ao assalto propriamente dito. Muito fácil: bateram à porta de uma casa, identificaram-se, disseram a que vinham (e o mais jovem falou corretamente em *Aedes aegypti*), e, uma vez lá dentro, sacaram as armas. Fugiram levando um Palio e dinheiro.

Poderiam repetir a mesma operação várias vezes – pelo menos, enquanto durasse o surto de dengue. Mas um deles tem-se recusado a tal. É, justamente, o mais jovem. E a razão pela qual se recusa é um sonho. Que volta todas as noites desde o assalto.

Nesse sonho, ele se vê no Juízo Final. Todos estão diante do Senhor para serem julgados. Ali está a tradicional balança: num dos pratos, são colocadas as boas ações. No outro, as más. Se as boas ações pesam mais, Céu. Caso contrário, Inferno. Às vezes, equilíbrio: Purgatório.

Chega a vez dele. Um anjo lê, num grande livro, a lista das más ações. Não são poucas e ele, aterrorizado, vê a balança inclinar-se cada vez mais para o lado da condenação. O assalto, então, tem um peso imenso. Por causa das agravantes, claro: ele enganou pessoas, esforçando-se até para pronunciar certo o nome do mosquito.

Mas aí aparecem algumas ações boas. A tia de quem ele cuidou quando estava doente. A senhora inválida que ele ajudou na travessia de uma movimentada avenida. As generosas quantias que distribuiu a familiares pobres. O prato do Bem vai descendo, e o prato do Mal vai subindo – de repente, estão em equilíbrio. Ele suspira, aliviado: considerando as circunstâncias, o Purgatório é até lucro. Mas aí ouve um zumbido familiar.

Um mosquito. Por incrível que pareça, há um mosquito no Juízo Final. Um *Aedes aegypti*.

O mosquito pousa. Na balança. Exatamente no prato das más ações. Que desce vertiginosamente: ele está condenado. E aí acorda, suando frio e sentindo-se mal. Como se estivesse com dengue.

Esse pesadelo está lhe tirando a alegria de viver, a vontade de fazer as coisas. Os companheiros de assalto estão irritados. Mas ele acaba de atinar com a solução.

Passará a dormir com um frasco de repelente na mão. Quando, no sonho, o mosquito aparecer, ele esguichará na balança a substância, livrando-se assim do intrometido.

Claro, precisará de um bom estoque de repelente: não sabe quantas vezes o sonho voltará. Mas isso não será problema. Ele já identificou até a farmácia que vai assaltar.

A GUERRA
DA CIÊNCIA

Implantaram um *chip* nas costas de um rato... De um *laptop* os cientistas orientavam o animal. O rato passou a agir como um robô. Um rato teleguiado. Puseram-no dentro de um labirinto e ele não teve dificuldades para chegar até a saída.

Ilustrada (Marcelo Coelho), 15 de maio de 2002

Os dois eram cientistas famosos. Os dois volta e meia estavam nas manchetes de jornais. E os dois competiam. Não só pela glória. Competiam pelas verbas, pelos recursos necessários para sustentar os imensos laboratórios que ambos administravam e onde as mais avançadas pesquisas eram feitas. E, por causa dessa competição, ambos guardavam rigoroso segredo acerca de seus projetos. Nada, nenhuma informação podia vazar, enquanto as pesquisas estivessem em andamento. E, como se pode imaginar, o sonho de cada um deles era descobrir o que o outro estava pesquisando. Como fazê-lo? O suborno de algum funcionário ou mesmo de um assistente seria a resposta óbvia, mas aquilo lhes repugnava. Não poderiam usar os métodos da espionagem industrial, uma espécie de guerra suja entre empresas. Seria grosseiro demais.

Finalmente um deles leu a notícia sobre o rato-robô e

teve um estalo: ali estava a solução. Um método fácil, sobretudo porque ele também trabalhava com roedores. Pegou um deles, implantou um *chip* em seu dorso, e pronto, tinha um animalzinho teleguiado. E capaz de executar inclusive tarefas complexas.

Logo o rato teleguiado estava cumprindo a missão. Através do esgoto chegava ao laboratório rival. De lá roubava documentos e disquetes. Mais: era capaz de ligar o computador, de acessar programas e de armazená-los em seu próprio *chip*. E, supremo requinte, era capaz também de introduzir vírus nos bem protegidos sistemas do adversário.

Que logo se deu conta da situação. Sim, os seus projetos estavam sendo roubados e implementados pelo inimigo – que não se pejava de falar a respeito à imprensa. Mas como o fazia? Durante semanas quebrou a cabeça. Nem ele, nem os colaboradores atinavam com a forma pela qual estavam sendo roubados. Até que a secretária deu-lhe a pista. Chegando ao laboratório mais cedo, ela ouvira lá dentro um ruído esquisito: como o de um rato correndo, disse.

Rato! Agora sim, o cientista sabia de que maneira estavam ocorrendo os furtos. Mais: sabia como resolver o problema.

No dia seguinte, o rival aguardou o rato-robô, que deveria retornar com um disquete. Horas passaram e nada, o bicho não apareceu. Mandou outro rato-robô. Que também não voltou. Um terceiro, um quarto – o estoque de roedores se esgotou. Todos haviam sumido.

Na mesma noite, os dois cientistas encontraram-se num coquetel. E aquele que tinha sido roubado chamou o outro para um canto. Queria lhe mostrar algo, "o melhor antídoto contra espionagem científica", em suas palavras.

Era a foto de um gato. Um gato comum, desses que andam pelos telhados miando. Mas nenhum rato lhe escapa, garantiu o cientista, com um sorriso. O outro não disse nada. Estava pensando num cão-robô, capaz de espantar qualquer gato.

MUNDO CÃO

A chamada "televisão de cachorro" só existe no Brasil. O assunto foi levantado pela escritora de guias de viagem e culinária Linda Bladholm, num recente encontro de críticos de gastronomia em Miami. "São fornos onde se assam frangos em espetos; os cachorros famintos sentam-se em frente a eles, sonhando em provar o conteúdo", descreveu, espantada, a escritora norte-americana para um público bem atento.

Ilustrada (Mônica Bergamo), 22 de maio de 2002

Quando lhe foi anunciada a chegada da escritora norte-americana, o gerente da agência de viagens que deveria recepcioná-la ficou muito preocupado. Chamou seu assistente: trata-se de uma visita muito especial, disse, porque essa senhora é especializada em guias de culinária.

– Seria bom mostrar-lhe alguma coisa nesta área. Mas uma coisa inédita, que ela possa contar ao público quando voltar.

O assistente, um jovem competente e ambicioso, garantiu ao chefe que resolveria o problema. Naquela mesma tarde bolou um plano. Adotadas as providências, preparou-se para receber a escritora.

Que chegou no dia seguinte. Ele foi buscá-la no hotel e propôs que dessem uma volta pelos arredores, enquanto conversavam. Ela aceitou. Foram andando, até que chegaram a um ponto-de-venda de frango assado. Ali estavam, nos espetos giratórios, 15 ou 20 frangos de tentadora aparência. E, sentados na calçada, 12 cachorros – três fileiras, com quatro cães cada –, todos a mirarem fixamente os frangos. A americana ficou encantada. O rapaz explicou-lhe então que aquilo era um espetáculo habitual nas cidades brasileiras; a uma determinada hora, os cães do bairro reuniam-se e iam, em conjunto, apreciar o espetáculo dos frangos serem assados.

– Como se fosse televisão – lembrou a escritora.

– Exatamente. E o público também varia, como na televisão. Frango assado atrai muitos espectadores, como a senhora está vendo, mas churrasco é melhor ainda. Aqui nós temos 12 cães; com churrasco seriam talvez 80. Pico de audiência.

A visitante tomava nota de tudo, interessadíssima. Fotografou os cães e declarou que só aquilo valia a viagem ao Brasil: ela já tinha muito sobre o que contar.

O gerente da agência de viagens cumprimentou o assistente pela bem bolada idéia e pediu detalhes. O rapaz explicou que contara com a ajuda de um amigo, treinador de cachorros: ele se encarregara de reunir os bichos e mantê-los ali, sentados diante do forno, com ar sonhador.

Confessou que em certo momento pensara em usar pivetes famintos para o mesmo fim. Mas desistiu. Se um dos garotos não se contivesse e roubasse um frango, ou a bolsa da visitante, o espetáculo estaria irremediavelmente arruinado.

PAIXÃO EXÓTICA

Filmes pornô falham na tentativa de excitar pandas. Cientistas querem despertar o interesse dos pandas pelas fêmeas, na tentativa de salvar a espécie, que está em via de extinção. O acasalamento natural dos animais é o principal objetivo. Os cientistas mostram aos ursos fitas de vídeo pornô com pandas, claro, ministram-lhe ervas afrodisíacas e também administram estrógenos às fêmeas.

Folha Online, 9 de setembro de 2002

O projeto todo era bastante complexo, mas a parte mais difícil foi a preparação do vídeo pornô. Um diretor de cinema especializado em tais produções foi chamado. Ouviu, encantado, a solicitação dos cientistas e disse que sim, que poderia preparar o tal vídeo. Só necessitaria de dois personagens, um urso e uma ursa, devidamente treinados para fingir, diante das câmeras, tórridas cenas de paixão, componentes indispensáveis de tais produções:

— Prevejo que esta produção vá mudar o rumo do vídeo pornográfico, declarou, entusiasmado (um pronunciamento que depois se revelaria profético).

Os cientistas, contudo, ponderaram que a dificuldade era exatamente aquela: os pandas não queriam fazer amor. Os machos, sobretudo, mostravam-se particularmente desinteressados — mesmo após doses generosas de Viagra. O diretor, contudo, não se deixou desanimar:

— E se eu fizesse um filme de animação, com efeitos especiais? Será que os pandas notariam a diferença?

Os cientistas discutiram a questão, mas não chegaram a um consenso: ninguém tinha analisado a conduta dos pandas como espectadores de vídeo. Estavam de acordo, no entanto, em que valeria a pena tentar. Afinal, tratava-se de um método inócuo e, se desse resultado, poderia inaugurar uma nova era no estudo da psicologia animal.

O diretor convocou dois famosos especialistas em animação. A equipe trabalhou afanosamente durante duas semanas e, por fim, exibiu, orgulhosamente, o vídeo. Que era perfeito. Os pandas pareciam inteiramente reais, ao menos para humanos.

Mas não para os próprios pandas, que olharam o vídeo com o maior desinteresse. Um deles até se retirou do recinto, com uma visível expressão de enfado. Os cientistas ficaram muito desapontados, o diretor e os animadores também. Pelo jeito, aquilo tinha sido uma tentativa fracassada.

Que teve, porém, um resultado inesperado. Duas semanas depois, o diretor do projeto recebeu a visita de um dos empregados da reserva dos pandas. Muito embaraçado, o homem disse que tinha uma confissão a fazer. Durante todos aqueles dias, ele havia assistido, em segredo e fascinado, ao vídeo agora abandonado num canto do laboratório. As cenas ali mostradas perturbavam-no ao extremo. E ele confessava: estava apaixonado por uma das ursas. Aquela face branca e cândida, aquelas manchas ao redor dos olhos, não pensava em outra coisa. Tratava-se, ele bem o reconhecia, de uma paixão estranha e, por isso, estava pedindo auxílio aos cientistas.

Novamente uma reunião foi convocada. Ninguém sabia o que fazer. Quem resolveu o problema foi a secretária do projeto, uma esperta jovem que era também maquiadora nas horas vagas. Ela pediu para falar com a esposa do aflito empregado. Quando, naquela noite, o homem voltou para casa, viu que a esposa tinha, por artes da moderna maquiagem, se transformado numa encantadora fêmea de panda: a face branca e cândida, as manchas ao redor dos olhos. Puxou-a para si, fizeram amor e, desde então, tudo voltou ao normal. Quanto ao vídeo, está trancado num cofre. Por precaução, claro.

PROVA DE AMOR

Que o príncipe transformado em sapo pela malvada bruxa voltou à sua forma anterior quando a princesa o beijou, todos sabem. Que eles casaram, todos sabem também. Mas enganam-se os que pensam que viveram felizes para sempre. Esta é apenas uma fórmula destinada a encerrar os contos de fadas à hora em que as crianças precisam dormir. Pois as histórias não terminam quando as pálpebras se cerram; e podem então tomar rumos imprevisíveis, tão imprevisíveis quanto o são os caminhos do amor.

Mas então: o príncipe e a princesa casaram e foram morar no lindo palácio que o pai dela lhes havia dado como presente de núpcias. E ali deveriam gozar uma existência absolutamente sem preocupações, passeando pelos jardins, jogando cartas ou fazendo amor. Mas isto não aconteceu.

Apenas alguns dias após o matrimônio, o príncipe mudou. Não falava, não comia, andava macambúzio pelos cantos. Os criados comentavam entre si esta metamorfose, e a princesa não sabia o que fazer. O médico real foi chamado, mas nada encontrou de estranho no jovem. Finalmente, e depois de muitas súplicas da princesa, ele resolveu contar o que estava havendo.

– Não é a você que eu amo – disse.

O choque para a pobre moça foi terrível, mas ela fez um esforço supremo e conseguiu reagir. Disse que aceitava o fato, mas pelo menos queria saber quem era a sua rival. O príncipe hesitou:

— Você não vai acreditar.

Como ela insistisse, contou a história.

— Você se lembra do tempo em que eu era sapo, não é mesmo? Pois bem, quando a bruxa me transformou, sofri muito e cheguei a pensar em me matar. Depois, porém, fui gostando da nova vida. Afinal, coaxar à beira da lagoa em noites de lua tem seus encantos, e também saltar pelos campos. E foi saltando pelos campos que conheci aquela por quem vim a me apaixonar: uma linda rã, de grandes olhos e a pele de um verde muito delicado, o verde mais ecológico que já vi em minha vida. Coaxei-lhe minha paixão e vi que era correspondido. Já estávamos fazendo planos para o casamento quando você me avisou... Bem, o resto você sabe.

Nova pausa, e ele prosseguiu:

— O que você não sabe é que ontem fui falar com a bruxa e lhe pedi que me transformasse em sapo de novo. Ela disse que não podia fazê-lo: só você, me beijando — mas pensando num batráquio — conseguiria efetuar essa transformação.

Olhou-a, desesperado:

— Será que você teria a coragem e a generosidade de me libertar de nosso casamento? Será que você me transformaria num sapo de novo? Será que você me ama a esse ponto?

A princesa nem hesitou: beijou-o, e na mesma hora transformou-o num batráquio. Mas fez mais que isso: nunca mais comeu rãs à Provençal, que era seu prato predileto.

HOMEM & MULHER

FILOSOFIA
DE VERÃO

Um homem está deitado à beira-mar, sob um guarda-sol. O dia está agradável, sopra uma brisa leve. O homem olha o relógio e se surpreende: quase duas da tarde! É que está na praia desde as onze. Simplesmente não se deu conta da passagem do tempo. É assim mesmo, conclui. Quando a gente está bem, simplesmente não se dá conta da passagem do tempo. Horas, dias, meses poderiam passar, sem que ele notasse – tão bom está ali.

Esta constatação deixa o homem preocupado. Por uma razão simples: ele já não é tão moço. De modo que, se ele não sente o tempo passar, na realidade pode estar desperdiçando a vida que lhe resta e que ele não sabe exatamente quanto de existência representa. A preocupação transforma-se em amargura. Se estar bem faz a vida passar mais ligeiro, se estar muito bem faz a vida passar muito ligeiro, de que adianta estar bem? Na verdade, conclui assombrado, só se sente a vida mesmo quando se está sofrendo. Nestas circunstâncias cada minuto, cada segundo têm o seu peso; a existência se faz sentir em toda a sua plenitude. Mas o que posso fazer, pensa o homem, para ter este sentido da plenitude existencial? Ocorre-lhe uma idéia: poderia ir para um país distante, onde haja uma ditadura militar; aí se alistaria nas guerrilhas, seria capturado e torturado. E a tortura, ele sabe (porque já andou lendo a respeito), faz com que cada minuto se transforme numa eternidade. Numa sessão de tortura a vida praticamente se detém.

A idéia é boa, mas trabalhosa. O homem terá de se levantar, ir até em casa, arrumar a mala... Muita mão-de-obra. O homem pensa então em outra coisa. Se eu sair de sob este guarda-sol, reflete, e me expor diretamente ao sol forte, sentirei, a princípio, desconforto; logo, dor; logo um sofrimento atroz, que, crescendo exponencialmente, fará de cada segundo um ano, de cada minuto um século, de cada hora um milênio; o tempo tenderá à eternidade...

Pensando melhor, contudo, o homem dá-se conta: não, a eternidade não será atingida. À medida que se aproximar o momento de ruptura da barreira do tempo, o sofrimento insuportável dará lugar – exatamente por causa da deslumbrante perspectiva da iminente transcendência – a uma enorme, descomunal alegria; alegria esta que de novo tornará a existência mensurável, que de novo acelerará a marcha da vida rumo a seu término.

Não há mesmo solução, geme o homem. A moça que está ao lado dele abre os olhos: deseja alguma coisa, querido? O bronzeador, ele pede. E enquanto ela passa no dorso dele o líquido morno, ele não pode deixar de pensar que está muito bom, ali, muito, muito bom.

A MULHER DO
PAPAI NOEL

A publicidade já nos convenceu, exaustivamente, da existência do Papai Noel, e nesta época ele está por toda a parte (na Alemanha um foi preso distribuindo droga, o que não é exatamente presente de Natal), mas a verdade é que sabemos pouco acerca da vida do amável velhinho. Sim, ele mora no Pólo Norte; sim, ele tem lá uma enorme fábrica de brinquedos, operada por milhares de anõezinhos (e aí já começam a surgir dúvidas: como é o regime de trabalho nessa indústria? Será que as obrigações sociais estão em dia? Resistiria, o estabelecimento, a uma investigação cuidadosa sobre o uso da mão-de-obra infantil?). Também sabemos que viaja num trenó puxado por renas, aparentemente numa tentativa de economizar combustível. E é só: o resto é mistério. Não sabemos, por exemplo, com quem convive o Papai Noel. É casado? Se é casado, com quem está casado?

* * *

Aí está uma figura misteriosa e fascinante: a esposa do Papai Noel (estamos supondo uma união heterossexual). Ela não é a Mamãe Noel; figura paterna por excelência, Papai Noel dificilmente admitiria uma companheira que concorresse com ele em generosidade, que fosse homenageada, que ficasse na porta de lojas. Não, a esposa de Papai Noel, se é que existe, tem de ser obrigatoriamente uma mulher ultradiscreta, apagada mesmo. Uma dona de casa, com todas as funções da dona de casa.

Que, no caso, são muitas. Ela é quem mantém o trenó limpinho. Ela é quem cuida da alimentação das renas. E é ela quem arruma o saco do Papai Noel: para acomodar lá dentro tantos presentes, só a habilidade feminina. Também é ela quem recebe a correspondência e quem classifica os pedidos; e provavelmente supervisiona também a fábrica.

* * *

Pergunta: o que faz essa mulher quando o marido entra no trenó e parte para a jornada gloriosa, rindo aquele riso grosso ("Ho! Ho!")? Interessante questão, que permite muitas alternativas de resposta. Os cínicos e fesceninos certamente imaginarão esta senhora, por venerável que seja, aproveitando a ausência do marido para ter um caso com um anão, um daqueles anões pequeninos mas poderosos. Outros, virtuosos, pensarão nela como anfitriã da ceia de Natal oferecida aos empregados da fábrica.

Provavelmente não acontece nem uma coisa nem outra. Provavelmente a mulher do Papai Noel fica sentada junto à lareira, fazendo tricô e aguardando que o marido retorne. Quando a porta se abrir, ela fará a pergunta clássica: "Como foi o seu dia, querido?", ou no caso, "Como foi a sua noite de Natal?", e ouvirá a resposta que vem sendo repetida há séculos: "Foi cansativo. Muitas chaminés estreitas, muitas reclamações". Depois disso, o Papai Noel se deitará para o repouso reparador, e logo estará roncando.

Ela ficará acordada, pensando. Ou melhor, devaneando: o que pediria ao Papai Noel? Qual o presente com que sonha?

Isto é uma coisa que nunca descobriremos. Nem temos como perguntar. O Pólo Norte, como vocês sabem, fica longe. Para chegar lá, só em trenós mágicos, daqueles que não se fabricam mais.

CUMPLICIDADE

Que seja eterno enquanto dure, disse Vinicius do amor, e essa frase, apesar dos protestos de românticos, tem um grão de dura verdade. Mas não é uma verdade absoluta. O amor, o grande amor ao menos, não morre. Ele se transforma.

* * *

E em que se transforma o amor? Em cumplicidade. Este termo não é muito adequado, porque tem algo de pejorativo. Cumplicidade implica transgressão. Cúmplices são pessoas unidas por um conluio secreto, que inevitavelmente vai sacanear alguém. Tirando o aspecto da sacanagem, porém, a expressão cumplicidade é ótima. Porque cúmplices se entendem. Cúmplices têm uma linguagem própria, que não depende da fala ou da internet. A cumplicidade envolve um soberbo processo de comunicação. Basta trocar um olhar, por exemplo. Basta fazer um gesto. Casais que estão juntos há muito tempo estabelecem entre si, e tacitamente, um código que funciona à perfeição. Numa festa, a mulher olha para o marido e diagnostica: o coitado está se enchendo, está na hora de ir embora. O marido olha para a mulher e sabe que deve deixá-la em paz, às voltas com seus demônios interiores.

* * *

Até a aparência entra nesse processo. Os casamentos antigos vão tornando marido e mulher cada vez mais parecidos. E há uma razão para isso: eles comem da mesma comida, eles experimentam, simultaneamente, as mesmas emoções: riem juntos, choram juntos, se encolerizam juntos. Os músculos faciais, num processo de auto-escultura, vão se modificando. Almas gêmeas se expressam em faces gêmeas. Em vidas gêmeas, e em mortes gêmeas. Estudos epidemiológicos mostram que, depois da morte de um dos cônjuges, a expectativa de vida do outro se reduz. E se reduz por falta desse ingrediente fundamental, que é a cumplicidade.

* * *

Cumplicidade não existe só entre marido e mulher, claro. Cumplicidade existe entre amigos, entre pais e filhos, entre professores e alunos. E, seguindo John Lennon, podemos imaginar uma vasta cumplicidade, superando grupos e fronteiras, transformando-nos a todos numa *brotherhood of man*, numa grande irmandade humana. Você pode dizer que sou um sonhador, continua Lennon, e de fato isto é um sonho. Mas a cumplicidade permite até isto: sonhar em conjunto, sonhar um único sonho. E este sonho representa, ao fim e ao cabo, o paraíso sobre a terra.

AMOR & RAQUETES

China proíbe namoro entre atletas. A rigorosa disciplina chinesa nos treinamentos causou um baque na seleção de tênis de mesa que vai à Olimpíada de Atenas. Quatro atletas perderam suas vagas no grupo. Motivo: envolvimento amoroso com colegas. "Este é um ano olímpico e nós vamos enfrentar muitos desafios. Não podemos tolerar nada que possa prejudicar o time", disse o coordenador da equipe.

Folha Online, 6 de janeiro de 2004

Quando os jovens namorados souberam da expulsão de seus colegas de seleção, ficaram consternados e apavorados. Por enquanto, o namoro entre ambos era secreto, desconhecido até mesmo dos amigos mais íntimos. Mas, e se o coordenador da equipe descobrisse? Homem implacável, firme na sua crença de que o sexo representava um desperdício da energia necessária para a prática esportiva, dele não poderiam esperar qualquer tipo de simpatia.

Decidiram, de imediato, que o tratamento entre ambos seria agora distante, convencional. Nada de manifestações de carinho. Nada de ternas palavrinhas. Nada de suspiros.

Mas, ao mesmo tempo, sentiam que precisavam de uma forma de comunicação, algo que lhes permitisse reafirmar constantemente que sim, que se amavam, que não poderiam viver um sem o outro. Como fazê-lo? Como transmitir as mensagens da paixão? Por escrito? Perigoso: no momento em que trocassem bilhetinhos, poderiam ser descobertos, e o coordenador teria a prova material necessária para eliminá-los. Pelo olhar, talvez? Também não seria uma coisa isenta de riscos. Se se fitassem de maneira intensa, prolongada, despertariam suspeitas. Não. Bilhetes não, olhar não. Precisavam de uma outra forma de comunicação que passasse despercebida.

E aí à moça teve uma idéia. Havia algo que estava constantemente com eles e que, por causa disso, não chamaria a atenção: a raquete. Seria o instrumento que usariam para a comunicação, da mesma maneira que, no passado, os marinheiros dos navios recorriam a bandeiras para sinalização. Em apenas uma noite criaram uma espécie de léxico da raquete. Raquete junto ao coração: te amo, meu amor por ti é cada vez maior. Raquete junto à cabeça: jamais te esqueço. E assim por diante.

O único temor deles é que o coordenador, em algum treinamento, os coloque como adversários, um em cada extremo da mesa. Nesse momento, as raquetes já não poderão sinalizar a paixão; voltarão à sua finalidade original: instrumentos de um renhido combate (esportivo, mas combate) golpearão a bolinha com habilidade – e com fúria. Mas já combinaram: vença quem vencer, ambos colocarão as raquetes sobre o coração. Esperam assim que o amor sobreviva à disputa. Afinal, a disputa é transitória, mas o amor, segundo numerosos poetas, é eterno.

DOIS MARAVILHOSOS ELETRODOS

Médico procura mulheres para testar aparelho que provoca orgasmo.

O médico americano Stuart Meloy, que desenvolveu um aparelho que provoca orgasmo instantâneo, está procurando voluntárias para testar sua criação, segundo artigo da revista *New Scientist*. A novidade foi descoberta acidentalmente, quando o cirurgião fazia uma operação de rotina para aliviar as dores de uma paciente. Essa operação consiste na inserção de dois eletrodos na espinha e na estimulação com pequenos impulsos elétricos. A mulher teve um orgasmo espontâneo, o que despertou no médico a idéia de desenvolver o método para dar prazer às mulheres. Meloy já recebeu autorização para testar o aparelho. Até agora só uma mulher completou o primeiro estágio do teste. São necessárias outras nove voluntárias. "Eu pensei que as pessoas fossem derrubar a minha porta para fazer parte do teste", disse Meloy, desapontado, à *New Scientist*. "Mas até agora sou eu que estou batalhando para encontrar as pessoas."

Folha Online, 26 de novembro de 2003

O casamento de ambos não era exatamente um mar de rosas; a cama era o problema. Ela tinha poucos e difíceis orgasmos, o que provocava amargas recriminações do marido:

— Você é frígida — acusava ele. — E pior, não faz nada para se livrar dessa frigidez.

Na verdade ela fizera, sim, alguma coisa. Procurara vários médicos, e uma psicóloga também, mas os resultados haviam sido desapontadores. Até que um dia ele entrou em casa radiante, mostrando uma notícia de jornal: dizia ali que um médico americano estava procurando voluntárias para testar um aparelho capaz de gerar orgasmos.

— É a sua chance — garantiu ele. Esse aparelho tem tudo para funcionar. É ciência, mulher. Não tem erro. O cara está desesperado atrás de voluntárias. Você vai lá, se apresenta como cobaia e volta curada.

Ela ainda tentou argumentar: aquilo era uma coisa experimental, podia até ter riscos. Mas ele não quis nem saber. No mesmo dia comprou a passagem e uma semana depois ela estava viajando.

No avião, sentou-se ao lado de um rapaz simpático. Conversaram um pouco e de repente, sem qualquer motivo aparente, ela se pôs a chorar. Quando ele, surpreso mas solícito, se propôs a ajudá-la, ela contou tudo. Com uma franqueza que até a surpreendeu: pela primeira vez em sua vida estava encontrando alguém que a ouvia e a compreendia.

Passaram três maravilhosas semanas em Nova York. Passeavam, iam ao cinema e às livrarias. E faziam amor todas as noites. Todas as noites ela tinha orgasmo; não um, vários. Mas veio o dia em que ele se despediu. Confessou que era casado, com uma americana do Tennessee, e que não pretendia se separar da esposa.

Ela não ficou magoada, mesmo porque também tinha de voltar. Para o marido, claro. No fundo, ela o amava. E agora que tinha descoberto o orgasmo, a vida deles seria muito melhor.

Não deu outra. Ele se mostra muito grato a certo médico americano, cujo nome mal sabe pronunciar direito. E sempre que pode comenta com a mulher, piscando o olhos, acerca de dois minúsculos, e maravilhosos, eletrodos.

A BORDO DOS
NOSSOS SONHOS

Solteiros a bordo: divorciados, viúvos e desacompanhados em geral procuram empresas que oferecem turismo para animar a vida social dos solteiros.

Folha Equilíbrio, 13 de novembro de 2003

Solteiro ele já era há muito tempo; na verdade, poderia facilmente ser classificado como solteirão. No passado pouco se importara com esse tipo de rótulos ("O importante é gozar a vida"); mas agora, que estava chegando à meia-idade e começava a sentir o peso dos anos, via as coisas de modo diferente. A solidão o preocupava; quem cuidará de mim quando eu ficar velho?, era uma pergunta que lhe ocorria constantemente.

Foi então que ouviu falar de um cruzeiro marítimo para solteiros, descasados e viúvos. De imediato ficou entusiasmado. Em primeiro lugar, porque nunca viajara de navio; depois, por causa da oportunidade. Poderia encontrar ali uma mulher sozinha, bonita e ah, sim, rica. Porque ele era um homem de meios modestos e, embora não pensasse em coisas tipo golpe do baú, não ficaria triste se de repente o destino lhe presenteasse com uma fortuna devidamente associada ao amor.

Foi até a agência de viagens. Havia diversos tipos de pacote para o cruzeiro, dependendo da duração e da qualidade das acomodações. Ele escolheu o mais barato; afinal, tratava-se de uma aposta e não era de arriscar muito. No dia seguinte lá estava ele. Não ficou decepcionado. O navio era imenso, e luxuoso. E muita gente participava no cruzeiro, homens e mulheres.

Mas as coisas não saíram bem como esperava. Tão logo o navio partiu ele caiu de cama. O médico de bordo disse que não era nada sério, uma simples gripe, mas recomendou que repousasse. Assim, enquanto os outros se divertiam na piscina, nas quadras de esporte, nos salões de dança, no restaurante, ele estava lá, deitado em sua cabine, lendo velhas revistas. Finalmente, melhorou um pouco e pôde sair.

Era uma noite de luar glorioso. Ele ficou olhando o mar, muito tranqüilo. De repente percebeu que havia alguém a seu lado. Uma mulher, já de meia-idade como ele, mas muito bonita. Elegantíssima, com um belo vestido e coberta de jóias. Começaram a conversar e logo estavam trocando confidências. Ela disse que era viúva, que há muito tempo não tinha contato com homens e que viera para o cruzeiro disposta a viver a grande aventura de sua vida. Talvez com você, disse, piscando o olho.

Fizeram amor ali mesmo, numa daquelas cadeiras preguiçosas que sempre são associadas a cruzeiros marítimos. Cansado (afinal, ainda estava convalescendo), acabou adormecendo. Quando acordou, o dia clareando, estava sozinho.

Passou os dois dias que se seguiram procurando a linda e misteriosa mulher. Não a via em lugar algum. Perguntou ao pessoal de bordo; ninguém sabia lhe informar, e até o olhavam de maneira estranha. Acabou desistindo da investigação.

De alguma maneira ele viveu um sonho. E, de alguma maneira, está satisfeito. Mesmo porque não adianta reclamar. O pacote econômico por ele adquirido certamente não incluiria visões arrebatadoras.

RASTREANDO A TRAIÇÃO

Celular monitora localização de usuário: sistemas de rastreamento permitem fornecer serviços personalizados.
Informática, 22 de outubro de 2003

Quando o sistema que permitia localizar uma pessoa através do celular foi lançado no Brasil, a mulher de Juca, Helena, vibrou. Durante muitos anos vivera atormentada pela suspeita de que o marido a traía. Suspeita que jamais conseguira confirmar, entre outras razões porque Juca era um notável mentiroso e respondia às inquirições dela com convincentes narrativas: "Eu sei, querida, que são três da manhã e que você está atrás de mim desde as sete. Mas você nem imagina o que aconteceu. Eu estava saindo do escritório..." Seguia-se a historieta: mal súbito (felizmente sem gravidade), assalto, seqüestro. Ou versões mais benignas: o encontro com um velho amigo, com um papo tão bom que o fizera esquecer da hora.

Aí surgiu o telefone celular. Helena comprou um para o marido, mas isso não o tornou mais localizável. Ele atendia a ligação, dizia que estava em reunião com um cliente, e como podia ela saber que não era verdade?

Agora, porém, a tecnologia oferecia uma solução definitiva para o seu problema. O celular rastreador emitia um sinal, mediante o qual ela podia facilmente localizar o marido; não precisava sequer falar com ele. De imediato comprou o aparelho.

Mas não contava com a esperteza de Juca. Ele não reclamou por ter de usar o dispositivo que permitiria a Helena rastreá-lo; ao contrário, disse que aquilo representava um grande alívio. Se tivesse um problema cardíaco, por exemplo, ela poderia localizá-lo num hospital. Mas, tão logo passou a andar com o aparelho, arranjou um jeito de neutralizá-lo: um portador.

Era um empregado do escritório, Francisco. Este rapaz, simpático, inteligente, prestativo, ficou encarregado de andar com o celular e mantê-lo em lugares aceitáveis; por exemplo, o próprio escritório. Ou então o escritório de um amigo de Juca.

Uma nova era se iniciou então na vida do conquistador. Que agora se sentia livre como um pássaro. Tudo o que tinha a fazer era avisar a Francisco que sumiria das seis da tarde até meia-noite. O rapaz ia para um dos lugares pré-combinados e ali ficava, portando o celular.

Esta história poderia se prolongar indefinidamente. Mas então o destino interveio. Uma das namoradas de Juca não compareceu a um encontro. Aborrecido, resolveu ir para casa. E já estava entrando, quando se deu conta: esquecera de recuperar o celular que ficara com Francisco.

Mas isso não seria necessário. O próprio Francisco estava ali na cama, com Helena. Na mesa de cabeceira, o celular. Que, de alguma forma, cumpria seu papel: rastreava a traição.

AMOR.PERDIDO
@UOL.COM.BR

Desconfiado usa *software* para vigiar parceiro. Se você é casado ou casada, cuidado com o que ou para quem anda teclando pela internet. A figura do tradicional detetive disfarçado está sendo substituída por programas capazes de coletar informações sobre infidelidades reais ou virtuais de um casal. Alguns desses espiões eletrônicos podem rastrear *e-mails* em tempo real. Ou seja, é possível saber o que o internauta está teclando.

Folha Informática, 6 de agosto de 2003

Alguns homens sabem que o casamento vai mal quando a mulher começa a se ausentar muito de casa. Outros, quando a surpreendem cochichando ao telefone. No caso de Anselmo foi diferente. Suas suspeitas surgiram quando notou que Adélia passava muito tempo no computador.

Na verdade, já fazia muito tempo que as relações entre ambos vinham se deteriorando. Falavam pouco, e por monossílabos. Quase não se olhavam. E quando iam para a cama cada um virava para seu lado, sem ao menos um boa-noite. A situação poderia ter permanecido nesse estado de fria indiferença, não fosse aquela coisa do computador. Até então Adélia quase não usara o equipamento, que o marido lhe comprara um ano antes; não sou muito de

205

informática, dizia. Mas, se não era de informática, por que agora teclava sem parar? O que estava escrevendo? Um diário? Um livro? Ou mensagens para alguém? Anselmo não sabia e, naturalmente, não queria interrogar a mulher. Como, então, desvendar aquele mistério? A resposta veio através de um artigo de jornal. Falava de programas que funcionavam como verdadeiros espiões eletrônicos, rastreando *e-mails*. Anselmo não hesitou. Encomendou um desses programas, instalou-o em seu computador. E, naquela noite, quando Adélia fechou-se em sua sala para a misteriosa digitação, ele estava a postos para controlá-la. O texto que apareceu na tela confirmou suas piores suspeitas: era uma mensagem de amor. Uma tórrida mensagem de amor, que não apenas o deixou louco de ciúmes como o surpreendeu: era uma Adélia que ele não conhecia, a autora daquelas linhas. Uma mulher que tinha dentro de si um vulcão de paixões, com um destino certo: o titular do *e-mail* amor.perdido@uol.com.br. Agora: quem seria esse homem? Que tipo de ligação manteria com Adélia? Isso era o que Anselmo precisava descobrir, e, sem poder se conter, invadiu a sala dela, levando a mensagem impressa. Eu já sei de tudo, gritou, quero que você me diga quem é esse tal de Amor Perdido. Ela o olhou, calma e triste. Sou eu mesma, respondeu.

    O endereço eletrônico era dela. E era a si própria que mandava mensagens de amor, com as palavras que já não ouvia do marido. Soluçando, ele tomou-a nos braços, pediu-lhe perdão.

    Agora vivem muito bem. A relação entre ambos é respeitosa, carinhosa mesmo. Mas a verdade é que de vez em quando assalta-o um esquisito desejo. O desejo de mudar seu antigo *e-mail* para amor.perdido@uol.com.br.

A LUTA DO AMOR

Mulheres saem da defensiva contra homens "abusados". Unhas e salto alto são armas do passado. A mulher usa técnicas de artes marciais e boxe para se livrar de homens inconvenientes.
Revista da Folha, 27 de julho de 2003

Da janela do escritório, ele sempre a observava: uma moça alta, esguia e bela, muito bela. Morava ali perto, aparentemente sozinha. Abordá-la era, pois, uma tentação constante, mas não seria coisa fácil. Não tinha tempo. Funcionário dedicado, ficava até tarde no escritório, o que acabou favorecendo o encontro.

Numa sexta-feira, trabalhou quase até as dez horas. Quando saiu, avistou-a: lá vinha ela, a moça alta, esguia e bela, caminhando apressada pela rua escura, deserta. Vacilou um instante (no fundo, era tímido), criou coragem e dirigiu-se a ela, chamando-a de gatinha ou algo do gênero.

A reação da moça foi extraordinária. Parou, encarou-o firmemente: "O que foi que você disse?".

Desconcertado, ele perguntou, já gaguejando, se podia acompanhá-la. E, antes que pudesse acrescentar qualquer coisa, antes que pudesse se apresentar, a surpresa: o pé dela veio como um aríete contra o seu peito, derrubando-o. E aí foi uma saraivada de golpes, de socos, de pontapés.

Depois da surra, a moça se afastou, tranqüilamente, deixando-o jogado sobre a calçada. Com grande esforço, ele se levantou e, cambaleando, tomou um táxi. O motorista, alarmado, perguntou o que tinha acontecido.

"Um assalto", disse ele. "Três caras enormes. Pediram o dinheiro, eu não entreguei, eles bateram pra valer."

No dia seguinte, cheio de hematomas, teve de repetir a explicação para os colegas de trabalho. "Esquece", disse um deles, "isso faz parte da vida".

Mas ele não esqueceria a humilhação pela qual tinha passado. Aquilo exigia vingança. Não hesitou: matriculou-se num curso de artes marciais e dedicou-se com afinco ao treinamento. Em poucos meses, já recebia rasgados elogios dos professores. Estava pronto para a desforra.

Naquela mesma noite, ficou de plantão na frente do prédio em que morava a moça. Por volta das onze, ela apareceu. Ele barrou-lhe o passo: "temos de conversar", disse. Ela nem hesitou: de novo, veio com tudo. E aí ele constatou que o treino tinha sido insuficiente. De novo, levou uma surra. Ela derrubou-o no solo, imobilizou-o. Os dois cara a cara, ela o beijou. Furiosamente.

Estão casados. Vivem muito bem, tratam-se amavelmente. Quando a relação ameaça ficar morna, ele a desafia para uma boa briga. Que sempre termina com os dois fazendo amor. Furiosamente, como convém a praticantes de artes marciais.

ATÉ QUE O LEÃO NOS SEPARE

Casal deve declarar em separado. Quando marido e mulher trabalham, em geral é vantagem para o casal fazer a declaração separadamente.

Dinheiro Online, 23 de abril de 2003

*E*le era de fazer as coisas certinho, sobretudo quando se tratava de obrigações legais. Assim, lia e recortava todas as notícias que saíam sobre Imposto de Renda, comprava todos os manuais que encontrava em bancas de jornal. Tendo estudado bem a questão, decidiu que ele e a mulher deveriam fazer declaração em separado. Será a primeira coisa que não faremos juntos em 12 anos de casados, disse a ela, brincando. A esposa, mulher bonita e bem mais jovem do que ele, concordou, como sempre. Mas disse que faria a sua própria declaração. O que o deixou surpreso. Acho que você não entende dessas coisas, ponderou. Ela admitiu que, de fato, não era de fazer cálculos e preencher formulários; estava, porém, na hora de aprender. Ainda desconcertado, ele concordou, pedindo, porém, que ela o consultasse em caso de dúvida.

Não falaram mais sobre o assunto. Alguns dias antes do prazo final, ele, sempre intrigado, perguntou sobre a declaração. Já entreguei, disse ela. O que, mais uma vez, foi uma surpresa. Ela contou que a tarefa se revelara mais complexa do que parecia e resolvera, por isso, procurar um contador. Que já enviara a declaração pela internet.

Àquela altura, ele estava francamente desconfiado. Encontrando numa gaveta o cartão do contador, resolveu investigar. Por sorte, tinha uma parente que trabalhava no escritório do homem. Essa parente obteve uma cópia da declaração. E o que viu ali deixou-o estarrecido.

Em primeiro lugar, a mulher ganhava muito mais do que ele imaginava. O que, agora dava-se conta, explicava os belos vestidos, os sapatos de luxo, a despesa nos salões de beleza. Em segundo lugar, ela tinha duas fontes de renda. Uma era a que ele conhecia: a mulher era auxiliar de escritório numa grande multinacional. Mas os ganhos ali eram modestos, sobretudo quando comparados aos resultantes da segunda fonte, uma empresa registrada sob o enigmático nome de Erotex.

Ele agora vive um dilema: deve ou não descobrir o que é essa tal de Erotex? O machismo ofendido diz que sim: o marido tem de saber o que a mulher faz nas horas vagas, ou não tão vagas assim. Por outro lado, é possível que a função dela na tal empresa nada tenha a ver com erotismo; quem sabe se trata de algo puramente administrativo. Além disso, não é pouco o dinheiro que ela ganha.

Claro, a mulher poderia ter sonegado e, com isso, ele, pelo menos, não ficaria sabendo. Mas não é do estilo dela. Como o marido, em termos de obrigações legais, ela faz tudo certinho.

A INCÓGNITA
NA EQUAÇÃO

Dois pesquisadores britânicos disseram hoje ter achado uma equação simples para quantificar a felicidade, o que poderia resumir em uma fórmula o estado emocional. Felicidade é igual a P+5E+3A, em que P são as características pessoais, E, as características da existência, e A é auto-estima.

Folha Online, 6 de janeiro de 2003

"Estou-lhe mandando este bilhete para contar de meu profundo desapontamento. Desapontamento, não. Mágoa. Sinto-me irremediavelmente magoado, horrivelmente magoado. Tudo começou quando descobri aquela equação dos ingleses para a felicidade e resolvi aplicá-la a meu próprio caso. O resultado, para a minha surpresa, foi felicidade zero. Sou infeliz e não sabia! Que coisa triste! E aí comecei a procurar as causas desta infelicidade, para mim misteriosas, já que tenho excelentes características pessoais, a minha existência tem tudo para dar certo e a minha auto-estima é alta. Depois de quebrar muito a cabeça, descobri onde estava o erro.

O erro é você. Em matéria de matemática sentimental, você é um desastre. Um completo desastre. Você nada soma a meus sentimentos, ao contrário: você subtrai de minhas reservas emocionais tudo o que pode. Você não multiplica os meus afetos. Você também não divide comigo porque você é muito egoísta – seus pensamentos, suas alegrias, nada.

Nós não temos um denominador comum. Você quer ser o numerador, quer estar por cima, na precária fração de pessoa em que você quer me transformar. Uma fração ordinária, claro. A mais ordinária possível, dessas que a gente aprende no ensino fundamental.

Você gostaria de elevar ao infinito o expoente de minhas angústias para depois extrair delas a raiz quadrada, claro, porque só as coisas quadradas, convencionais, lhe interessam. Quando eu lhe falo essas coisas, você, que dança balé, curva o corpo em arco e sai pela tangente. Arco tangente, eis o que você é. Uma tangente que mal passa por mim e já se afasta.

Na equação de minha vida, você é um valor aleatório. Não: você é a incógnita, o xis do problema. E eu não consigo decifrar essa incógnita. Nem Einstein conseguiria. Por isso estou dando por terminado o nosso caso. À semelhança daquela expressão nos teoremas: CQD, como queríamos (como eu queria) demonstrar. Estou voltando ao ponto zero da paixão, e espero que você compreenda.

OBS: Ainda há uma chance. Estou me inscrevendo para o vestibular de matemática. Pode ser que eu aprenda então a decifrar a equação que você é. Ou, no mínimo, farei melhor as contas da minha vida."

CINTO DE CASTIDADE

> Empresa sul-coreana anuncia nova calcinha com cinto de castidade para proteger contra abusos sexuais.
> *Mundo,* 26 de agosto de 2002

Conheceram-se pela internet. *E-mail* para cá, *e-mail* para lá, descobriram mútuas afinidades. Ele então propôs um encontro. Ela estava muito inclinada a aceitar, mas, por via das dúvidas, resolveu consultar uma prima, mulher mais velha e muito experiente. A prima leu os *e-mails* e achou que o rapaz era digno de confiança, mas sugeriu que a moça adotasse alguma precaução: afinal de contas, não são poucos os maníacos sexuais que, em aparência inofensivos, andam por aí atacando pessoas.

Qual precaução? A prima também tinha uma resposta para isso: a calcinha com cinto de castidade, uma novidade que havia importado da Coréia do Sul. Mostrou-a. Era uma pequena maravilha. À semelhança dos antigos cintos de castidade, esse constava basicamente de um complexo sistema de fechos metálicos. Mas, diferente dos modelos medievais, era operado eletronicamente. Bastava digitar uma senha num pequeno controle remoto e o cinto se fechava. Digitando outra vez, ele se abria.

– Você decide, disse a prima, em tom de brincadeira.

Ela colocou o tal cinto e seguiu para o encontro num romântico bar. Ao vê-lo, quase desfaleceu. Ele era muito mais bonito do que na foto enviada pela internet. Mais: era gentil, era inteligente, era simpático, enfim, o homem dos seus sonhos. Conversaram longamente, ela cada vez mais encantada, e, por fim, o rapaz a convidou para um drinque no apartamento dele. Nesse momento, ela lembrou as advertências da prima e sentiu um certo desconforto. Mas nada de mal poderia lhe acontecer; afinal, estava usando o cinto de castidade.

Foram para o apartamento. Ela não resistiu: caiu em seus braços. De imediato tiraram a roupa. Ele viu o cinto, estranhou: o que era aquilo? Rindo, ela explicou que se tratava de uma proteção contra ataques sexuais.

– Mas não se preocupe. Eu já me livro dessa coisa.

E aí se deu conta, apavorada, de que tinha esquecido a senha. Nervosa, pôs-se a digitar vários números. Nenhum servia. Ele olhava a cena consternado (mas divertido) e, em determinado momento, pediu para tentar. Pegou o controle remoto, pensou um pouco, digitou quatro números e o cinto de castidade se abriu. Espantada, ela quis saber como ele tinha descoberto a senha. Depois de certa hesitação, ele acabou confessando: recorrera ao acaso. Tratava-se da data de aniversário de sua ex-namorada. Uma moça que ele não conseguia esquecer.

Foram para a cama. Foi bom, mas não inteiramente bom. Por causa do ciúme dela, claro. Que funcionava como um cinto de castidade? É, funcionava como um cinto de castidade.

ELE (EX-ELA)
E ELA (EX-ELE)

Casal muda de sexo na Hungria. Uma equipe de cirurgiões húngaros ajudou um casal a trocar de sexo, fazendo do homem uma mulher e da mulher um homem.

Ciência Online, 16 de outubro de 2002

A operação foi um êxito e, quando acordaram da anestesia, ele era ela e ela era ele. Miraram-se com certa surpresa, pois ele sempre tinha pensado nela como ela e ela sempre tinha pensado nele como ele, ainda que em suas respectivas vidas sexuais ela tivesse desempenhado um papel mais próximo ao que a ele caberia se ele, claro, não se sentisse mais próximo ao perfil que ela, supostamente, deveria ter. Mas, depois de muito tempo de engano, haviam optado pela verdade. Ele se havia assumido como ela, ela se havia assumido como ele, daí a cirurgia. Agora se olhavam surpresos e encantados. Sim, poderiam continuar a viver juntos, ele, ex-ela, e ela, ex-ele. E seriam, pelo menos o esperavam, felizes para sempre, como naquelas histórias do cinema em que ele é ele mesmo e ela é ela mesma.

Mas não seria o caso. Quando tiveram alta do hospital e voltaram para casa, começaram a enfrentar problemas inesperados.

A roupa, por exemplo. Tinham decidido que, simplesmente, trocariam de guarda-roupa; haviam gasto muito dinheiro com médicos e hospital e agora precisavam economizar. Mas descobriram que não era tão simples assim. Em primeiro lugar, e ainda que tivessem passado por transes semelhantes, seus corpos eram inevitavelmente diferentes e as roupas também. Quando ele, ex-ela, foi vestir um terno, constatou que o casaco lhe dançava no corpo. Por sua vez, ela, ex-ele, apertada num vestido, não gostou nada do que estava vendo. Você não tem dignidade para usar esse terno, disse, com irritação, e acrescentou, em tom de deboche:

– Além disso, o nó da gravata está errado.

Ele, ex-ela, retrucou com irritação:

– Pode ser. Mas não sei para que usar gravata. Isso não passa de um símbolo fálico, de uma forma de mostrar quem tem o poder.

Ela, ex-ele, riu, irônica:

– A mim você não pode se queixar. Não esqueça que abri mão da minha condição masculina. E da gravata também.

– Espero que você abra mão desse vestido, respondeu ele, ex-ela. – Está ridículo em você.

Essa foi a primeira de muitas brigas. Outras se seguiram; ele, ex-ela, exigiu que trocassem de lugar na cama. Ela, ex-ele, reclamou que estava trabalhando demais e que caberia a ele, ex-ela, assumir o papel de homem da casa.

Estão pensando em voltar aos médicos que os atenderam para reverter tudo. A única coisa que os detém é a perturbadora antecipação de uma identidade, por assim dizer, telescopada, em que elementos masculinos e femininos estejam uns dentro dos outros, como aqueles tubos dos antigos telescópios. Ser ele, ex-ela, e ser ela, ex-ele, já é complicado. Mas ser ela, ex-ele e ex-ex-ela, e ser ela, ex-ele, ex-ex-ex-ela, deve ser mais complicado ainda.

ESTA EXÓTICA PLANTA, A VINGANÇA

Plantas carnívoras atraem colecionadores pelo exotismo.
Agrofolha, 25 de setembro de 2001

Desprezado, rejeitado em sua paixão, ele não pensa em outra coisa senão vingar-se. De início cogitou, naturalmente, alugar um pequeno avião e jogá-lo contra a casa dela. Mas este plano envolvia numerosos inconvenientes: não tinha dinheiro para alugar aeronaves, não sabe pilotar, não tinha nenhuma garantia de que ela morreria na catástrofe e, por último, mas não menos importante, não queria suicidar-se: queria viver para saborear o prato – frio, mas delicioso – de sua vingança. Não, o que ele estava buscando era, nada mais nada menos, do que o crime perfeito: o crime que a liquidaria e que daria a ele, assassino misterioso e impune, um prazer duradouro.

E aí veio a idéia da planta carnívora.

Na verdade, o ponto de partida foi outro. O ponto de partida foi uma notícia sobre plantas exóticas, aí incluídas as carnívoras.

Ora, ela gostava de plantas exóticas. Gostava? Mais do que isso. Tinha verdadeira mania por plantas exóticas. A casa em que morava estava cheia de espécimes raros, de nomes complicados – que ele nunca memorizava: detestava plantas de qualquer tipo, exóticas ou não. Mas agora ocorria-lhe que aquele poderia ser o ponto de partida para um notável, e perfeito, plano.

Para começar, ele se dedicaria a estudar plantas carnívoras. São em geral vegetais de pequeno porte, cuja dieta restringe-se a insetos. Mas nada impedia que criasse uma nova variedade: bem maior, bem mais robusta, necessitando, portanto, de maior quantidade de proteína. A proteína que o corpo de uma bela mulher lhe poderia fornecer. Tarefa difícil? Talvez, mas não impossível, à luz das modernas técnicas de engenharia genética. Que ele, homem inteligente e culto, não teria dificuldade em dominar.

Tem freqüentado vários cursos e *workshops* sobre o assunto. Conhece todos os *sites* especializados na internet. Reuniu, em sua casa, toda a literatura especializada disponível.

Ah, sim, e já tem uma planta carnívora. É com ela que vai tentar criar o espécime vingador. É uma plantinha pequena, que se contenta com uma mosca de vez em quando. De vez em quando, ele vai regá-la. E até já se afeiçoou a ela.

Uma coisa, contudo, o preocupa: desde que a comprou, a planta não pára de crescer. Atualmente, já tem quase um metro de altura. E às vezes lança, em sua direção, uma espécie de tentáculo. Ele acha que é apenas um gesto de afeto. Mas pode não ser. É isso que tem lhe tirado o sono. É isso que lhe tem impedido de sonhar com a vingança perfeita.

O BEIJO
NÚMERO 485

Livro classifica 484 tipos de beijo. Tanto para iniciantes como para beijoqueiros de carteirinha, chega às livrarias *Dossiê do Beijo: 484 Formas de se Beijar*, do jornalista Pedro Paulo Carneiro.

Folhateen, 25 de novembro de 2002

Eles se conheceram na livraria. Aquela coisa de atração instantânea: ele sorriu, ela sorriu, ele se apresentou, ela se apresentou, conversaram e iam descobrindo cada vez mais coisas em comum, o que chegou ao auge quando ele perguntou que livro ela havia comprado. Ela mostrou o seu exemplar de *Dossiê do Beijo*. Ele riu e tirou da sacola plástica o seu livro. Era, claro, o *Dossiê do Beijo*. De imediato, resolveram: ao longo do namoro, experimentariam todas as 484 formas de beijar. E assim foi feito.

Começaram com as formas mais simples: o beijo seco frontal, por exemplo, também conhecido como "selinho". Nada de especial, mas, para início de conversa, servia muito bem. Partiram em seguida para coisas mais intensas, como o beijo em cruz (ou malho): bocas abertas, perfeitamente encaixadas, as línguas buscando-se e se reconhecendo. No beijo com mordida de lábio, ele exagerou – o que a levou a reclamar: meu Deus, acho que você tem vocação para canibal. Mas o beijo de língua invertido selou de novo a paz entre eles.

Aos poucos, contudo, a coisa foi virando rotina. Encontravam-se, pegavam cada um o seu exemplar do livro, folheavam as páginas:

— Hoje é o 272 — dizia ela.

— Não, retrucava, ele — o 272 já foi, não lembra? Você até nem gostou muito, deu nota seis...

(Sim, porque tinham um sistema de notas para os beijos, variando de zero a dez. De início, quase todos os beijos haviam recebido nota dez; com o passar do tempo, a exigência aumentando, as notas foram progressivamente diminuindo).

Está bem, suspirava ela, vamos então para o 273. E iam para o 273, enquanto mentalmente ela fazia as contas: 484 menos 273 isso dava exatamente 211 tipos de beijo. Teriam de ler 211 descrições, teriam de estudar a técnica, teriam de colocar a boca em posição 211 vezes e cada vez seria para ela uma decepção.

Ele não nota a frustração dela. Está encantado com a experiência: planeja até fazer um relatório para o *Livro Guiness dos Recordes*, apresentando-os como o casal campeão em matéria de variação de beijos.

Ela pensa em outra coisa.

Ela pensa no beijo número 485. O beijo que não está no livro, o beijo que nunca foi descrito. O beijo que alguém está guardando para ela. Quando ela encontrar esse alguém, será feliz para sempre. Ou, pelo menos, até comprar outro livro sobre beijos.

O DIREITO AO ORGASMO

Dia do Orgasmo agita cidade do Piauí.
Cotidiano, 9 de maio de 2002

Durante os 20 anos que já durava o casamento, ela sofreu em silêncio. Mas, quando viu a notícia no jornal, sentiu que chegara o momento de dar um basta à situação. Afinal, se mulheres humildes de uma cidadezinha no interior do Piauí falavam livremente em orgasmo, ela também podia pretender esse direito. Teria de superar os muitos anos de uma educação repressiva e sua própria tendência para o conformismo e dizer ao marido, com todas as letras, que queria, como qualquer mulher normal, ter orgasmo. Não seria um diálogo fácil. O marido era um homem autoritário, irascível. Durante todo o dia, tentou ensaiar o que iria dizer – e chegou à desanimadora conclusão de que nem ao menos sabia como entrar no assunto. Optou, pois, por outra tática. Quando o marido chegou, naquela noite – cansado e irritado como sempre –, ela mostrou-lhe o recorte do jornal. Ele leu, testa franzida e encarou-a:

– Que é isso, mulher? Por que você está me mostrando essa idiotice?

Esse seria o momento em que ela deveria expressar seu protesto: quero ter meu orgasmo, nunca soube o que é isso. Mas ficou calada, paralisada de terror. Ele fitava-a, em silêncio. Por fim, deu-se conta:

– Já sei. Você virou feminista. Quer reclamar que não tem orgasmo. Acertei?

Ela não sabia o que responder. Esperava um sermão: você não tem orgasmo porque não quer, no fundo você não passa de uma mulher frígida e ressentida. Mas o rosto dele se abriu num sorriso:

– Pois fique sabendo que você está certa. Você tem, sim, direito ao orgasmo.

Estupefata, ela ouvia aquelas surpreendentes palavras – diferentes de tudo o que o marido lhe dissera ao longo da vida matrimonial. Ele já continuava:

– Vamos tomar providências. Você quer um Dia do Orgasmo? Pois você terá um Dia do Orgasmo. Será um dia em que você chegará ao orgasmo nem que tenhamos de passar 24 horas tentando. Para mim, será complicado, você sabe que eu sou um homem ocupado, mas estou disposto a fazer essa concessão. Vamos, então, adotar o nosso Dia do Orgasmo. Que tal o 29 de fevereiro?

Por um momento, ela ficou em silêncio. Mas, então, e num espasmo de coragem – o equivalente a um orgasmo da dignidade –, ela ouviu – e com espanto – a sua própria voz num débil protesto:

– Mas 29 de fevereiro só acontece de quatro em quatro anos.

Ele explodiu:

– E você queria orgasmo todos os anos? É isso o que acontece quando mulher vira feminista: a gente dá um dedo, ela quer a mão. Orgasmo bissexto, mulher: é pegar ou largar.

Largou. Naquela mesma noite, fez a mala e saiu de casa. Não sabia direito qual o seu destino. Mas certa cidadezinha no interior do Piauí lhe parecia muito promissora.

O ESPAÇO DO AMOR

Médico recém-formado, fui trabalhar numa instituição geriátrica. Os quartos, confortáveis, eram para duas pessoas, em geral viúvas (a terceira idade não poupa os homens). Mas havia também casais. Um deles me era particularmente simpático: os dois magrinhos, pequeninos, e até parecidos, uma coisa que acontece em matrimônios de longa duração: rindo ao mesmo tempo, chorando ao mesmo tempo, as feições acabam por se tornar semelhantes. E foi com esse casal que aconteceu um episódio insólito. E comovedor.

Uma tarde, a atendente foi chamá-los para tomar café. Bateu à porta, e como não respondessem, entrou (explicação necessária: as portas lá não eram chaveadas, para evitar que alguma pessoa, trancada no quarto, não pudesse ser atendida numa emergência).

Para surpresa da atendente, o casal não estava ali. O que imediatamente gerou pânico: o que teria acontecido com os velhinhos? Era pouco provável que tivessem saído – os dois moviam-se com dificuldade. Um seqüestro? Impossível. A segurança do local era muito boa. Além disso, quem seqüestraria um casal idoso – e pobre?

Cerca de 15 minutos depois, contudo, o mistério foi desfeito. A porta do armário de roupas, um armário razoavelmente grande, abriu-se, e de lá saíram os sorridentes velhinhos. Aquele era o lugar em que se refugiavam para ter relações sexuais sem ser perturbados.

O que não deixa de ser simbólico. Na gíria *gay* dos Estados Unidos, *to come out of the closet*, sair do armário, significa assumir a homossexualidade. Para assumir a sua sexualidade, os velhinhos tinham de, ao contrário, entrar no armário. Aquele era o seu ninho de amor. Entre vestidos e casacos, reencontravam, quem sabe, a antiga paixão. O armário era a cápsula espacial na qual viajavam pelo universo do amor. Um recinto pequeno, confinado, mas quem disse que a paixão precisa de amplitude? Os amantes falam em "ninho", e nada menor que um ninho em termos de acomodação sentimental.

Existem formas de sexo que demandam muito espaço e muito equipamento – os colchões de água eram um exemplo disso. Mas o amor é diferente. O amor só precisa de tempo, não de espaço. E tempo era coisa que não faltava ao casal. Longos anos de convivência no passado, lazer bastante no presente.

Já faleceram, o velhinho e sua velhinha. Tenho certeza de que, no céu, ocupam um espaço reservado especialmente para eles: um armário muito grande. Lá, entre as harpas dos anjos e as túnicas dos santos, continuam, como sempre, fazendo amor.

OS RONCOS
DA PAIXÃO

*A*ssim termina o universo, escreveu T.S. Elliot, não com um estrondo, mas com um suspiro. Isso, o universo. E o casamento, como termina? Às vezes, com silêncio ressentido. Às vezes, com áspero bate-boca. E, às vezes, com ronco. É constrangedor, mas é verdade. Poucas coisas perturbam tanto o casamento como o ronco – em geral, o do marido. Homens que chegam em casa cansados e estressados deitam para dormir e conseguem, enfim, relaxar, logo estão enchendo o silêncio da noite com o potente ruído de seus roncos. E o efeito imediato é: a esposa não consegue conciliar o sono. Ela fica ali, ouvindo aquele interminável ressonar, torcendo para que se faça um pouco de silêncio e que, infiltrando-se rápida e furtivamente nesse silêncio, consiga enfim adormecer. O que é muito difícil. Uma vez iniciado, o ronco raramente se interrompe. E a consorte raramente dorme. Agora: sabe-se lá que sombrios pensamentos atravessam o cérebro de uma esposa exausta! Ela cogita de tudo, ela recorre a tudo. Cama *king-size* (como se a distância adiantasse), tampões nos ouvidos, ar-condicionado ligado – nada funciona.

Na história dos casais estremecidos (literalmente) pelo ronco, há um detalhe curioso. O roncador (em geral, o marido, como foi dito) não se dá conta do ruído que produz.

Mais que isso: fica ofendido quando a esposa se queixa. Toma aquilo como uma acusação, uma calúnia. Não ronco coisa nenhuma, você é que está inventando, é a resposta mais comum.

Um casal que conheço brigou feio por causa disso: o marido não se admitia como roncador. A esposa então teve uma idéia que, de início, lhe pareceu brilhante: gravou o ronco do marido. Logo que ele adormeceu e começou a ressonar, ela ligou o gravador. E aí era uma cassete atrás da outra. De manhã, simplesmente reproduziu a gravação para o esposo. Ampliado pelos alto-falantes, o som era realmente assustador – parecia algo como uma erupção vulcânica.

Mas, infelizmente, o tiro saiu pela culatra. O marido, furioso, acusou a mulher de ter forjado aquela gravação, talvez com a ajuda de alguém. E aí a briga ficou séria. Tão séria que ele acabou saindo de casa.

Estão muito infelizes, os dois. Ela agora poderia ao menos dormir – mas isso, surpreendentemente, não acontece. Por incrível que pareça, sente falta do ronco do marido. Tanta falta que, às vezes, até fica ouvindo a gravação dos roncos dele. E só então, com um suspiro nostálgico, consegue adormecer.

A INIMIGA
DO CARNAVAL

Há pessoas que não gostam do Carnaval. Há pessoas que preferem passar o período em alguma praia, na serra ou até mesmo em retiro espiritual. Esse não era bem o caso da minha vizinha, dona Almerinda. Ela não apenas detestava a folia de Momo; ela se considerava uma inimiga do Carnaval, que não passava, segundo dizia, de um pretexto para a vagabundagem, quando não para a sacanagem. Não perdia a ocasião de fazer verdadeiros comícios contra os foliões.

Dona Almerinda não ia, obviamente, ao Carnaval. Mas o Carnaval ia à dona Almerinda. É que em nossa rua funcionava a sede de uma escola de samba. E muitas semanas antes do Carnaval começavam os ensaios. Que iam até tarde, com a batucada a milhares de decibéis. Ninguém dormia, obviamente, mas era uma situação que todos nós, moradores, aceitávamos, mesmo porque torcíamos pelo êxito da nossa escola.

Todos aceitavam, eu disse? Disse-o mal. Porque a uma pessoa muito indignava. E esta pessoa era, naturalmente, a dona Almerinda:

— Esta cambada de vadios — bradava, a quem quisesse ouvir — não trabalha e não deixa descansar aqueles que trabalham.

Não ficava só no protesto. Tentou mobilizar os vizinhos com um abaixo-assinado. Sem resultado: não conseguiu colher mais que três ou quatro assinaturas, e duas eram de parentes que lhe deviam obrigações. Ninguém queria transformar os carnavalescos em inimigos. O que deixava dona Almerinda ainda mais furiosa:

— Vocês não passam de uma corja de medrosos — bradava, em plena via pública.

O pessoal da escola, naturalmente, não dava a mínima para a reclamação. Continuavam ensaiando e, à medida que se aproximava o Carnaval, o entusiasmo crescia. Paralelamente, crescia a revolta de dona Almerinda. E chegou uma noite em que ela não agüentou mais.

Faltavam poucos dias para o desfile. Todos os prognósticos indicavam que a escola poderia obter uma boa classificação — quem sabe até levar o primeiro prêmio. Os sambistas redobravam os seus esforços. Os tamborins ressoavam mais alto que nunca. As vidraças das casas chegavam a vibrar.

Quem não vibrava era a dona Almerinda. Fechava portas e janelas, colocava algodão nos ouvidos — e mesmo assim não podia dormir: continuava ouvindo aquela batucada infernal. Uma noite não agüentou mais. Sacudiu o marido, que dormia a sono solto:

— Acorda, Gervásio. Quero que você dê um jeito nisso.

Agora: o seu Gervásio, um bancário aposentado, era excelente pessoa. A ele pouco se lhe dava que a escola de samba ensaiasse próximo de sua casa, mesmo porque, surdo, quase nada escutava. Mas a dona Almerinda queria um aliado, e o único que estava por perto era ele:

— Você vai lá e diz que é para acabar com essa barulhada já.

O marido ainda tentou ponderar que aquela era uma missão impossível, que ele iria se incomodar e talvez até levasse uns tapas. Mas dona Almerinda não queria saber de nada: vá lá, comandou. Com um resignado suspiro o marido se levantou e foi. Ela ficou à espera, braços cruzados, batendo o pé, impaciente.

Passaram duas horas, três horas e nada, o homem não voltava. Lá pelas tantas dona Almerinda começou a se afligir. O que teria acontecido com o marido? Sem saber o que fazer, vestiu-se e foi até o terreiro. E o que viu quase a fez desmaiar.

O marido estava ali, sim. Mas não estava, de dedo em riste, protestando. Estava, sim, dançando animadíssimo com uma bela mulata, que seguia os passos dele encantada.

Dona Almerinda bateu em retirada. Porque esta qualidade, pelo menos, ela tinha: sabia se reconhecer derrotada.

VIDA DIÁRIA

VIDA DIÁRIA

O FILHO DA EMPREGADA

O filho da empregada é sempre mais velho que o nosso filho. Mesmo quando é mais moço, é mais velho. O filho da empregada já nasceu velho. É um menino velho. Seu sorriso triste é muito antigo. Vem da época dos servos, dos escravos, de antes, talvez.

O filho da empregada vem de muito longe. No mínimo tem de tomar dois ônibus até chegar à casa da patroa de sua mãe. O filho da empregada passa grande parte de sua infância andando de ônibus. Pela janela do ônibus ele vê a vida passando: as casas da vila, primeiro, e depois os edifícios de apartamentos, os supermercados, as lojas. Que tesouros, nestes lugares! O filho da empregada sabe disto porque vê televisão, na casa da patroa, ou mesmo no quarto alugado em que mora com sua mãe. Dos alimentos deliciosos, dos brinquedos engenhosos, das roupas finas, disto tudo sabe o filho da empregada. Ele é um deslumbrado: admiração é um constante componente de seu olhar, junto com aquela tristeza arcaica, ancestral. Mal entra na casa da patroa, o filho da empregada já começa a se maravilhar, porque lá há sempre coisas novas: um novo quadro na parede, um novo carro em frente à porta. Mas o filho da empregada não gasta logo toda sua admiração; guarda-a para o instante decisivo em que entra no quarto do filho da patroa.

O filho da empregada brinca com o filho da patroa. Porque a patroa é democrática, é compreensiva, é humana. Mais que isto, é culta e avançada: ela quer que seu filho brinque com o filho da empregada para que experimente assim uma experiência nova, para que aprenda a conviver com todo o tipo de pessoa. De modo que, mal chega, o filho da empregada é conduzido por uma mão cálida e enérgica ao quarto do filho do dono da casa. À saudação entusiasta, responde com um tímido oi. E já está olhando para todos os lados.

Que emoção ele sente! Tudo que viu na TV, todos os brinquedos recém-anunciados, ali estão. Coisas mecânicas e eletrônicas, jogos e quebra-cabeças, livros de vários tipos e formatos. *Agora vocês vão brincar* – diz a mãe do garoto, e se vai. O filho da empregada ali fica, imóvel, à porta do céu. O filho da patroa não parece perceber esta hesitação. Ele quer brincar; apanha dois revólveres e vai logo comandando, este é meu, este é teu; eu era o mocinho, tu, o bandido.

A esta distribuição de papéis o filho da empregada não pode objetar; é quase um destino manifesto. Aceita a arma que lhe toca, de calibre menor e quebrada; com ela fará o melhor que pode; mas vive mal o seu papel, o que lhe vale ásperas censuras: *assim não! Tu tinhas de morrer!* Morrer é uma coisa que o filho da empregada sabe fazer bem; baleado, ele cai de borco e ali fica, imóvel sobre o tapete, tal como o cadáver que um dia viu na vila em que mora. Tão bem morre que às vezes até dá inveja ao filho da patroa. Agora eu sou o bandido, diz o garoto, e ordena que troquem de armas.

Assim brinca, até a hora do lanche – uma torrada que o filho da empregada, embora advertido pela mãe (*olha os modos, guri*), devora: é a melhor refeição de sua semana. E depois vêem TV. E às vezes acabam adormecendo, lado a lado sobre o tapete. E aí são dois garotos dormindo. Os sonhos são diferentes, claro; mas de qualquer maneira são sonhos, e para os fins de um final feliz podemos considerar que os sonhos de um garoto adormecido são exatamente iguais aos sonhos de outro garoto adormecido, não importando quem é o filho da empregada, quem é o da patroa.

O DIA SEGUINTE

Se há alguma coisa importante neste mundo, dizia o marido, é uma empregada de confiança. A mulher concordava, satisfeita: realmente, a empregada deles era de confiança absoluta. Até as compras fazia, tudo direitinho. Tão de confiança que eles não hesitavam em deixar-lhe a casa, quando viajavam.

Uma vez resolveram passar o fim de semana na praia. Como de costume a empregada ficaria. Nunca saía nos fins de semana, a moça. Empregada perfeita.

Foram. Quando já estavam quase chegando à orla marítima, ele se deu conta: tinham esquecido a chave da casa da praia. Não havia outro remédio. Tinham de voltar. Voltaram.

Quando abriram a porta do apartamento, quase desmaiaram: o *living* estava cheio de gente, todo o mundo dançando, no meio de uma algazarra infernal. Quando ele conseguiu se recuperar da estupefação procurou a empregada:

— Mas que é isto, Elcina? Enlouqueceu?

Aí um simpático mulato interveio: que é isto, meu patrão, a moça não enlouqueceu coisa alguma, estamos apenas nos divertindo, o senhor não quer dançar também? Isto mesmo, gritava o pessoal, dancem com a gente.

O marido e a mulher hesitaram um pouco; depois – por que não, afinal a gente tem de experimentar de tudo na vida – aderiram à festa. Dançaram, beberam, riram. Ao final da noite concordavam com o mulato: nunca tinham se divertido tanto.

No dia seguinte, despediram a empregada.

NO MEU TEMPO ERA MELHOR. (ERA MESMO?)

Existem expressões que balizam o fosso entre gerações. "No meu tempo..." é uma delas. Trata-se de uma observação que os pais sempre associam a um suspiro resignado. E que corresponde a uma antiga fantasia da humanidade: houve uma época (a Idade de Ouro) em que a virtude reinava e as pessoas eram, por isso, felizes. Cada pai vai completar a frase de uma maneira diferente. No meu tempo é que era bom: aos 18 anos estava todo mundo trabalhando. No meu tempo é que era bom: os casais não se separavam. No meu tempo é que era bom: os mais velhos eram tratados como "senhor".

Mas, e se voltássemos no tempo? Não uma década ou duas, mas séculos? Alguém do século 19 poderia dizer:

— No meu tempo é que era bom: os escravos respeitavam seus senhores.

Ou:

— No meu tempo é que era bom: as mulheres não votavam.

Ou ainda:

— No meu tempo é que era bom: a jornada de trabalho não baixava de 14 horas, inclusive para criança.

Voltando ainda mais, alguém do século 16 poderia dizer:

– No meu tempo é que era bom: as bruxas iam direto para a fogueira.

No século 15:

– No meu tempo é que era bom: herege apodrecia nos cárceres da Inquisição.

No século 14:

– No meu tempo é que era bom: dois terços dos europeus morreram de peste bubônica e não havia nenhum médico metido a besta para atrapalhar.

No século 13:

– No meu tempo é que era bom: a Terra era plana, e não havia ninguém para sair viajando sem destino.

No século 12:

– Não havia imprensa para colocar livros imorais ao alcance de todos.

E assim por diante, até chegar a uma certa época em que "no meu tempo é que era bom: os contestadores eram crucificados".

Mas será que não existe um tempo bom? Existe, sim, em qualquer século, a qualquer hora: é aquele tempo em que pais e filhos sabem como dialogar, sem ressentimentos, sem chantagem, sem ameaças. Um tempo que transcende o calendário. O tempo do entendimento e da sabedoria.

OS IMPREVISTOS
USOS DO
PRESERVATIVO

Praia é um lugar que excita a imaginação. Não é só o sol, não é só o mar; é aquele clima de liberdade, de descontração, a idéia de que tudo pode acontecer. As pessoas vão à praia para viver experiências novas: novas amizades, novos namoros. Em geral, pensa-se que isso só acontece com os jovens, e, de fato, são eles que curtem mais a praia. Mas, às vezes, surpresas estão reservadas aos coroas – e sob as formas as mais inusitadas.

Perto da minha casa mora um senhor de uma certa idade e foi ele quem me narrou essa história; pediu só para omitir o nome, o que farei.

Esse senhor passa dois ou três meses numa pequena praia, dessas que nem figuram no mapa. Umas poucas casas, um hotelzinho, um minimercado – só o essencial. Nada de lugares da moda. Nada de restaurantes barulhentos. O que ao meu vizinho não importa nem um pouco. Ele não freqüenta esses lugares. Aliás, também não toma banho de sol nem pega onda. Vai à praia com um único e exclusivo objetivo: pescar. E é um grande pescador. Mente um pouco, como todos os pescadores, mas é realmente um artista da pesca. Todos os dias, ao nascer do sol, lá está ele, com seu caniço. E, aí, haja peixe.

Esses tempos ele teve um problema: feriu o polegar com um anzol. A ferida infectou e passou a exigir algum cuidado. Mas como ele queria continuar pescando – por nada nesse mundo deixaria o hábito – foi-lhe recomendado que não molhasse o dedo, que o protegesse com uma dedeira. Ele mandou um garoto à pequena farmácia do lugar em busca da tal dedeira. Veio o emissário com a notícia: dedeira não havia lá, só luva. Agora: pescar de luva (ou com a mão num saco plástico, o que era outra alternativa) era uma coisa que ele não queria. Precisava substituir a dedeira, mas com o quê? Foi então que a idéia lhe ocorreu: um preservativo. Portador de um dedo grosso, um verdadeiro dedão, ele não temia que a camisinha ficasse frouxa ou caísse. Foi à farmácia e pediu um preservativo. A dona do estabelecimento, uma senhora ainda jovem mas viúva como ele, olhou-o, intrigada, e com certa admiração:
– Eu não sabia que o senhor ainda faz uso dessas coisas – disse.
Tão envaidecido ficou que comprou de imediato mais 20 preservativos. Mais que isso, já convidou a senhora da farmácia para jantar com ele. Vai ser uma peixada inesquecível.

LIMPANDO
AS GAVETAS

É um fenômeno que ocorre regularmente no Brasil; depois de cada eleição, os antigos detentores de cargos se preparam para deixar seus lugares. Uma operação que no Brasil é conhecida como limpar as gavetas (felizmente não é queimar o arquivo) e que é realizada em meio à nostalgia e por vezes à culpa. O que sai dessas gavetas, Santo Deus. Perto delas empalidece a caixa de Pandora, com todas as suas surpresas. Não há nada no mundo mais profundo que uma gaveta que deve ser esvaziada, nada mais cheio de coisas. Primeiro emergem os achados habituais: velhos processos que ficaram à espera de uma decisão que nunca veio; documentos que seriam lidos quando houvesse tempo – mas tempo, como a Minas do José drummondiano – não há mais; recortes de jornais, guardados porque na época despertaram um interesse que depois se desvaneceu; fotos com um figurão qualquer. O livrinho de memórias que um funcionário escreveu, mandou mimeografar com sacrifício e depois trouxe com uma dedicatória: "Ao meu estimado chefe..." Um ofício de demissão, rabiscado num momento de fúria, e depois guardado, em sinal de ameaça ("Tenho minha demissão na gaveta, é só me incomodarem, apresento ela de novo").

À medida que se mergulha nas entranhas da gaveta, como nas entranhas da terra, encontra-se coisas cada vez mais arcaicas, restos fósseis, resíduos de um tempo que passou. Ali estão os telegramas de congratulação pela posse; cartões de Natal, que ano a ano foram rareando; velhas agendas e calendários; um embrulho em papel de presente, que, aberto, resulta ser um tosco cinzeiro, em madeira de araucária, com a inscrição: Lembrança de Santa Felicidade ("Quando é que eu estive em Santa Felicidade? O que fui fazer lá? E quem me deu isto de presente? Por quê? E o que é, afinal, Santa Felicidade? Que lugar é esse, onde não só reina a Felicidade, mas ela é Santa?"). Um grande esforço de memória lembra que Santa Felicidade é um bairro de Curitiba; parece que houve um congresso no Paraná... Novo suspiro, e a prospecção prossegue. Agora são mesmo as coisas mais rudimentares: um envelope de aspirina, pela metade; um pacotinho de *drops*, *idem*; tocos de lápis; esferográficas que há muito não escrevem. E *clips*. Centenas deles, de vários tamanhos, quase todos enferrujados. Por fim – horror – uma barata morta já há muito tempo, e que é, quem sabe, o personagem famoso de Kafka.

A gaveta é fechada. A servente traz um cafezinho. Frio: também é um aforismo brasileiro que, no fim da gestão, o cafezinho é sempre frio, quando existe. Café frio e gavetas vazias: a vida continua.

TRÊS CASACOS E
SUAS HISTÓRIAS

Não sei como é para vocês, mas para mim comprar roupas – e por isso faço-o raramente – é sempre uma aventura de resultados imprevisíveis. Estou pensando, por exemplo, em três casacos que comprei, os três nos Estados Unidos (não é esnobismo: é que lá faz frio mesmo e a gente acaba precisando), cada um dos quais daria, senão um romance, pelo menos um conto.

A história do primeiro casaco ocorreu em minha primeira viagem ao país do Tio Sam. Era inverno e já cheguei batendo queixo. O casaco brasileiro simplesmente não me protegia de uma temperatura nova-iorquina de vários graus abaixo de zero. Saí, pois, atrás de um casaco americano. Entrei em várias lojas – nessas horas apossa-se de mim o espírito do indeciso Hamlet, sempre com aquela pergunta do ser ou não ser (no caso, comprar ou não comprar). Finalmente, num pequeno estabelecimento cujo proprietário parecia ter saído do Bom Fim, achei um casaco que me pareceu conveniente. Era quente, era do tamanho certo, era até elegante. Eu já ia pagar quando a maldita dúvida me ocorreu: e se, em alguma outra loja, houvesse um casaco melhor à minha espera? E se eu estava sendo precipitado?

Disse ao homem que iria pensar mais um pouco. A consternação que dele se apossou era uma coisa de dar dó.

Tive a certeza de que ele e a família não comeriam – naquele dia e por muito tempo – se não me vendesse o casaco. Mas agora meu comportamento era governado pelas leis do implacável mercado: queria fazer valer meus direitos de consumidor. Despedi-me e saí. Continuei minha peregrinação às lojas por mais umas duas horas, ao fim das quais estava convencido: o casaco que eu queria era aquele mesmo. Decidi, pois, voltar ao estabelecimento. Mas quem disse que o achava? Não tinha anotado o endereço e Nova York é uma cidade grande. Andei para cá e para lá um bom tempo sem resultado. E já ia voltar para o hotel quando, de repente, avistei a lojinha. Corri para lá, entrei, e bradei as palavras mágicas: sim, eu quero! Sim, eu vou levar o casaco! Quase em lágrimas, o homem contou os dólares e entregou-me o casaco. Posso garantir que raramente a humanidade viu duas pessoas tão felizes.

* * *

O segundo casaco foi comprado em Providence, Rhode Island, cidade em que passei algum tempo como professor visitante na Brown University. Nossa casa não ficava longe da universidade e eu ia a pé para lá, todas as manhãs. À medida que o inverno foi chegando este trajeto revelava-se cada vez mais difícil. Um dia, saí só de camisa (além das calças, claro – o que é que vocês pensam?). Tinha feito a metade do trajeto quando comecei a congelar: o frio, nesses lugares, é insidioso, vai entrando na gente aos poucos. Eu poderia voltar e apanhar um casaco, mas àquela altura já estava longe. Indeciso, avistei naquele momento uma casa em que estava anunciada uma *garage sale*. O que é um intrigante hábito americano: eles desperdiçam horrores, mas de repente resolvem vender coisas usadas. São capazes de pedir um centavo por uma velha esferográfica e ficarão ali toda a manhã para vendê-la, mas trata-se da ética do capitalismo que não pode ser contrariada. Pois bem, entre as coisas expostas nessa *garage sale*, estava um casaco, um velho casaco de veludo. Experimentei-o: era exatamente do meu tamanho. Paguei os cinco dólares pedidos e saí absolutamente abrigado do frio. Quando cheguei à universidade contei à secretária do departamento o que tinha acontecido. A moça empalideceu: então, eu não sabia que aquilo poderia ser o casaco de um morto?

Não, eu não tinha pensado nessa possibilidade. Que não me assustou, pelo contrário. Achei-a mais do que justa. Afinal de contas, pelo menos uma vez a morte de um americano beneficiou um brasileiro. Justiça poética ou justiça funerária, o certo é que daí em diante não passei mais frio.

* * *

O terceiro casaco foi comprado recentemente, em Washington. Eu tinha ido a uma reunião do National Institute of Health e, lá chegando, dei-me conta de que não tinha um paletó adequado: se houvesse alguma recepção, eu não estaria adequadamente vestido. De modo que iniciei, mais uma vez, a caça ao casaco. Como de costume (acho que os vendedores americanos já devem me conhecer: lá vem aquele brasileiro estranho) comecei a peregrinação pelas lojas de roupa. E, como de costume, o resultado era desanimador, agravado agora pela desproporção dólar-real. Aí entrei na Filene's, que não é exatamente um estabelecimento sofisticado: trata-se antes de uma loja popular. Mas ali avistei exatamente o casaco que eu queria – na cor que eu queria, no corte que eu queria e com um preço até suportável, apesar da mísera situação do real. Mas – sempre há um mas – um aviso dizia: tratava-se de tamanhos grandes, superiores a 46, e eu uso 40. Já ia embora, desanimado, quando resolvi ao menos experimentar um daqueles casacos para ver como ficava.

Ficou perfeito. Incrível: ficou perfeito. Intrigado, cheguei o número. Quarenta. Um quarenta ali extraviado. E que eu tinha apanhado, inteiramente por acaso. Deus existe. Habitualmente está no céu. Mas eventualmente dá plantão na loja Filene's. Na seção de casacos.

A FESTA PAULISTANA

*E*ste domingo assinala os 450 anos da cidade de São Paulo, uma comemoração que deve marcar época, a julgar pelo que foi a celebração do quarto centenário. Sim, eu estava lá, e esta é uma das (poucas) vantagens de ser veterano; podemos dizer que fomos testemunhas oculares da História. O Quarto Centenário seria uma festança para ninguém botar defeito, porque, em São Paulo, ser quatrocentão era, e é um título de nobreza. O Brasil todo queria participar e aqui em Porto Alegre o pessoal do Colégio Julio de Castilhos, que eu então cursava, organizou uma excursão para lá. Nossa grana era escassa; avião, nem pensar. Tínhamos duas opções: trem (três dias e quatro noites – fiz algumas vezes esta viagem) ou ônibus, que demorava menos, mas não muito menos. Fomos de ônibus, fretado. Uma viagem divertida e movimentada, como costumam ser as viagens em grupo nesta época da vida. Aprendi um número sem conta de sacanagens. Por exemplo: um grupo de rapazes descobriu o jeito de comer sem pagar nas lanchonetes de beira de estrada. Pediam sanduíches e refrigerantres e ficavam na mesa até o momento em que soava a buzina do ônibus, já dando a partida. Aí saíam correndo. Era claro que ninguém os alcançava.

* * *

Em São Paulo ficamos alojados num colégio, e daí em diante foi festa e festa. Das comemorações, só lembro de um grotesco incidente. Na noite do dia 25, deveria haver, sobre São Paulo, uma chuva de prata: pequenos aviões jogariam, sobre as ruas centrais, papeizinhos prateados que seriam iluminados por potentes holofotes. Não tinha muita graça e teve menos graça ainda para um homem que estava perto de mim, na Avenida São João. Um dos pacotes de papeizinhos não se desfez e caiu, inteiro, na cabeça do coitado, que teve de ser levado para um hospital.

Mas aí veio a surpresa. Um dia um colega entrou correndo no alojamento. Excitadíssimo disse que tinha visto, num prédio do centro, uma coisa maravilhosa, totalmente desconhecida para nós, porto-alegrenses. Fomos lá. Era uma escada rolante. Por incrível que pareça, não havia ainda escadas rolantes em Porto Alegre e aquilo nos deixou deslumbrados. Passamos o dia inteiro no prédio, andando de escada rolante para cima e para baixo. E essa é a principal lembrança que tenho das comemorações.

* * *

São Paulo tem sido descrita como a locomotiva que puxa o trem brasileiro (um trem de vagões vazios ou semivazios). Não: São Paulo é uma escada rolante, sempre em movimento. É a capital econômica, é a capital política e é, desde a Semana de Arte Moderna de 1922, a capital cultural do país. O governo está cheio de pessoas que começaram sua carreira política na metrópole paulistana.

Não é uma cidade bonita. Uma megalópole congestionada, suja, violenta. Mas, ao mesmo tempo, trepidante, dinâmica, criativa. Ou seja: o retrato das contradições brasileiras. Deste país que, aos trancos e barrancos, vai subindo suas escadas, rolantes ou não. Quatrocentos e cinqüenta anos de São Paulo é uma celebração. Para o Brasil e para o mundo.

A ARTE DE
LAVAR PRATOS

Lavar pratos não é exatamente uma tarefa gloriosa, e nem qualificada. Não há diploma de lavador de pratos, não há curso de mestrado nesta área, nem de graduação, nem sequer de iniciação. Não há um manual que ensine a lavar pratos. Não há uma prova, olímpica ou não, que dê ao lavador de pratos uma medalha de ouro por sua habilidade. Existe, é verdade, aquela corrida de garçons em Paris, mas aí o desafio é levar uma bandeja com pratos, não lavá-los. O problema aí não é tanto o ato de limpar; tanto que muitas pessoas gostam de limpar e polir jóias e prataria. O problema é o resíduo. É a nossa comida que ali está, fria e grudada no prato, o alimento que rejeitamos e do qual temos de nos livrar. É o castigo pela abundância.

Há muitas maneiras de se livrar desta tarefa – delegando-a à empregada, usando pratos descartáveis, instalando uma lavadora automática ou indo ao restaurante –, mas, nesta época de crise, é possível que em algum momento tenhamos de entrar na cozinha e arregaçar as mangas. O que será, no mínimo, uma lição de humanidade. Porque, lavando pratos, estamos em muito boa companhia; por exemplo, a escritora Agatha Christie, a quem perguntaram uma vez como arranjava tempo para escrever. Respondeu que aproveitava todos os momentos disponíveis. E acrescentou: "Lavar pratos dá muita inspiração".

Nem todo o mundo sairá da cozinha com grandes obras literárias. Mas podemos sair com a tarefa doméstica cumprida. E, convenhamos, colocar a vida em pratos limpos não é pouca coisa.

SENHA

*H*á um verdadeiro folclore sobre as filas dos bancos. Excetuando as filas dos aposentados, que eram mais trágicas do que folclóricas, há uma série de histórias sobre as filas. Isto sem falar nos aforismos. Por exemplo: a fila do lado anda sempre mais depressa, uma variante da Lei de Murphy ("Tudo o que pode dar errado dá errado") tornada obsoleta pela inteligente introdução da fila única. Mas filas ainda se formam nos terminais, e aí é possível identificar algumas pessoas que caracteristicamente despertam a ira dos que esperam. Por exemplo, o pobre *boy* que vem com uma lista de cinco ou seis extratos, e que tem de ouvir recriminações; o senhor que tira da máquina um extrato capaz de fazer a volta à Terra; e o freqüentador esporádico de bancos, que olha o terminal com atemorizado respeito.

Esses dias no banco vi um desses cavalheiros, dedilhando laboriosamente o número da conta, sob o olhar impaciente da fila. Depois de colocar o número da agência, ele parou, como se estivesse esperando algo. A moça que estava atrás olhou para a tela, não viu o clássico "processando" e perguntou:

— O que é que houve? Por que o senhor não coloca a sua senha?

Ele hesitou e por fim balbuciou:

— Esqueci. Esqueci a senha.

Um minuto depois estavam todos à volta do idoso cliente, tentando ajudá-lo, com as hipóteses mais comuns: tem a ver com o número do seu telefone? Com o número de sua casa? Com a data de aniversário? Ah, sim: era a data do aniversário. O que provocou um grande alívio entre os circunstantes: era só colocar a data e pronto. Mas quando o senhor se inclinou sobre o terminal, nova hesitação:
– Mas qual é a data do meu aniversário?
Esta nova situação deixou a todos consternados. Mas aí o gerente resolveu intervir; apesar do sigilo querciano que cerca estas coisas, ligou para a casa do cliente, falou com a filha dele, veio com a resposta. E aí – coincidência!
– verificou-se que o aniversário cairia no dia seguinte. Alguém até ensaiou um "parabéns a você" que contudo não prosperou. Na fila do banco as pessoas têm muita pressa.

NO BANCO
DO LADO

Os psicanalistas chamam a esta situação de "ganho secundário". É o benefício psicológico que se obtém de uma doença ou de uma situação de outro modo desagradável. Não estou dirigindo automóvel; a tarefa, de momento, está a cargo de minha mulher que é, aliás, excelente motorista. Ocupo o banco do lado. Não é uma posição fácil, sobretudo em nossa sociedade, em que o automóvel é até um símbolo fálico. Há certa humilhação, e há também ansiedade: não é por nada que aquela alça de apoio à qual o passageiro se agarra desesperadamente em cada curva tem a apropriada alcunha de puta-merda. O ocupante do banco do lado é um alarmado crônico: cuidado com esse caminhão, olha aquele ciclista maluco, deixa esse tarado passar.

Em compensação – e aí está o ganho secundário – o passageiro do banco do lado tem um direito precioso, que é o direito ao palpite. Se o carro não é dele, faz comentários variados, sempre depreciativos (mas como, não tem ar-condicionado?), quando não alarmantes (acho que a sua caixa de câmbio não vai longe). E se o carro é dele, dá lições: uma ladeira destas pede uma segunda, não uma quarta. Ao que a pessoa no volante suspira, resignada.

A verdade é que dar palpites é uma boa, e todos nós, se pudéssemos, trafegaríamos pela estrada da vida no banco do lado, agarrados no puta-merda e dando palpite. E assim chegaríamos ao céu dos palpiteiros, onde nossa primeira providência seria aconselhar a Deus a como se mexer no tráfego dos anjos de modo a escapar aos congestionamentos. E Deus nos conduziria por toda a eternidade, dirigindo prudentemente e não se queixando quando reclamássemos do toca-fitas que não funciona.

PONTO DE FUGA

Domingo de manhã: há os que levantam cedo e vão cuidar do jardim, ou lavar o carro, ou correr no Parcão, ou levar as crianças ao parque, ao clube. Há os que dormem até tarde e levantam a custo, ainda sob a influência da ressaca. E há, finalmente, os que simplesmente ficam na cama. Em geral são casais. E casais com filhos suficientemente grandes para tomarem conta de si próprios; filhos que preparam o café e saem, deixando um bilhete: "Fui estudar com o Pedro", ou então que ficam dormindo, o que também não causa preocupação (filho algum causa preocupação enquanto dorme. Só quando está acordado).

Mas então o casal fica na cama. Por que não? É domingo, a manhã fria torna os cobertores ainda mais aconchegantes. E o que fazem os casais na cama, na manhã de domingo? À exceção dos mais fogosos, conversam. É um bom momento para conversar, este; não há pressa, não há assunto urgente a resolver. Além disto, nada melhor do que falar deitado: as associações se fazem facilmente, o papo flui espontâneo. Não é por nada que Freud recomendava o decúbito para seus pacientes. Que, no entanto, estavam vestidos e tinham de pagar as sessões (a preços que as décadas subseqüentes foram tornando cada vez mais salgados). A cama é grátis. Excetuando-se as dos motéis, claro.

E de que fala o casal? Dos assuntos mais variados. Dos filhos, em primeiro lugar; é o tema que mais mobiliza pai e mãe. Da vida alheia, também; por que não? Uma fofoca contada num domingo de manhã tem um sabor diferente. Às vezes a conversa toma rumo imprevisto; às vezes, depois de um longo silêncio, surge a pergunta que é inevitável na história de todo o casal: *já me traíste?* (ainda que trair já seja palavra fora da moda).

Mas situações incômodas são a exceção. A regra é o descomprometimento. A regra é marido e mulher, tranqüilos, relaxados, falando, a olhar para o teto...

Este olhar. Para onde se dirige? Para um ponto qualquer no forro da casa ou do apartamento. Um ponto que não é o mesmo para o marido e para a mulher; que é eminentemente individual. E mutável, de domingo para domingo, de mês para mês, de ano para ano.

Que ponto é este? No desenho em perspectiva há um nome que o define bem: ponto de fuga. Para o ponto de fuga convergem nossos olhares perdidos. No ponto de fuga se concentram nossos sonhos, nossas ilusões. No ponto de fuga somos eternamente jovens, alegres, sábios. Mais que isto, no ponto de fuga a utopia se faz realidade. Se em algum lugar existe o socialismo, ou o Éden, é no ponto de fuga.

O problema é como achar este ponto. Os forros da casa estão distantes, os domingos passam depressa, a própria vida nos foge. Resta-nos o consolo do olhar, do papo e do calor da cama. O que, convenhamos, não é pouco.

QUEM TEM MEDO DA EMPREGADA?

Toda manhã de segunda-feira traz uma dúvida: será que a empregada vai aparecer? Poucas coisas atormentam tanto as mulheres como as empregadas domésticas, melhor dizendo, a falta de empregadas (porque é sempre melhor alguma empregada do que nenhuma). Faço esta afirmação e de imediato constato a injustiça nela implicada: por que as mulheres? Por que não os homens? Bem, esta é uma herança da época em que mulher era sinônimo de dona de casa. Hoje, elas estão no mercado de trabalho, mas herdaram, de passados tempos, a responsabilidade das tarefas domésticas. Pesadas tarefas, que pouco gratificam.

Ah, se eu tivesse uma esposa, é o título de um artigo que li há algum tempo. Nada de surpreendente nele, se tivesse sido escrito por um solteirão arrependido. Mas não, a autora era mulher. Lésbica? Negativo. Dona de casa desamparada, à procura de ajuda. Talvez estas mulheres pudessem formar uma Liga de Socorro às Donas de Casa (LSD), uma organização de auto-ajuda destinada a funcionar nos momentos de maior aprêmio. Desde que se evitasse a situação surgida entre duas conhecidas.

Eram muito amigas, compartilhavam todas as mágoas, inclusive a de ficar sem empregada, o que aconteceu a ambas, e ao mesmo tempo. Lamentando-se, uma disse para a outra:

– Ah, mas você não pode se queixar. Seu apartamento é fácil de cuidar. Pior é morar em casa, como eu.
A outra arregalou os olhos:
– Você acha? E eu que sempre quis cuidar de uma casa como a sua!
Uma pausa, e então uma idéia ocorreu à primeira:
– E se você cuidasse de minha casa, e eu de seu apartamento?
A segunda aprovou, encantada. E ali mesmo fizeram um contrato informal, estipulando horários, tarefas etc. Pagamento, não: parte da economia informal, elas fariam a coisa sob a forma de troca de serviços.
E assim começou. De manhã, iam ambas para o "emprego" (e às vezes se cruzavam no caminho: bom dia, patroa!), faziam o serviço e voltavam (elas eram das que não dormem). E a coisa poderia ter funcionado, indefinidamente, mas um dia uma disse à outra:
– Acho que não vamos poder continuar o nosso arranjo.
– Por quê? (A amiga, surpresa).
A primeira hesitou, e acabou confessando:
– Não gosto do jeito que você olha o meu marido.
Com o que terminou o contrato – e a amizade. E a patroa ciumenta ainda diz que nas empregadas de hoje não se pode confiar.

VIDA: O FILME

O mundo não passa de um palco, disse Shakespeare. Se à época já existisse o festival de Gramado, o bardo faria uma comparação melhor: o mundo é um filme. Melhor ainda: a vida é um filme. Em alguns casos, superprodução, com cenários luxuosos, mansões, palácios; em outros casos, cinema alternativo, feito com uma câmera na mão e muitas dívidas no bolso. Às vezes, trata-se de longa metragem – Matusalém que o diga; às vezes é encurtado pela brutalidade da existência, a doença, a violência.

Roteiro não existe. Só descobrimos o que vamos fazer quando já estamos em cena, e aí a improvisação é a regra. Os equívocos se sucedem a todo instante, criando um clima de suspense ou de comédia de pastelão. Quanto ao diretor, as opiniões divergem. Há diretor? Quem é? Pode ser que um diretor exista, sim, dirigindo o filme, mas lá de cima – o que é ótimo para cenas panorâmicas, mas menos adequado para quem quer ser guiado de perto, como acontece com a maioria. Se não há roteiro não podemos saber qual será o nosso papel. Há atores e atrizes principais, e todos sonhamos com esta posição de glória e fortuna, mas, em geral, toca-nos a posição de humildes extras. Figuramos em cenas de multidão. Somos aqueles que têm de deitar no chão quando o banco é assaltado. Ou aqueles que aplaudem das arquibancadas. Ou aqueles que trabalham em imensas fábricas, em imensos escritórios. Raramente o nosso nome figurará na lista dos créditos (dos débitos, sim). Gostaríamos que o nosso filme fosse premiado, sobretudo no Festival da Eternidade. Mas este está sendo constantemente adiado. No ano 1000 as pessoas pensaram que havia chegado o fim dos tempos, e aquela seria uma boa ocasião para o veredito final – mas o cinema ainda não existia, o que talvez tenha contribuído para adiar o grande evento. No ano 2000 a hipótese será levantada, mas com menos convicção. Se, pelo menos, o nosso filme tivesse um final feliz – mas o que é, mesmo, um final feliz? O cinema tem resposta para estas questões, a vida não. A vida nem sequer garante reprise. No máximo, podemos nos contentar com as pipocas.

VIOLÊNCIA URBANA

CARTA A UM ASSALTANTE

"Prezado senhor assaltante: Não pretendo aqui discutir sua metodologia de trabalho, nem mesmo a motivação que o leva a roubar. Afinal de contas este país esteve, há não muito tempo, nas mãos de uma quadrilha, e que eu saiba ninguém aventou problemas psicológicos para justificar o que faziam. De outra parte, todos nós sabemos que o crime viceja, como erva daninha, na miséria em que vivemos.

Quero, porém, ponderar que, como dizia Jean Valjean em *Os Miseráveis*, há roubos e roubos. Quem rouba um pão é ladrão. Quem rouba um milhão é barão.

Mas quem não rouba nem pão nem milhão, o que é? Quem rouba a bicicleta de um garoto, o que é?

Esta é uma resposta que não consigo encontrar, senhor assaltante. Assim como não consigo encontrar resposta para a pergunta que me fez uma moça, dona de uma confeitaria que foi assaltada. A gente trabalha, no fim do dia vem um ladrão e leva tudo – é justo?

Outro dia passei por um carro e vi nele um anúncio que me chamou a atenção. Dizia: 'Este carro não tem rádio: já foi roubado. Este carro também não tem nada de valor'.

Uma advertência destas dirigida a assaltantes pressupõe algumas coisas. Primeiro, que o assaltante saiba ler, o que no passado raramente acontecia (mas também no passado raramente os crimes eram tão brutais). Segundo, apela para uma racionalidade que o assaltante, como qualquer ser humano, deve possuir. Em suma: admite a possibilidade de um diálogo.

Se este diálogo pode existir, senhor assaltante, eu faria uma sugestão. Acho que os assaltantes devem impor alguma forma de limite às suas atividades.

Porque os assaltos estão enlouquecendo as pessoas, e não se trata só dos ricos: todo mundo sabe que as maiores vítimas da violência estão nas vilas populares. E esta perda do bom senso leva a conseqüências imprevisíveis: gente armada, gente pedindo a pena de morte.

Não dá para voltar aos bons roubos de antigamente?

Não dá para simplesmente, e com mãos de artista, bater a carteira de um passageiro de ônibus, levando só os trocados e deixando-o, pelo menos, com uma sincera admiração: 'Puxa, mas esse cara é bom mesmo'?

Pense nisto, senhor assaltante. A propósito: se o senhor quiser ler esta crônica, não roube o jornal. Eu lhe dou o meu exemplar."

CARTA A UM JOVEM QUE FOI ASSALTADO

"*F*oste assaltado. Bem, a primeira coisa a dizer é que isto não chega a ser um fato excepcional. Excepcional é ganhar um bom salário, acertar a loto: mas ser assaltado é uma experiência que faz parte do cotidiano de qualquer cidadão brasileiro. Os assaltantes são democráticos: não discriminam idade, nem sexo, nem cor, nem mesmo classe social – grande parte das vítimas é das vilas populares.

É claro que na hora não pensaste nisto. Ficaste chocado com a fria brutalidade com que o delinqüente te ordenou que lhe entregasse a bicicleta (podia ser o tênis, a mochila, qualquer coisa).

Entregaste e fizeste bem: outros pagaram com a vida a impaciência, a coragem ou até mesmo o medo – não poucos foram baleados pelas costas.

Indignação foi o sentimento que te assaltou depois. Afinal, era o fruto do trabalho que o homem estava levando. Não fruto do teu trabalho – até poderia ser – mas o fruto do trabalho do teu pai, o que talvez te doeu mais.

Ficaste imaginando o homem passando a bicicleta para o receptador, os dois satisfeitos com o bom negócio realizado. É possível que o assaltante tenha dito, nunca ganhei dinheiro tão fácil. E, pensando nisto, a amargura te invade o coração. Onde está o exército? Por que não prendem essa gente?

Deixa-me dizer-te, antes de mais nada, que a tua indignação é absolutamente justa. Não há nada que justifique o crime, nem mesmo a pobreza.

Há muito pobre que trabalha, que luta por salários maiores, que faz o que pode para melhorar a sua vida e a vida de sua família – sem recorrer ao roubo ou ao assalto. Mas tudo que eles levam, os ladrões e assaltantes, são coisas materiais. E enquanto estiverem levando coisas materiais, o prejuízo, ainda que grande, será só material.

Mas não deves deixar que te levem o mais importante. E o mais importante é a tua capacidade de pensar, de entender, de raciocinar. Sim, é preciso se proteger contra os criminosos, mas não é preciso viver sob a égide do medo.

Deve-se botar trancas e alarmes nas portas, não em nossa mente. Deve-se repudiar o que fazem os bandidos, mas deve-se evitar o banditismo.

Eles te roubaram. É muito ruim, isto. Mas que te roubem só aquilo que podes substituir. Que não te roubem o coração."

NÃO MENTIRÁS

Quadrilha rouba 3 caixas eletrônicos, mas consegue carregar apenas 2.
Cotidiano, 24 de maio de 2001

Tudo correu de acordo com o planejado. Os caixas eletrônicos eram enormes e pesados – 700 quilos cada –, mas, com muita diligência e esforço, conseguiram arrancá-los de suas bases, usando para isso macacos hidráulicos. Quando, porém, foram colocá-los no veículo, um Fiat Fiorino, surgiu um problema inesperado: não havia lugar para os três caixas eletrônicos, só para dois. Os três se olharam, tensos.

– Não há jeito – concluiu um deles. – Temos de deixar um caixa. Mas qual?

– Vamos fazer um sorteio – propôs o terceiro, que tinha fama de prático. E, dirigindo-se para o primeiro, que era o mais mais jovem, perguntou:

– Qual a sua idade?

– Dezoito.

Ele então começou a contagem dos caixas: um, dois, três... até chegar ao 18.

– Este fica.

Colocaram rapidamente os dois caixas restantes no

carro e se foram para a modesta casa de subúrbio, residência de um deles. Lá chegando, descarregaram os caixas e dedicaram-se de imediato a destruí-los. E aí, a decepção: não havia dinheiro neles. Estavam vazios.

– Como é que o banco deixa os caixas sem dinheiro? – bradou o primeiro, indignado.

O banco não deixou os caixas sem dinheiro, disse o segundo, amargo. – O banco não faria isso. Pelo menos um dos caixas deveria ter dinheiro.

Uma pausa, tensa pausa.

– Então – concluiu o terceiro – deve ser aquele que ficou lá.

– É – retornou o segundo. – Fizemos o sorteio com o número errado.

Pensou um pouco e olhou o mais jovem:

– Escute: você não tem 18 anos.

O outro vacilou, mas acabou confessando: não, não tinha 18 anos, tinha 16.

– Aumentei a idade porque vocês sempre dizem que sou muito garoto.

O primeiro ficou em silêncio. Mas o que ele estava pensando os outros dois podiam facilmente adivinhar: não se deve mentir. Muito menos na hora de um roubo importante.

OS PROBLEMAS DO TRANSPORTE AÉREO

Helicóptero resgata 2 de presídio em SP.
Cotidiano, 18 de janeiro de 2002

"Senhor diretor da Infraero: tem esta por finalidade registrar nossa veemente queixa com referência ao transporte aéreo a que tivemos de recorrer no dia 17 passado, para nosso deslocamento do presídio de Guarulhos:

1) Em primeiro lugar, o lugar de embarque. Normalmente os passageiros contam com uma sala de espera – no caso de passageiros especiais, uma sala VIP – com um mínimo de amenidades: lanchonete, televisão, material de leitura. Em vez disso, embarcamos do pátio de uma prisão, onde, além do desconforto, tivemos de suportar os olhares de inveja dos vários prisioneiros que lá se encontravam.

2) O embarque não foi anunciado previamente. Em conseqüência, fomos obrigados a correr, sob pena de perder a aeronave. O *check-in* não foi realizado. A bagagem não pôde ser embarcada, o que nos privou inclusive de roupas e de objetos de higiene pessoal.

3) A aeronave, por sua vez, não era aquilo que esperávamos. Todo passageiro espera hoje ser transportado em

um avião, mesmo que pequeno. A nós estava reservado um helicóptero. Reconhecemos que as condições de pouso não eram as mais favoráveis, mas, por outro lado, um helicóptero é o transporte aéreo menos adequado para pessoas sob forte tensão nervosa – o nosso caso.

4) O vôo não se realizou sem sobressaltos. As condições meteorológicas não eram das piores, mas mesmo assim houve oscilações e bruscos desvios de rota, o que em nada contribuiu para melhorar o nosso estado de espírito.

5) Finalmente, a aeronave em si própria. Aí residem nossas maiores queixas. Mesmo em se tratando de um helicóptero – uma escolha acerca da qual já expressamos nossa desconformidade – poderíamos esperar algo melhor. O helicóptero em que viaja o presidente dos Estados Unidos, por exemplo, é grande, confortável, impõe respeito. Quando chega, multidões têm de se curvar, quando mais não seja para escapar ao vento das potentes hélices. O nosso helicóptero era pequeno. Não havia divisões em classe – primeira classe, classe executiva, classe econômica – de modo que estávamos todos misturados, no que poderia até ser considerado uma certa promiscuidade. Não havia aeromoça. Não foram oferecidos jornais nem revistas. Não havia qualquer serviço de bordo, nem mesmo um mísero copo de água. Não nos advertiram, como é da legislação internacional, sobre o que fazer em caso de brusca despressurização da cabine, aquela coisa de "máscaras iguais a esta cairão automaticamente". Não havia sequer lugar marcado. Na chegada, não foi colocada sequer uma escada para facilitar o desembarque.

    Estas são as queixas. Com muito gosto daríamos nosso endereço para que V.S. pudesse responder-nos e, quem sabe, indenizar-nos, mas preferimos guardar sigilo sobre tal endereço. Confiamos, contudo, no rigor de vossas providências para que, no futuro, passageiros como nós não venham a passar por semelhantes transtornos."

NO CALMO MUNDO
DOS BONECOS

Boneco de palha vigia prisão para a PM. Um boneco de palha vestido com uma farda da Polícia Militar foi encontrado anteontem em uma das guaritas do CDP (Centro de Detenção Provisória) de Taubaté, onde um policial deveria estar fazendo a segurança.

Cotidiano, 23 de agosto de 2002

O primeiro boneco apareceu numa das guaritas. Fora colocado ali em caráter experimental, e assim ficou durante vários dias, sempre cuidadosamente observado. As conclusões desse trabalho preliminar foram satisfatórias, entusiasmantes mesmo. Para começar, o boneco passava o dia inteiro imóvel, sentado na mesma posição. Não se levantava, não abandonava o posto (nem mesmo para ir ao banheiro). Se, por acaso, surgia a necessidade de removê-lo da posição, ele revelava-se leve, facilmente transportável. O boneco não comia. E também não falava: ou seja, não reclamava, não reivindicava. Não era pago, mas isso não o abalava em nada.

A experiência prosseguiu com outros bonecos. De novo, os resultados foram animadores. Claro, de vez em quando, alguns imprevistos, por assim dizer, ocorriam. Por exemplo: camundongos fizeram um ninho na perna de um dos bonecos (que, mesmo assim, continuou firme em seu posto). A rigor, isso não seria um problema maior, mas a verdade é que roedores não podem ser tolerados, nem mesmo numa prisão. Uma empresa de desratização foi chamada e, depois de algumas horas de tenaz combate (os camundongos relutavam em abandonar a confortável morada), foram postos a correr.

Num incidente um pouco mais lamentável, alguém (por descuido ou por má-fé) deixou cair um fósforo aceso em um outro boneco. Em se tratando de palha, as chamas rapidamente se propagaram e, em poucos segundos, o antes fiel guardião estava reduzido a um pequeno monte de cinzas. Mas a palha não chega a ser material escasso, de modo que, providenciada nova vestimenta, logo havia um novo boneco ocupando o posto do desaparecido.

Em pouco tempo, a prisão estava entregue inteiramente aos bonecos de palha. E aí aconteceu o inevitável: os presos acabaram por perceber o que estava acontecendo. De início perplexos, discutiram o assunto e chegaram a uma posição comum: a substituição dos reclusos por bonecos de palha. Isso foi sendo feito gradualmente, mas com grande sucesso. Hoje a prisão está entregue aos bonecos de palha, guardiães e prisioneiros. O resultado é calma total. Não há brigas, não há rebeliões. Aquelas cenas dramáticas que a TV mostra ali não ocorrem. Ah, sim, e também não há fugas.

A prisão está sendo muito visitada. Muitos vão lá para admirar os bonecos, cujas faces foram confeccionadas com muito apuro e arte. Em todos os rostos, um sorriso. Fixo, permanente. O sorriso daqueles que habitam, para sempre, o melhor dos mundos possíveis.

O CRIME NÃO COMPENSA, QUANDO TERCEIRIZADO

Grupo de seqüestradores "terceirizava" ações. A quadrilha do seqüestrador Pedro Ciechanovicz mantinha células com "mão-de-obra" contratada na região em que atuavam. Os integrantes dessas células escolhiam vítimas em potencial, pesquisavam seus hábitos e davam apoio no seqüestro.

Cotidiano Online, 11 de fevereiro de 2003

*M*uitos membros da quadrilha tinham dúvidas acerca do processo de terceirização – não gostavam de ver estranhos envolvidos em seu trabalho –, mas mesmo os mais resistentes acabaram por admitir que se tratava, afinal, de uma boa idéia, uma idéia cujo tempo havia chegado. Mesmo porque a coisa era muito bem organizada. Os candidatos à terceirização, cada vez mais numerosos, eram submetidos a uma rigorosa prova de seleção, que incluía até conhecimento de outros idiomas. Os escolhidos passavam em seguida por um período de treinamento, com uma espécie de estágio probatório, no qual mais alguns eram eliminados. Era assim formada uma espécie de elite do seqüestro.

Os resultados foram tão bons que pedidos começaram a chegar de outros lugares e até mesmo de outros países.

Cogitava-se até uma *franchising* do seqüestro; os concessionários do método seriam controlados a distância e supervisionados periodicamente.

Como sempre acontece quando as coisas estão dando certo, surgiram os descontentes. Os frustrados. Os do contra. E o que dizia essa gente? Essa gente dizia que seus direitos trabalhistas não estavam sendo reconhecidos. Que não podiam contar com férias nem décimo terceiro nem Fundo de Garantia. Que não tinham pensões nem aposentadoria. Que, em caso de acidentes de trabalho e reações inesperadas dos seqüestrados –, às vezes até violentas, sempre podem ocorrer – não disporiam de qualquer socorro médico. E assim por diante. Com o lema "Terceirização, não, justiça, sim", os descontentes formaram uma associação e declararam-se dispostos inclusive a boicotar as operações de seqüestro.

Uma reunião urgente do alto comando do grupo foi convocada, mas mesmo ali não houve consenso. Alguns eram de opinião que se deveria, sim, fazer algumas concessões: sempre é melhor entregar anéis e ficar com os dedos. Mas outros, os partidários da chamada linha-dura, não se conformavam. Para eles, os rebeldes deveriam ser duramente castigados, até para dar o exemplo a futuros candidatos à terceirização. A discussão ficou acalorada, armas foram sacadas, ameaças foram feitas – e lá pelas tantas o chefe se irritou:

– Sabem de uma coisa? Estou cansado desse bate-boca inútil. Eu vou é me entregar à polícia.

E se entregou mesmo. Como disse depois um dos terceirizados, há pessoas que fazem qualquer coisa para escapar às obrigações legais.

HISTÓRIAS DE CELULARES NA PRISÃO:
1. GOSTO NÃO SE DISCUTE

Agente de segurança penitenciária é preso com celular dentro do pão.
Cotidiano, 27 de março de 2003

– Como é que você explica isto?
– Isto o quê?
– Este celular dentro do pão francês.
– Qual é o problema? Você tem alguma coisa contra pão francês? Eu sei que os americanos andaram boicotando produtos franceses. Não vá me dizer que você aderiu.
– Não se faça de bobo, cara. Desde quando alguém usa telefone celular dentro do pão?
– Desculpe, amigo, mas você está enganado: este telefone não é para usar.
– Não? E para o que é, então? Para comer?
– Exatamente. Isso aí é meu lanche. Sanduíche de celular.
– Essa não. Você está querendo me dizer que isto aqui é um sanduíche? Que você vai comer o pão com o celular dentro?

– É o que eu vou fazer. Se você me devolver o sanduíche, claro.

– Você está brincando comigo, cara. Nunca ouvi alguém dizer que tinha comido celular.

– Nem eu. Mas resolvi experimentar. É que gosto de coisas diferentes, sabe? Um dia pensei: "Por que não um sanduíche de celular?" Fui em frente e gostei.

– Não vá me dizer que você sempre come sanduíche de celular...

– Não. Claro que não. Sempre, não. É muito caro, sabe? Se bem que caviar também é caro e tem gente que adora. Mas celular, todo dia, não dá. Com o nosso salário não dá. Então reservo este sanduíche para ocasiões festivas. Agora, por exemplo, tem um preso que vai fazer aniversário. Ele tem grande consideração por mim, me convidou para a festinha, perguntou o que eu gostaria de comer. Sanduíche de celular, foi o que respondi. Ele não reagiu como você, não mostrou essa incredulidade, essa agressividade. Concordou imediatamente: é por minha conta, ele disse.

– Você deve ter estômago de avestruz para comer essa coisa...

– Nem tanto. É só questão de hábito. No começo, é meio difícil, sobretudo para mastigar. Precisa ter boa dentadura. Agora: você não é obrigado a comer todo o celular. Eu não como. A antena, por exemplo, eu tiro antes e guardo. Serve como palito.

– E a digestão? Como é que é digerir isso aí?

– Nenhum problema. Claro que você tem de tomar bastante líquido junto. Cerveja, a propósito, vai muito bem com sanduíche de celular.

– E não fica pesando no estômago?

– De jeito nenhum. Nem dá gases. Nem prisão de ventre. A única coisa incômoda é que às vezes, lá dentro, a gente fica ouvindo as mensagens gravadas. Tirando isso, é um grande sanduíche.

HISTÓRIAS DE CELULARES NA PRISÃO: 2. A PORTADORA

Uma mulher que entrava para fazer visita a um preso foi flagrada com um telefone celular escondido na vagina, durante revista feita por duas agentes da penitenciária 3 do complexo Campinas-Hortolândia. O telefone estava enrolado em um preservativo.

Cotidiano Online, 1º de abril de 2003

Uma operação arriscada, segundo ela mesma reconhecia. Tinha tudo para fracassar, e não deu outra: tão logo começaram a revista, as agentes encontraram o celular na vagina dela. Ainda tentou enganá-las, dizendo que aquilo não era celular, que era um novo tipo de preservativo, tanto que estava dentro de uma camisinha. Pois então você vai ficar sem o seu preservativo, disse a funcionária, rindo. E acrescentou: assim você não corre o risco de seu parceiro discar um número errado aí dentro.

Desesperada, ela implorou para que pelo menos a deixassem visitar o preso e dar-lhe a notícia de que não poderia contar com o celular. A agente olhou-a e compadeceu-se da pobre moça: está bem, vá, mas bem rápido. E acrescentou: mas nunca mais traga coisas na vagina.

O namorado, que cumpria longa pena, ficou furioso com o acontecido. Você não passa de uma incompetente, resmungou, qualquer outra saberia como esconder o celular sem chamar a atenção. Ela ouvia, cabeça baixa, a custo contendo as lágrimas. Ele ficou em silêncio algum tempo, bufando de raiva. Depois, pegou um lápis e um papel, rabiscou um número de telefone e ordenou que transmitisse uma mensagem: como não tinha celular, não teria condições de ligar conforme o combinado. Feito o que, mandou-a embora, dizendo que desaparecesse por uns meses.

Ela saiu, ainda soluçando. Na frente da penitenciária, havia um telefone público e dali mesmo ela, obediente, fez a ligação.

Atendeu uma voz feminina, seca, rouca, mas muito sensual. Com quem estou falando, perguntou ela. Isso não lhe interessa, disse a voz, diga logo o que quer. Ela transmitiu o recado. Sem uma palavra, a interlocutora desligou.

A moça colocou o fone no gancho. Intrigada: quem seria aquela mulher? E mesmo ela, que não era muito brilhante, acabou por dar-se conta: era a outra. A outra, cuja existência ela, ingenuamente, se recusara a admitir, e com quem ele às vezes passava vários dias.

Mais uma vez fora usada. Não como objeto sexual, e sim como correio sexual. Transportara, de forma grotesca, o instrumento com o qual seria traída. E ainda por cima fora humilhada. Uma, duas, três vezes.

Ela não era uma mulher, concluiu. Era uma vagina, cercada de frustração por todos os lados. Uma vagina que nem sequer um celular abrigava.

TUDO POR UM BOLO

Assaltantes invadem festa e levam até o bolo.
Cotidiano, 27 de fevereiro de 2002
Executivos gastam US$ 62,7 mil em jantar.
Dinheiro, 27 de fevereiro de 2002

"Prezados amigos: estamos escrevendo esta carta da prisão, para onde fomos levados logo depois de assaltar a casa de vocês. Acidente de trabalho, vocês sabem. Essas coisas acontecem. Com isso, estamos conformados meus companheiros e eu. Com o que não podemos ficar conformados é com o fato de literalmente termos levado o bolo. É que, saindo da casa de vocês com o bolo e os doces, fomos surpreendidos pela polícia e não tivemos tempo de fazer a festinha que estávamos planejando – um de nossos amigos está de aniversário. O bolo foi apreendido. Não sei se o devolveram a vocês, mas podemos garantir que não está conosco nem em nosso estômago.

Isso, prezados amigos, nos deixa muito amargurados. Vocês vêem, nem uma festinha hoje a gente pode fazer, que logo aparece alguém para estragar. Estivemos conversando aqui na cela e resolvemos o seguinte: a festinha vai sair, sim. No ano que vem. Preparem-se, portanto: daqui a exatamente 365 dias, visitaremos vocês. E o assalto terá uma finalidade específica: comer o bolo de aniversário que vocês, agora avisados, vão preparar. Ah, sim: desde já, considerem-se nossos convidados. Não somos daqueles que não sabem repartir os frutos do trabalho.

Agora, algumas observações. Em primeiro lugar, quanto ao bolo. Vocês fizeram um bolo de creme, e isso nos criou um problema: um dos nossos não gosta de creme. Ele mesmo não sabe dizer por que: não gosta, e pronto. Parece que é uma coisa que vem da infância – uma vez roubou um doce de creme e a mãe gritou com ele. Enfim: creme, não. Façam o bolo com chocolate. Mas chocolate dietético. O pessoal aqui faz questão de manter a forma.

Em segundo lugar, quanto ao acompanhamento do bolo. Na mesa de vocês, havia guaraná. Nada contra. Guaraná é uma bebida brasileira e está sempre presente em festas de aniversário. Mas acho que merecemos mais. No jornal de hoje, há uma notícia segundo a qual executivos de um banco inglês gastaram US$ 62,7 mil em um jantar. Se executivo de banco inglês pode, por que assaltante brasileiro não pode? De modo que solicitamos a vocês providenciar as bebidas listadas na notícia: vinho Château Petrus, várias safras (1945, 1946, 1974), vinho Montrachet, vinho Château d'Yquem (cem anos). Ah, não esqueçam o champanhe. Aniversário sem champanhe não tem graça.

Se vocês fizerem isso, podem contar, desde já, com a nossa eterna gratidão. Quando, daqui a um ano, estivermos na casa de vocês fazendo a festa, teremos o maior prazer em compartilhar com vocês nosso terno afeto. Enquanto estivermos cantando o 'Parabéns a Você', haverá lágrimas em nossos olhos. Por causa da emoção, claro. Mas sobretudo por causa do bolo de chocolate – sem falar no vinho e no champanhe."

A NOSTALGIA DO SEQÜESTRO

Dicas de segurança para evitar seqüestros: procure não ostentar bens, como jóias e carros importados.
Cotidiano, 3 de fevereiro de 2002

O seqüestro foi mais um susto do que qualquer outra coisa – o cativeiro durou apenas um dia, a soma para o resgate era relativamente pequena –, mas serviu de lição: ele corria perigo. Um perigo que, em se tratando de São Paulo, não era nada desprezível. Empresário bem-sucedido, ele certamente estaria na mira de outros bandidos. De modo que resolveu tomar providências.
Drásticas providências. Representavam uma mudança total no estilo de vida, como ele explicou à mulher e ao filho:
– Somos alvos tentadores. Temos de passar despercebidos.
Homem organizado, tinha elaborado um verdadeiro projeto nesse sentido, com todos os itens bem detalhados. Começariam pela casa. Mansão, mesmo com seguranças? De jeito nenhum. Passariam a viver num apartamento, ainda que grande e confortável, mas num bairro convencional. Carro importado? Jamais. Só nacional e usado – se possível

com a lataria um pouco amassada. Nada de restaurantes chiques. Nada de jóias: a mulher teria de deixá-las no cofre (de um banco). Ele próprio renunciaria ao Rolex, trocando-o por um Casio comum. A esposa também não poderia fazer compras em lojas exclusivas. E o filho teria de renunciar às constantes viagens à Austrália, onde ia surfar.

No começo, não foi fácil acostumar-se à nova existência. Sentiam falta do luxo, das mordomias. Mas, quando se habituaram a isso, notaram, e não sem surpresa, que não era mau viver de forma simples. Ao contrário: descobriam o prazer que representa, por exemplo, preparar a própria refeição. Ou caminhar pela rua sem muito receio.

Mas o fato teve outras conseqüências, estas nada agradáveis. Espalhou-se o boato de que ele estava mal de negócios. Esse tipo de rumor acaba se tornando realidade. Os clientes abandonavam-no, os bancos negavam-lhe empréstimos. Foi forçado a reduzir muito o tamanho de sua empresa.

Isso, contudo, não mudou o seu modo de viver. O dinheiro que ganhava chegava perfeitamente para as necessidades da família. Mas a verdade é que ele se sentia um tanto humilhado. Consultava as horas no Casio e suspirava: sim, o relógio funcionava bem, e ele nunca se atrasava para nada... mas era um relógio barato, enfim.

Um dia viu um seqüestro. Parado num sinal vermelho, num movimentado cruzamento, avistou um homem de aspecto sinistro, uma arma avultando claramente sob a camisa. O homem olhou-o. Ele olhou o homem – e, teve de admiti-lo, com alguma esperança. Que não se concretizou. Ignorando-o, com certo desprezo, o seqüestrador bateu com o revólver no vidro de um outro carro. Que era, por coincidência, de um antigo concorrente. O que aconteceu, ele não pôde ver: naquele momento, o sinal ficava verde e ele arrancou a toda a velocidade. Livre do seqüestrador. Mas preso à nostalgia do seqüestro.

O SONO DOS JUSTOS E OUTROS SONOS

Seqüestradores dormem e refém foge do cativeiro. O comerciante L.F., 30 anos, seqüestrado na última sexta-feira em Osasco (Grande São Paulo), fugiu do cativeiro enquanto dois de seus seqüestradores dormiam.

Cotidiano, 2 de dezembro de 2002

*E*le acordou sobressaltado por causa dos roncos do companheiro que, estirado no mesmo colchão, dormia a sono solto. Sacudiu-o:
— Acorda, rapaz! Como é que você está dormindo?
O outro sentou-se no colchão, esfregou os olhos, ainda estremunhado:
— Como é que estou dormindo? Peguei no sono, cara. O que há de mal nisso?
— O que há de mal? O que há de mal? O primeiro, indignado. — Você não podia estar dormindo, cara! Era a sua vez de ficar acordado, lembra? Eu disse a você: "Vou dormir um pouco, você fica de guarda. Depois você dorme e eu vigio". Lembra, cara? Lembra-se disso?
O outro sacudiu a cabeça afirmativamente. Agora lembrava:

— É verdade, cara. Eu tinha de ficar de guarda. Mas adormeci. Me deu um cansaço enorme, e eu adormeci.

Pôs-se de pé, os olhos arregalados:

— E o homem? O nosso homem?

Correram os dois para a peça ao lado. Vazia. Não havia ninguém. E a janela estava aberta: sem dúvida, o seqüestrado tinha escapado por ali. O primeiro ficou por conta:

— Viu? Viu o que você fez? O pessoal vai nos matar, cara! E com toda a razão!

Agarrou o companheiro, sacudiu-o como um gato sacode um rato:

— Como é que você fez isso, cara? Como é que você foi adormecer? Fala, animal! Desembucha!

O segundo, cabeça baixa, não dizia nada. Por fim, falou, os olhos cheios de lágrimas:

— É que eu tomei uns comprimidos para dormir, cara. Ontem. Eu sofro de insônia – essa nossa vida agitada, você sabe – então tomei o remédio. Acho que exagerei na dose.

— Exagerou mesmo. O primeiro, irônico. – Exagerou mesmo, cara.

Ficaram um instante em silêncio. O primeiro então olhou o dorminhoco com ar inquisitivo:

— Diga uma coisa: você sonhou? Hein? Você sonhou?

O outro hesitou um instante. E aí confessou:

— Sonhei, cara. E era um sonho muito bom. Sonhei que a gente tinha cobrado um tremendo resgate e que estávamos ricos. Foi isso que sonhei.

O segundo soltou-o, sacudiu a cabeça:

— Era o que eu pensava, cara. Você sonhou. E isso, cara, é o pior de tudo. Porque, se você sonhou, estamos fritos mesmo.

O segundo nada disse. Nada havia para dizer. Porque ele sabia muito bem: nos sonhos começam as responsabilidades.

ONDE TODOS OS TÚNEIS SE ENCONTRAM

Funcionários descobrem novo túnel no Carandiru.
Cotidiano, 11 de julho de 2001

O trabalho havia avançado bastante, e o túnel já media algumas centenas de metros quando chegou a mensagem alarmante: rumores da fuga se haviam espalhado pelo presídio, os policiais estavam alertas. Conclusão: já não poderiam voltar. O jeito seria continuar cavando.
Para onde? Para cima? Arriscado. Não sabiam exatamente onde se encontravam. Tanto poderiam sair em um terreno baldio como em uma movimentada avenida. Não, ainda não era o momento de emergir. Teriam de cavar para a frente. Mas aí o problema era outro: que trajeto seguir? Havia uma planta, mas ela tinha ficado com o chefe do grupo. Que ainda estava na prisão. Qualquer comunicação com ele agora seria impossível.
Fizeram uma rápida reunião e decidiram que não havia alternativa: teriam de confiar na sorte. Continuariam cavando, na esperança de chegar – por exemplo – a uma amistosa rede de esgotos. Mais que isto, agora era preciso acelerar o trabalho, já que estavam lutando contra o tempo.

Empunharam, pois, as pás e lançaram-se freneticamente à tarefa. O terreno era arenoso, o progresso seria rápido.

De fato: dez horas depois tinham vencido mais uns cem metros. E foi então que um deles, um rapaz conhecido (por causa da cabeça raspada) como Careca, escutou alguma coisa, uma espécie de rascar. Todos apuraram o ouvido: de fato, havia um ruído, mas de onde viria? De cima, da rua? Não parecia. De onde então? Enquanto discutiam, a terra à frente deles moveu-se e uma cabeça de homem apareceu, e logo mais uma.

Perplexos, eles se encararam.

– Quem são vocês? – perguntou um dos recém-chegados.

– Nós é que perguntamos – replicou o Careca. – Quem são vocês?

Eram presos, claro. Presos de um outro presídio, situado a alguma distância dali. Como Careca e seus amigos, tinham perdido o rumo. E, como eles, haviam decidido continuar cavando.

– Mas parece que nessa direção não adianta continuar – suspirou um deles.

Optaram por prosseguir – juntos, claro – em uma nova direção. É o que estão fazendo. Só esperam não encontrar um terceiro grupo de fugitivos.

FAMÍLIA

CONTROLE REMOTO

Ah, se os filhos da gente tivessem controle remoto, suspirou o homem que veio lá em casa consertar a televisão, e eu entendi bem o que pretendia dizer: se conhecêssemos tão bem a infância e a adolescência quanto conhecemos os aparelhos que usamos, e se pudéssemos controlar estas difíceis fases da vida por um sistema previamente codificado – aí, sim, seríamos felizes. Seríamos? Tenho minhas dúvidas. Imaginemos que pudéssemos controlar as manifestações de nossos filhos, da mesma maneira que mudamos os canais no televisor. Sintonizamos, por exemplo, um noticiário. Boas notícias? Duvido. "Pai, estou precisando de um tênis novo." "Mãe, resolvi que vou morar com o Pedrinho", "Pai e mãe, descobri que vocês me educaram errado."
Mudamos rapidamente de canal. E ali estão os nossos filhos num filme. Que filme? De terror, obviamente: "O Pesadelo dos Pais, Parte Cinco". Sinopse: filhos revoltados descobrem um jeito de reduzir os genitores a dimensões minúsculas. Prisioneiros numa garrafa, os pais vêem os filhos... Etc.
Outro canal: filme daqueles com correria de automóvel. Melhor nem olhar.

Outro: um programa de debates. Ali estão os filhos, falando sobre as limitações dos pais e das mães de hoje: "Eles têm de ser totalmente recondicionados. Mostram-se completamente incapazes de compreender o que se passa na cabeça da gente". Voltamos para o primeiro canal: "Acredite, se Quiser". Este, não queremos nem olhar. O que não farão dos pais num programa como este?

Mas talvez controle remoto de vídeo, então, permitindo dar-lhes um *stop* quando necessário, um *play* quando temos vontade, voltar para trás quando nos assalta a nostalgia. Sim, mas não suportaremos o *fast forward*, que nos projetará irremediavelmente em direção ao futuro em que eles, os filhos, serão pais, e nós, os pais, seremos – o quê? – nem é bom pensar.

Não, controle remoto, não. Afinal, nem tudo que é progresso é benéfico. Principalmente quando se trata de algo tão antigo quanto a arte de criar filhos.

O FILHO MAIS VELHO
(UMA QUEIXA)

*E*xistem numerosos estudos sobre a personalidade do filho único, e o caçula é sempre o heróico e divertido personagem de muitas histórias (o *Pequeno Polegar* salva seus irmãos, e em *O Gato de Botas* o filho mais moço, a princípio despojado, acaba casando com a filha do rei), mas pouca gente fala do filho mais velho. Os menores, os mais fracos, naturalmente atraem as simpatias; sobra para os mais velhos o silêncio que freqüentemente envolve o poder. Parte-se do princípio de que o filho mais velho tem uma posição privilegiada, situando-se entre os pais e os irmãos mais jovens.

Erro. Erro cruel. O silêncio do filho mais velho nasce mais freqüentemente do estoicismo do que de qualquer outra coisa. Porque o filho mais velho paga caro os escassos anos de glória, aqueles em que é primeiro e único. Passado este período em que todas as atenções se concentram nele ou nela, começam a surgir os intrusos, os rivais. E como mamam, estes rivais. E como choram à noite. Deitado em sua cama (a esta altura já foi expulso de qualquer berço) o filho mais velho tapa a cabeça com travesseiros e imagina vinganças terríveis: um lobo entrando pela janela e carregando o bebê, por exemplo. Isto não acontecendo, o filho mais velho vinga-se como costumam se vingar os neuróticos: em silêncio e se mortificando. Param de comer, por exemplo, querendo com isto chamar a atenção dos pais. O que acontece, mas como tiro pela culatra; preocupados (mas também indignados: era só o que faltava) com a inapetência do filho, os pais levam-no ao médico, pedem vitaminas (antigamente sob forma de injeção), exigem um rápido aumento de peso.

A esta altura, nós podemos entender o drama do mais conhecido primogênito, o bíblico Esaú. Para todos os observadores do Antigo Testamento, Esaú fez um mau negócio, trocando a primogenitura por um prato de lentilhas. Mas Esaú fez o único negócio que podia fazer, aquele que sua angústia exigia. Ele deveria ter esperado um pouco pela hora de almoço, é o que se diz; mas ele não podia esperar mais. Porque sua fome era antiga, arcaica. Sua fome era descomunal, como é descomunal a fome daquele que foi privado de carinho. Na realidade, Esaú precisaria de um caminhão de lentilhas. Um prato até que foi pouco. Talvez ele acreditasse no poder mágico daquelas lentilhas (muitas pessoas comem lentilhas no Ano-Novo para ter sorte), talvez ele pensasse estar ingerindo não os grãos da leguminosa, mas minúsculos e poderosos comprimidos de afeto.

Pobre Esaú. Ainda por cima, segundo a Bíblia, era peludo. Peludo, recordemos, é aquele humilde empregado que, no circo, prepara o picadeiro para a entrada dos artistas. É o que faz o filho mais velho: prepara o picadeiro para a entrada dos artistas.

O FILHO MAIS MOÇO
(OUTRA QUEIXA)

A palavra caçula inevitavelmente inspira simpatia nas pessoas. Havia até um refrigerante, o Guaraná Caçula, que explorava esta ternura que todos sentem pelo menorzinho, pelo mais fraco. Mas será que o filho mais moço gosta de sua posição? Afinal, ele não é apenas o menor; ele é o último. Quando chega, todos os quartos da casa estão ocupados, ele tem de dividir seu dormitório com alguém. Quando chega, as finanças da família já não são o que eram quando nasceram os outros irmãos; com o filho mais moço os pais já não esbanjam, aprenderam a fazer economia. A ele tocam os brinquedos que os outros usaram, as roupas que ficaram, durante anos, guardadas num armário ou numa mala.

De um modo geral, o filho mais moço vive à sombra dos irmãos. Como em geral freqüenta o colégio por onde os manos passaram, tem de ouvir dos professores comentários saudosos: Teu irmão, sim, "era um gênio" ou, "tua irmã cantava muito bem. Pena que sejas tão desafinada".

O filho mais moço encontra os pais mais experientes – e também mais calejados. "Não quer comer? Não come." Pai algum acredita em greve de fome de caçula: se este é o menor, pode ser também o mais magro.

Por tudo isto, é um erro achar que o Pequeno Polegar é o símbolo dos caçulas. Para começar a analogia não é correta. O Polegar é o menor dos dedos mas tem poderes que os outros não têm. É o dedo que caracteriza a mão humana, que dá a esta a diferenciação fundamental com as patas dos mamíferos – a capacidade de apreensão. Opondo-se aos outros dedos, o polegar na verdade os domina. Tanto que é o dedo escolhido para o registro das impressões digitais, o dedo que identifica a pessoa.

Não. O símbolo do caçula é, na verdade, o dedo mínimo, pequeno, magrinho. O dedo a que somente alguns motoristas de táxi dão importância – quando deixam crescer a unha, e o usam para esgravatar ouvido. Fora disto, o mínimo é realmente o mais insignificante dos dedos. Tal como se sente o caçula quando os irmãos o mandam de volta para casa: o programa que vão fazer (seja qual for) é coisa para homem, não para pirralhos.

E a história de Esaú e Jacó? Ah, sim, a história de Esaú e Jacó. Num passe de mágica, o primogênito perde tudo e o caçula ganha tudo, porque o primogênito tem tudo a perder e o caçula, como o proletariado na frase de Marx, tudo a ganhar. Mas será que Jacó ficou satisfeito com a primogenitura? Provavelmente não. Provavelmente o que ele queria, e isto a mãe dele não sabia, era um grande, um descomunal prato de saborosas lentilhas. Mas isto ele não levou. O caçula é um eterno incompreendido.

MÃE, POR INCRÍVEL QUE PAREÇA, É SÓ UMA

Um dia vão inventar uma mãe artificial. Inventam tudo, por que não mães? Aliás, já há tentativas neste sentido. Erik Erickson conta que o Professor Harry Harlow tirou macacos de suas mães verdadeiras logo após o nascimento e entregou-os a "mães" feitas de trapos e arame, contendo uma mamadeira com leite, e aquecidas a uma temperatura igual à dos macacos.

Os pequenos macacos cresceram e se desenvolveram, mas o que aconteceu com eles?

Ficavam sentados, imóveis, com o olhar vago. Quando cutucados, mordiam a si próprios, até sangrar – não tinham aprendido a experiência do outro, seja este outro a mãe, irmão ou inimigo. Das fêmeas, poucas procriaram, e mesmo assim não tentavam cuidar dos filhos.

Claro, direis. Uma mãe de trapos é uma coisa imperfeita. Hoje, os cientistas podem fazer coisa muito melhor. Podem fazer uma mãe-robô, transistorizada, computadorizada.

Podem? Talvez. Mas terão de atentar para muitos detalhes.

Terão de fazer esta mãe com braços muito fortes. Braços capazes de suportar uma criança durante noites inteiras. Braços capazes de embalar o bebê e de lavar fraldas.

Terão de fazê-la com mãos hábeis. Mãos capazes de sentir na testa a febre, assim que ela começa a subir. Mãos aptas a preparar aquela comida que só as mães sabem fazer; mãos treinadas para guiar a mãozinha que começa a rabiscar as primeiras letras. Mãos assim são verdadeiros instrumentos de precisão. Dá para fazer? Pode ser que dê.

Terão de fazê-la, a mãe-robô, com pernas muito resistentes. Não são poucas as mães que ficam em filas, que têm de correr de um lado para outro para arranjar alimentos e remédios. Ou papéis para a matrícula.

Terão de fazê-la com bons olhos. Olhos de mãe enxergam muito: divisam, nos rostos dos filhos, os quase imperceptíveis sinais de tristeza, de frustração. Da safadeza, também.

Terão de fazê-la com excelentes ouvidos – capazes de perceber o choro de um bebê mal ele comece. E capazes de ouvir pacientemente as lamúrias do filho adolescente.

Boca? Claro. Onde é que se viu uma mãe que não fala? Que não beija? E nariz também. O nariz da mãe é o primeiro a descobrir que o filho bebeu. Não que isso sempre tenha importância – mas é bom que a ocorrência fique registrada.

Terão de fazê-la com bons pulmões: não são poucas as vezes em que uma mãe precisa gritar, de medo, de raiva, de alegria, de dor. A propósito, terão de fazê-la com cabelos fortes, capazes de resistir aos puxões do desespero.

– Seios? Claro. Coração? Forte, fortíssimo. E bons músculos, e ossos rijos.

Pode ser que os cientistas encontrem o material indicado. Pode ser que consigam montar as peças direitinho. Pode ser que consigam fazer uma mãe-robô em tudo semelhante a uma mãe verdadeira.

Mas duvido que consigam fazer uma mãe verdadeira. Duvido que consigam fazer uma mãe como foi a minha mãe.

PIETÀ

*T*alvez não exista imagem mais dramática, mais dilacerante do amor materno que a Pietà, de Michelangelo. A Mãe que segura o filho morto ao colo traduz, apesar da frieza do mármore (ou justamente por causa dela, por causa do contraste que proporciona aquela superfície lisa, branca e fria com o medonho sofrimento), toda a dimensão que pode atingir esta que é a mais singular das formas de amor, o amor que a natureza criou para assegurar a perpetuação da espécie.

Mas há outra imagem igualmente terrível, se bem que não expressa em mármore, ou em bronze ou em quadros: é a do filho que sustenta a mãe moribunda. E é uma coisa curiosa que tal imagem seja tão rara. Curiosa e significativa. É como se os artistas quisessem nos poupar da visão da morte da mãe, um fato biologicamente até mais provável, mas inadmissível; a idéia da mãe está ligada a de um amor que é profundo, que é incondicional; que é eterno.

E no entanto as mães morrem, como o sabem todos que vêem o Dia das Mães se aproximar com uma certa melancolia – porque já não têm a quem homenagear. Quando a gente menos espera, as mães se vão. Desaparecem, nos deixam.

Minha mãe morreu. De câncer, como muitas outras mães. Uma doença apavorante, mas não rara: é a segunda causa de óbito no Rio Grande do Sul. E eu, como médico, deveria estar preparado para a idéia de câncer em alguém dos meus.

Mas não estava preparado. E nem pude aceitar a situação. Nem o diagnóstico, nem o tratamento, nem o prognóstico, nada. Quando, saindo da sala de operações, o cirurgião me disse as clássicas palavras – não há nada a fazer, está tudo tomado – tive, pela primeira vez na minha vida, a sensação da vertigem existencial, aquela vertigem que, num átimo, nos precipita no mais fundo dos abismos. É uma sensação que só não nos aniquila porque é passageira, porque nos dá o resto da vida (seja este resto quanto for) para que nos recuperemos.

A agonia foi longa, dolorosa e insuportável. O câncer é o espectro de nossos tempos, a enfermidade que tem na desmoralização que provoca sua malignidade maior. Espera-se pela morte como por uma libertação.

E a morte veio, na hora em que a morte chega; poucos minutos após a meia-noite, quando as pessoas, cansadas, entregam-se ao repouso.

No quarto do hospital, esperávamos pelo fim, o soro a pingar monotonamente, inutilmente. De repente, ela se soergueu; sustentei-a como pude, com braços que fraquejavam; e ela então me olhou, e este olhar não mais poderei esquecer, porque não era só um olhar aterrorizado, era o olhar do ser humano fitando o Destino que bate à sua porta, o olhar que não entende, o olhar que pergunta por quê?, olhar que pergunta qual o sentido disto tudo?

Não, não era eu quem perguntava desta vez. Não era o menino curioso a indagar: mãe, por que chove? Mãe, aquilo na Lua é uma cara? Mãe, como é que os aviões voam? Não, eu já não podia perguntar nada, não podia sequer implorar à minha mãe que me transmitisse uma última mensagem, uma derradeira lição de vida. Tudo que eu poderia fazer era sustentá-la em meus braços. Tudo que eu poderia fazer era ter piedade: *pietà*.

E piedade eu tive. Dela, de mim, de todos nós. Dos filhos, dos pais, das mães. Porque não há filhos, não há pais, não há mães, nesses momentos; há criancinhas assustadas diante da Grande Incógnita.

Meu primo, que também é médico, me ajudou naqueles últimos instantes. E logo depois estava tudo terminado.

Às vezes vejo meu filho Beto acariciar os cabelos de sua mãe. É um gesto terno, um gesto delicado, mas é sobretudo um gesto de instintiva sabedoria. Precisamos cuidar de nossas mães, precisamos protegê-las, precisamos reconhecer nelas as frágeis criaturas que muitas vezes são. Precisamos ajudá-las a escrever o poema pedagógico que é a edificação de uma vida. E precisamos fazer isto com a arte e a paciência com que Michelangelo esculpiu a Pietà.

UM FILHO E SEU PAI

*E*ntre os textos mais impressionantes do escritor tcheco Franz Kafka está a carta que escreveu – e nunca entregou – a seu pai. É um documento, podemos chamá-lo assim, que comove pela autenticidade, pela dilacerante busca de entendimento do que são as relações pai-filho. Nunca, diz o crítico Erich Heller, um pai teve um filho tão implacável como promotor nem, ao mesmo tempo, tão eficaz como advogado de defesa (Kafka, a propósito, era formado em Direito, embora nunca tenha exercido a advocacia). Paradoxal, tal atitude? Nem em Kafka, o escritor do paradoxo. De mais a mais, acusação e defesa têm a ver com o grande tema da obra kafkiana, a culpa e o castigo. Ou melhor, a desproporção absurda entre o castigo e a culpa. O absurdo é a obsessão de Kafka. E ele tenta, nesta carta, vencê-lo com as armas da razão. Kafka quer entender. Entender a si mesmo e a seu pai. Uma tarefa a que todos os filhos têm se entregue, com maior ou menor sofrimento, desde Adão, o único homem que provavelmente não sofreu do complexo de Édipo (e adiantaria ter complexo de Édipo em relação a Deus Todo-Poderoso? Nem todos os psicanalistas da Terra, trabalhando com todos os divãs, e cobrando o equivalente à dívida externa brasileira, conseguiriam curá-lo).

"Querido pai: recentemente me perguntaste por que afirmo que tenho medo de ti. Como de hábito, fui incapaz

de pensar numa resposta a tua questão, em primeiro lugar pela razão mesma de ter medo de ti..."

Aí está: Kafka não pode dizer por que tem medo do pai, exatamente porque tem medo. O paradoxo. Como dizia Montaigne: tenho medo de ter medo. Estamos falando do medo ancestral, evidentemente, aquele Medo com M maiúsculo que habita em nós desde a expulsão do Paraíso. Um medo capaz de paralisar, tal como o olhar hipnótico da serpente paralisa o pássaro que ela vai devorar (e que faz da serpente o símbolo do Mal). Mas Kafka não se deixará paralisar. Não na intimidade de seu quarto, com a caneta e o papel; ele escreverá, confiando em que as palavras traçarão a trajetória que o conduzirá à verdade. Do presente ele se volta ao passado; e busca, na história de suas relações com o pai, a causa das desavenças, dos mal-entendidos, do sofrimento — e do medo. E então ele conta um episódio da infância: o único episódio que lembra de seus primeiros anos de vida e que – espera – o pai há de lembrar também.

"*Uma noite eu choramingava constantemente, pedindo água. Não que estivesse com sede, mas provavelmente para incomodar e também para me divertir um pouco. Depois de várias e eficazes ameaças, tu me tiraste da cama, me levaste para o terraço, fechaste a porta e ali me deixaste, de pijama por algum tempo.*"

Aqui a gente tem de fazer uma pausa e imaginar o que significa este relato, em termos de acusação.
Evidentemente Kafka quer que o pai sofra, em termos de culpa, tudo que ele sofreu, em termos de terror, ao se ver expulso (como Adão, e sem nenhuma Eva a acompanhá-lo) para a escuridão da noite, a porta fechando-se atrás dele. Mas, tendo feito a acusação, Kafka fica culpado, e logo providencia uma absolvição para o pai:

"Não direi que isto tenha sido errado, talvez não houvesse outra maneira de obteres silêncio e sossego naquela noite..."

E o resultado final: o algoz internalizado.

"Por muitos anos depois disto sofri da atormentadora obsessão que o homenzarrão, meu pai, a suprema autoridade, viria no meio da noite e praticamente por nenhuma razão me tiraria da cama e me poria lá fora, no terraço, como se eu fosse algo insignificante."

O pai de Kafka, ao que saibamos, nunca escreveu uma carta a seu filho. Não era de seu estilo; segundo o próprio Kafka, tratava-se de um homem prático, enérgico e completamente envolvido em seus negócios. E se pensou em escrever, não teve tempo: Kafka, tuberculoso, morreu cedo.

Há uns anos o Instituto Goethe trouxe a Porto Alegre uma mostra de fotografias sobre a vida de Kafka, e lá estava seu pai: alto, corpulento, bem vestido e expressão arrogante. Outra foto, porém, mostrava-o depois da morte do filho. Era dramática a metamorfose. O que se via ali era um homem encanecido, alquebrado. Vencido. Consumindo-se em sua dor, ele dava a resposta que o filho já não poderia mais obter. *Eu te amo, meu filho*, era o que ele estava dizendo.

Pais e filhos, filhos e pais. Quando é que os pais vão entender os filhos? Quando é que os filhos vão entender os pais? Talvez nos ajudasse a todos, pais e filhos, o pensamento de que não há pais e filhos, que a criança, como disse o poeta Wordsworth, também pode ser o pai do adulto. Adultos e crianças somos todos criaturas um pouco perplexas, um pouco assustadas – comicamente assustadas – tentando entender a vida.

Beto Scliar: não é fácil ser pai. Beto Scliar: é muito bom ser pai.

EM HOMENAGEM AO DIA DAS MÃES

O REGIMENTO INTERNO DA FAMÍLIA

(TAL COMO VISTO PELAS PRÓPRIAS MÃES)

Artigo Primeiro – A família é constituída de pai, mãe e filhos. Os filhos podem ser vários. Os pais, segundo antigas anedotas, também podem ser vários. Agora: mãe, só uma.

Artigo Segundo – Compete ao pai:

a) Chefiar a família em todas as circunstâncias;
b) Prover o sustento dos seus, alardeando-o aos quatro ventos com frases do tipo: eu me mato trabalhando;
c) Ir ao futebol nos domingos, voltando irritado com o desempenho do time;
d) Tomar chope;
e) Participar num carteado de vez em quando;
f) Dormir nos sábados à tarde, exigindo da família o máximo de silêncio;
g) Reclamar da comida, das camisas que não estão limpas e dos papéis que somem.

Artigo terceiro – Compete aos filhos:

a) Transformar a casa num caos, desarrumando tudo que encontram pela frente;
b) Quebrar objetos de estimação;
c) Encher-se de balas e chocolates, mas não comer nada às refeições;
d) Chorar à noite quando são pequenos e sumir à noite quando são maiores;
e) Estragar sapatos, rasgar roupas e perder coisas;
f) Fazer xixi na cama quando são pequenos e desafiar a autoridade dos pais quando são maiores.

Artigo quarto – São tarefas da mãe (mãe não tem competências, só tarefas):

a) Desdobrar fibra por fibra o coração;
b) Sofrer no paraíso;
c) Acordar às seis da manhã para preparar os filhos para o colégio;
d) Limpar, limpar, limpar; lavar, lavar, lavar; arrumar, arrumar, arrumar;
e) Suspirar pela carreira desperdiçada; invejar as amigas que não casaram, que são independentes, que têm uma profissão;
f) Amaldiçoar o papel de mãe, mas
g) Correr cada vez que o filho chora, aos gritos de *Não chora, filhinho, a mamãe já vai aí!*

DEIXA A LUZ
ACESA, PAI

*T*eu filho te chama à noite: quer água. Você se levanta, vai lá, dá água para ele. Daí a pouco ele chama de novo: mais água. E de novo. E de novo. Você já está irritado, e mais que irritado, intrigado: onde, diabo, vai tanta água? Precisa uma hidráulica, só para ele! Mas lá pelas tantas o guri acaba dizendo o que ele quer mesmo: deixa a luz acesa, pai, ele pede, meio envergonhado.

Ah, então era isso. Medo do escuro. E aí? Que é que você faz?

Pode ser que você recuse. E por várias razões. Talvez você ache que homem não deve ter medo do escuro; ou que deve aprender a vencer este medo, como qualquer outro medo. Talvez você lembre sua própria infância: seu pai não permitia que a luz à noite ficasse acesa no quarto dos filhos. Energia não é barato, como sabemos, não são muitas as famílias que podem se permitir ter uma lâmpada queimando a noite inteira.

Pensando nesta e noutras coisas, você ordena ao garoto que durma, apaga a luz e volta para a cama, não sem antes resmungar qualquer coisa à sua mulher acerca da falta de fibra das novas gerações.

Mas aí você descobre que não consegue conciliar o sono. Tudo escuro, a casa em silêncio, mas você não pode dormir. É como se existisse uma luzinha, não é? Uma luzinha acesa em sua cabeça. Você pensa, por exemplo, em seus próprios temores, na escuridão que te amedronta, as incertezas do futuro (esse desemprego que anda por aí), as doenças, a morte. No fundo, você também gostaria de ter uma luz acesa em sua vida, uma luz cálida e brilhante, iluminando o caminho que você deve percorrer. Você pensa na luz; não na luz metafísica, na luz propriamente dita. Na lâmpada acesa, na energia que a incandesce e que viajou longa distância desde uma remota usina. Nessa usina, e à mesma hora, um obscuro operário está trabalhando para que você, e seu filho, e o filho dele também tenham luz. Pensando bem – é melhor deixar a luz acesa, não é? Você levanta da cama, acende a luz do quarto de seu filho – ele o mira espantado –, você lhe sorri, dá boa-noite e volta para a cama. Agora sim, você pode dormir tranqüilo.

A MAMADEIRA DAS
DUAS DA MANHÃ

Amigos me mandam um cartão; mostra um pai de pijama, barbudo, desfeito, segurando um bebê e a mamadeira. O cartão diz que muita coisa pode ser escrita a respeito da mamadeira das duas horas da manhã.

Presumindo que o pai barbudo seja eu, aceito o desafio: muita coisa pode ser dita a respeito da mamadeira das duas da manhã. Nem tudo é publicável, naturalmente, mas aqui vão algumas das reflexões que me ocorrem.

Às duas da manhã a maior parte das pessoas de bom senso costuma estar dormindo. Fazem exceção os boêmios, os guardas-noturnos, os poetas muito inspirados e algumas outras categorias profissionais. Supondo que você faça parte da maioria silenciosa: lá está você, mergulhado num sono reparador, sonhando com um cruzeiro de iate pelo Caribe. Está você encostado na amurada, ao lado de uma bela mulher que pode ou não ser a sua esposa, quando se ouve ao longe a sereia de um navio. Ruído incômodo, que você gostaria de não escutar; mas é impossível. Mesmo porque não se trata da sereia de nenhum navio. É o bebê, chorando. Está na hora da mamadeira.

A primeira coisa que acontece é uma discussão com sua mulher sobre quem deve ir atender o garoto. Nos tempos do chamado chefe de família, este debate não cabia: a mãe levantava e ia cumprir com sua obrigação. Hoje, quando as mulheres trabalham e estão conscientes de seus direitos, as coisas mudaram. Você argumenta, pondera os riscos do feminismo, alega que tem de trabalhar no dia seguinte, apela para os instintos maternais. Inútil. Pela escala estabelecida é a sua vez de levantar. Você atira o cobertor para o lado (um movimento que exige especial resolução quando a temperatura ambiente aproxima-se de zero grau) e parte para o empreendimento, não sem antes dar uma topada com o dedão no pé da cama, evento que não contribui em nada para melhorar o seu bom humor. Ainda que cambaleante, você chega ao berço e olha o bebê.

A disposição dele é completamente diferente da sua. O entusiasmo de seu choro é qualquer coisa de estarrecer. Se as massas oprimidas da América Latina gritassem deste jeito, você raciocina, as multinacionais estariam bem arranjadas.

O momento, contudo, não é para tais considerações. Você pega a mamadeira, que já está pronta – pelo menos previdentes vocês são – e a primeira coisa que faz é deixá-la cair no chão, onde imediatamente bilhões de bactérias tomam posse dela. Você tem de preparar outra mamadeira, usa para isto um frasco novo. Coloca lá dentro o leite, aquece-a, experimenta-a no dorso da mão, ignora a queimadura de terceiro grau que o líquido produziu, e vai firme para o bebê. Ele suga, esfomeado – mas aparentemente não consegue o que quer, porque continua gritando. O furo do bico é pequeno, você pensa, e aumenta-o. Nada. Você alarga mais o furo, transforma-o num rombo. Nada. Finalmente, você se lembra de tirar o disco de borracha que estava na base do bico. Agora sim, o leite jorra – como cascata, quase afogando o garoto. Você faz tudo de novo, e desta vez, sim, dá certo. O bebê toma o leite, enquanto você fica ruminando considerações sobre a vida, nenhuma delas particularmente otimista.

O fim da mamadeira é a sua libertação. Você pode voltar para a cama. Isto é, se o bebê permite. Há vezes em que ele continua chorando. Você tenta remédios para cólicas, você muda as fraldas (duvido que você ainda tenha vontade de comer abacate, depois de ver o que contêm) e o guri sempre chorando. Finalmente você é obrigado a concluir: você não sabe por que ele chora. Talvez a CIA consiga descobrir, mas você não tem o número do telefone deles. Quando você já está pensando em fazer as malas e fugir para o Irã ou o Pólo Norte, ele de súbito deixa de chorar. Assim mesmo: pára de chorar. Você suspira aliviado, toma o rumo da cama, dá a topada habitual e aí vê o relógio: sete horas. Está na hora de levantar.

Você faz a barba, toma banho, se veste, toma café – tudo isto com olhos fechados – e antes de sair você ainda dá uma olhada no bebê.

Dorme tranqüilamente, claro. E o sorriso que ostenta é definitivamente irônico e triunfante.

À PROVA D'ÁGUA

Há uma fase na vida de todo o garoto em que aquilo que ele mais desejaria é ser como os relógios Rolex: à prova d'água. É a fase em que o garoto acha que a pior idéia da mãe Natureza foi combinar dois átomos de hidrogênio e um de oxigênio para formar esta substância incolor, inodora, insípida – e altamente desagradável, para não dizer perigosa – chamada água. Nessa época, a paisagem ideal para os meninos é o deserto do Saara, aquela imensidão de areia sob um sol tórrido, sem nenhuma gota d'água. Nessa época, para os garotos, o Departamento de Água e Esgoto poderia tranqüilamente fechar as suas portas, as torneiras poderiam ser abolidas e os chuveiros jogados definitivamente no rol das coisas inúteis.

Na verdade, porém, tal abominação não se estende a toda a água, mas tem um propósito específico: evitar o banho que, de acordo com os preceitos da civilização ocidental moderna, deve ser diário. Para os garotos, um preceito ameaçador, contra o qual lutam com todas as suas forças. Arrastar um garoto para o banho é uma operação que exige a mobilização de toda a família, da comunidade, das forças vivas da nação, do exército, do Conselho de Segurança da ONU. Os gritos que então se produzem são de molde a fazer os vizinhos pensar que a crueldade de certos pais ultrapassa todo e qualquer limite.

Mas será que é com o banho mesmo a coisa? Não deve ser, porque piscina, tanque, mar, rio ou mesmo qualquer charco são aceitáveis. O problema é com aquele lúgubre reduto banheiro. O que o garoto não quer é ser encerrado no *box*, de cujo chuveiro jorra sobre ele o jato impiedoso. Ele não quer ficar limpinho, arrumadinho. Ele quer ser o demônio que corre pela rua, pelo quintal ou pelo *playground*, a cara preta de tanta sujeira; e, como demônio, ele odeia esta água purificada pelo cloro das hidráulicas e regulada pelas torneiras de metal brilhante. O que os garotos recusam, em síntese, é o processo civilizatório representado pelo banho. Para isto, eles têm razões até históricas.

Luís XIV, o Rei-Sol, tomava banho só de vez em quando; em sua época, acreditava-se que a água atravessava a pele e amolecia o corpo, causando doenças. Antes de 1850 os franceses, criadores dos mais célebres perfumes, não tomavam mais que um banho, em média, por ano. Mas então Pasteur populariza a idéia do micróbio e da doença transmissível, e a burguesia consagra a higiene como um dos elementos da ordem e da moral. O banho estava definitivamente instituído, e o banheiro se transformou em símbolo de *status*, como o demonstram os anúncios de apartamentos com banheiras de hidromassagem.

Não para os garotos, que não se deixam seduzir pela propaganda de sabonetes, de xampus, de desodorantes. Talvez a tática com eles deva ser outra. Talvez se deva proceder como na Idade Média, em que o cavaleiro, para ser admitido na chamada Ordem do Banho, tinha de ser convenientemente lavado e esfregado – ao menos uma vez na vida. Já que o banho não pode ser uma ordem, porque não a Ordem do Banho? É banho, enfim. Desde que não seja com armadura.

VOU-ME EMBORA DESTA CASA!

Existe alguma coisa pior do que ter quatro anos e brigar com o pai?
(Existe: é ser pai e brigar com o filho de quatro anos. Mas isto a criança só descobre muitos anos depois.)
Para um garoto de quatro anos, brigar com o pai, ou com a mãe, significa romper com o mundo. Uma ruptura aliás freqüente, porque há poucas coisas que um guri goste mais de fazer do que brigar. Ele briga porque quer comer e porque não quer comer; porque quer se vestir ou porque não quer se vestir; e porque não quer tomar banho, não quer dormir, não quer juntar as coisas que deixou espalhadas pelo chão. E porque quer uma lancha com pilhas, e uma bicicleta, e uma nave espacial – de verdade. Todas estas coisas geram bate-boca, ao final do qual o garoto diz, ultrajado:
– Ah, é? Pois então...
Pois então o quê? Um país pode ameaçar outro com mísseis, ou com marines, ou com bloqueio; um adulto diz que vai quebrar a cara do inimigo; mas, um garoto, pode ameaçar com quê? Com o único trunfo que eles têm:
– Eu vou-me embora desta casa!
Ao que, invariavelmente, os pais respondem: vai, vai de uma vez. Ué, mas não seria o caso de eles suplicarem,

não meu filho, não vai, não abandona teus velhos pais? Meio incrédulo, o guri repete:
— Olha que eu vou, hein?
Vai, é a dura resposta. E aí o menino não tem outro jeito: para salvar a honra (e como têm honra, os garotos de quatro anos!) ele tem de partir. Começa arrumando a mala: numa sacola de plástico, ele coloca os objetos mais necessários: um revólver de plástico, os homenzinhos do Playmobil (aos quatro anos, o *kit* de sobrevivência é notavelmente restrito).
Enquanto isto, os pais estão jantando, ou vendo TV, aparentemente indiferentes ao grande passo que vai ser dado. O que só reforça a disposição do filho pródigo em potencial: esses aí não me merecem, eu vou-me embora mesmo.
Mas, para onde? para onde, José? Manuel Bandeira pode ir para Pasárgada, onde era amigo do rei; aos quatro anos, contudo, a relação com a realeza é muito remota. O guri abre a porta da rua (essas coisas são mais dramáticas em casas do que em apartamentos); olha para fora; está escuro, está frio, chove. Ele hesita; está agora em território de ninguém, tão diminuto quanto o é a sua independência. Ir ou não ir? Nem Hamlet viveu dilema tão cruel. Lá de dentro vem um grito:
— Fecha essa porta que está frio!
Esta é a linha-dura (pai ou mãe). Mas sempre há um mediador — pai ou mãe — que negocia um recuo honroso:
— Está bem, vem para dentro. Vamos esquecer tudo!
O garoto resiste, com toda a bravura que ainda lhe resta. Por fim, ele volta, mas sob condições: quando o pai for ao Centro, ele trará um trem elétrico, desde que não seja muito caro, naturalmente. A paz enfim alcançada, o garoto volta para dentro. Até a próxima briga.
Quando, então:
— Eu vou-me embora desta casa!

OS SONS DO AMOR

*E*m português, é mãe. Em inglês, *mother*, em francês, *mère*, em espanhol, *madre*, em italiano, *mamma*, em alemão, *mutter*. Em galês, *mam*, em hebraico, *ima*, em russo, *mat*, em mongol, *eme*, na língua dos índios Crow, *marake*. Não é curioso que a mesma letra figure nas palavras que, em diferentes idiomas, designam aquela que nos deu a vida? Não, não é curioso. É explicável. Os primeiros sons que a criança aprende a emitir – as consoantes labiais, como o m, o p (olha o pai) e o b – lembram o fato de que os lábios são a primeira parte do corpo que o bebê usa, no ato da amamentação; aliás, é evidente a semelhança entre as palavras mãe e mamar. E não é interessante que a mãe de Jesus se tivesse chamado Maria, ou, em hebraico, Miriam, com um m no começo e outro no fim?

A letra m divide o alfabeto em duas metades (outra palavra que começa por m); a letra m está no meio da palavra ama, porque nosso primeiro amor é esse, o amor à mãe – primeiro e duradouro, como sabem todos os Édipos deste mundo.

* * *

No início de nossa vida somos o amor às nossas mães, somos a mucosa de nossos lábios. Mas crescemos, criamos dentes. Aprendemos a emitir novas consoantes, aquelas que são condicionadas pela arcada dental e pela gengiva: o d, o n, o t, letras que estão na palavra dente, como é fácil perceber. Aprendemos a morder; aprendemos a pronunciar a palavra dinheiro, que começa com d, a palavra não, que começa com n, a palavra traição, que comeca com t. Tornamo-nos duros como nossos dentes; somos incisivos em nossos pronunciamentos, caninos quando necessário, e às vezes moemos os outros como se fôssemos molares.

* * *

Mas o leite que sugamos das mamas maternas ainda está em nós, incorporado às fibras mesmo de nosso ser. Temos em nós o potencial para o amor; e um dia o amor desperta em nós. Pelo amor, nos entrosamos no misterioso e infinito fluxo da existência; o afeto que recebemos agora terá outro objeto, mulher ou homem, filho ou filha. Mas este amor só será completo se o m que nele figura for também o m de mãe; em outras palavras, se estamos dispostos a cuidar como fomos cuidados. Porque amar é cuidar; cuidar ajuda a cicatrizar as feridas deixadas pelos dentes da vida. Para cuidar, para curar, não precisamos ter nenhum treinamento especial. Tudo que necessitamos é ter dito, um dia, a palavra mãe. Tudo que necessitamos é ter ouvido, um dia, os sons do amor.

QUANDO EU TINHA A TUA IDADE

Ai, Senhor, não nos deixe cair na tentação de dizer ao nosso filho ou à nossa filha qualquer coisa que comece com "Quando eu tinha a tua idade..."
Dificilmente haverá, nas sempre difíceis relações entre pais e filhos, frase mais perigosa. Para começar, ela alarga o *gap* entre as gerações, este fosso que separa adultos de crianças ou adolescentes, e cuja largura, nesta era de rápidas transformações, se mede em anos-luz. No entanto, os pais a usam. É uma coisa automática, pavloviana, inevitável. Olhamos o quarto desarrumado e observamos: "Quando eu tinha a tua idade, fazia a cama sozinho". Examinamos o tema para casa e sacudimos a cabeça: "Quando eu tinha a tua idade, não cometia esses erros de ortografia. E a minha letra era muito melhor".
Sim, a nossa letra era melhor. Sim, íamos sozinhos até o centro da cidade. Sim, aos dez anos já trabalhávamos e sustentávamos toda a família. Sim, éramos mais cultos, mais politizados, mais atentos. Conhecíamos toda a obra de Balzac, entoávamos todas as sinfonias de Beethoven. Éramos o máximo.
Mas éramos mesmo? Se entrássemos na máquina do tempo e recuássemos algumas décadas, será que teríamos

a mesma impressão? Sim, íamos até o centro da cidade – mas a cidade era menor, mais fácil de ser percorrida. Sim, trabalhávamos – mas havia outra alternativa? Cada geração recorre às habilidades de que necessita. Nós éramos mecânicos, ou eletricistas; nossos filhos são eletrônicos. Sabíamos usar um martelo ou consertar um abajur, mas eles dedilham um computador com a destreza de um virtuose. Nós jogávamos futebol na várzea, aquele vasto descampado à nossa disposição; mas agora que a febre imobiliária acabou com os terenos baldios os garotos fazem prodígios com o *skate* nuns poucos metros quadrados. Se você acha que é fácil, experimente equilibrar-se numa prancha com rodinhas. É pior do que equilibrar o orçamento doméstico.

Bem, mas então não podemos falar aos nossos filhos sobre a nossa infância? Será que este é um assunto tabu?

Longe disto. Há uma coisa que podemos compartilhar com nossos filhos; os sonhos que tivemos, e que, na maioria irrealizados (ai, as limitações da condição humana), jazem intactos, num cantinho de nossa alma. São estes sonhos que devemos mobilizar como testemunhas de nosso diálogo com os jovens. E é certo que eles nos ajudarão. Fale a uma criança sobre aquilo que você esperava ser, fale de suas fantasias, e você verá como seus olhos brilham.

Complete a frase, pois, deixando falar o coração:

– Quando eu tinha a tua idade, meu filho, eu era criança como tu. E era bom.

O DESTINO TATUADO

A tatuagem é um pequeno *outdoor* na pele, um anúncio que os jovens fazem a respeito daquilo que acham bonito ou importante. Um pouco como os grafites que tanto incomodam os moradores das grandes cidades; só que, diferente dessas inscrições, a tatuagem tem a pretensão de durar para sempre. É a sua grandeza, mas é também a sua miséria. Diferente da maquiagem – que pode fazer milagres; ver Regina Duarte em *Chiquinha Gonzaga* –, a tatuagem não pode ser epidérmica. A pele deve ser rompida, o pigmento tem de chegar às camadas mais profundas dela. Um processo traumático, e não isento de riscos, nesta época de Aids e hepatite. Mais difícil que fazer a tatuagem é removê-la: para isso é preciso uma técnica especial, complicada e dispendiosa. "La donna è mobile", diz a ópera; a mulher, e o homem, podem ser inconstantes. A tatuagem não é. Realizando os sonhos de todas as ditaduras, ela veio para ficar. É bom lembrá-lo, porque, em geral, quem se tatua são os jovens – que, muitas vezes, mudam de idéia. Sobretudo em questões de namoro.

Amigo meu tem um filho tatuado. Não é preciso dizer que essa tatuagem motivou um conflito familiar de proporções. Quando o rapaz chegou em casa, pedindo dinheiro para ir a um tatuador profissional, o pai estrilou: de maneira alguma financiaria aquela maluquice. O filho lançou mão de um argumento romântico: não se tratava de uma simples tatuagem, era uma coisa simbólica, algo como o contrato de casamento dos pais: o nome que ele queria tatuar sobre o imenso bíceps era o da namorada, Patrícia. O pai não se deixou convencer: ponderou que o amor é volúvel, que as pessoas mudam de idéia. A isso o apaixonado reagiu indignado: com ele não seria assim, Patrícia era a moça com a qual ele queria ficar para sempre. Conhecedor do significado do verbo "ficar" entre os jovens, o pai achou que "ficar para sempre" era uma contradição em termos. Mas não quis prolongar uma discussão que poderia terminar mal. Deu o dinheiro.

O rapaz fez a tatuagem – não muito criativa, um coração com o nome Patrícia dentro – e, durante algum tempo, aquilo foi motivo de orgulho. Depois acabou acontecendo o que o pai previra: os namorados brigaram. E o filho, crista baixa, veio de novo pedir dinheiro, agora para remover o nome da ingrata.

O que o pai recusou. Isso vai te servir de lição, disse, e o rapaz teve de ficar calado.

Mas não se deu por achado. Está em busca de uma outra Patrícia que, essa sim, será a mulher de sua vida. Considerando que o nome não é tão raro, até que ele tem chances. Muito pior seria se estivesse atrás de uma moça chamada Fredegunda.

O MANIFESTO
DOS SEM-NETOS

O que torna o lobo realmente mau, na conhecida história, não é o seu plano de traçar a Chapeuzinho Vermelho. Mesmo que se o acuse de pedófilo, trata-se de um desejo compreensível, ao menos em lobos. O que é imperdoável no vilão, contudo, é o fato de que ele come a vovó. Isto caracteriza a sua maldade, porque vovós são a própria imagem da ternura, da delicadeza, da bondade – tanto que há um dia dedicado a elas: é o 26 de julho. Notem que existe um Dia da Vovó, mas não existe um dia do vovô; porque neste binômio a figura feminina é muito mais importante. Quando nos referimos aos dois, falamos nos avós. O pai e a mãe são os pais, o tio e a tia são os tios, o irmão e a irmã são os irmãos, mas o avô e a avó são os avós. Um plural muito significativo.

* * *

As relações pais-filhos são tema de uma enorme quantidade de livros e publicações. Mas a relação entre avós e netos é muito menos estudada. Nem por isso é menos interessante.

No passado, à época da família extensa, todo mundo morando numa casa só, os avós eram parte da família, e meio que se confundiam com os pais. Mas aí a vida ficou mais difícil, as casas, e sobretudo os apartamentos, ficaram menores, e passaram a servir de moradia só para a família nuclear: pais e filhos. Os avós não raro moram longe – no caso dos Estados Unidos, num lugar de clima ameno como a Flórida. A comunicação passa a ser esporádica. Um levantamento feito há alguns anos mostrava que 40% dos avós americanos viviam a longa distância dos netos.

Agora, temos uma situação diferente. Às vezes acontece que as pessoas subitamente se tornam avós, por causa da gravidez na adolescência (a cada ano, cerca de 15 milhões de garotas se tornam mães, no mundo). Mais freqüentemente, porém, a idade da procriação vai sendo postergada. Os estudos se prolongam: a graduação, a pós-graduação, o doutorado. O mercado de trabalho é complicado. Resultado: os jovens não casam. E não têm filhos. É uma adolescência cada vez mais prolongada.

* * *

E isto gera uma inquietação nos pais, os potenciais avós. Chega uma fase na vida em que as pessoas começam a ter saudade da época em que cuidavam de crianças. Não têm saudades de trocar fraldas ou de levantar às quatro da manhã para preparar a mamadeira. Mas têm vontade de brincar de vez em quando com um bebê, ou levar um garotinho a passear no parque. Mas para isso dependem dos filhos. Que resistem a todas as indiretas: "Escutem, vocês não estão pensando em...?". A resposta é um desanimador "parem com isso, não se metam na vida da gente".

Talvez o melhor seja um ataque direto, à maneira dos movimentos de reivindicação. Talvez os jovens profissionais, as jovens doutoras, tenham de ser colocados contra a parede. E de forma organizada, por um Movimento dos Sem-Netos (MSN). Um movimento que tenha bandeira, que tenha plataforma, e que, sobretudo, tenha um manifesto. Mais ou menos assim:

"Nós, autodenominados sem-netos, viemos a público para denunciar a injustiça de que estamos sendo objeto. Um importante direito nos está sendo negado, um direito que está implícito na paternidade e na maternidade: o direito a ter netos. Queremos netos. Queremos que nossos filhos tenham filhos. Queremos receber em casa crianças, e não só porque os genitores foram ao cinema. Queremos preparar almoços, jantares e lanches (substanciais). Queremos ler historinhas infantis e tocar nossos discos de vinil com cantigas de roda. Queremos mostrar nossos álbuns de fotos. Queremos sentar no tapete e brincar. Queremos que nossas casas se transformem naquele refúgio para os jovens brigados com os pais. Queremos dar conselhos e recomendações. Queremos ser chamados de velhos chatos. Queremos que desarrumem nossas casas, que devastem nossas geladeiras. Avós unidos, jamais serão vencidos, muito menos por filhos relapsos!"

A MÃE DE EVA

Convenhamos: não é exatamente grandioso o papel da primeira mulher na Bíblia. Para começar, Eva é criada depois de Adão, e a partir de uma costela – querem osso mais humilde? – deste. Seu papel, explicitado no monólogo de Jeová ("Não é bom que o homem esteja só"), é prover companhia a Adão. Ou seja: uma função basicamente auxiliar. Mas aí Eva, induzida pela serpente, resolve tomar uma iniciativa, experimentando o fruto proibido, que depois Adão come também. Deus castiga o casal, mas agora começa pela mulher: "Entre dores darás à luz os filhos".

* * *

Ou seja: a maternidade é anunciada como punição. Até aquele momento, Eva nada sabia de gravidez, pela simples razão de que até aquele momento o primeiro homem e a primeira mulher nada sabiam de sexo. Andavam nus, mas não se envergonhavam; nem, claro, se excitavam. O fruto proibido é a metáfora para o despertar do sexo, cujas conseqüências eram, para ambos e para Eva principalmente, completamente desconhecidas. Mas ela não se assusta, não se rebela. Continua a Bíblia: "O homem conheceu Eva". Entre parênteses, é fantástico o uso do verbo "conhecer" como metáfora, porque conhecimento é exatamente isso, penetrar na intimidade das pessoas e das coisas. Eva concebe e dá à luz. Em meio a dores, decerto, mas não sem gratidão: "Ganhei um homem com a ajuda do Senhor". Depois ela dá à luz Abel (e ainda Set) e desaparece para sempre. Nada sabemos do seu sofrimento naquela terrível passagem em que Caim mata Abel. Aliás, nada sabemos de seu sofrimento em geral. Mas não é difícil imaginá-lo. Pensemos nessa pobre moça no momento do parto. Por quem grita uma parturiente nessa hora? Por quem gritamos, em última instância, todos nós? Pela mãe. A mãe é, nesta Terra, o refúgio, o consolo, a ajuda. Eva, porém, não tem mãe. Ela tem, como Adão, um Pai – distante, severo. A mãe, que poderia lhe ter ensinado sobre a gravidez e o parto, a mãe que poderia estar ao lado dela nesse momento crucial, a mãe é uma abstração (ou, pior ainda, a mãe é uma costela).

* * *

De jovem afoita que era, Eva torna-se mulher. E assume uma dimensão grandiosa no momento da maternidade. Deve ter tido aí a visão de todos esses bilhões de criaturas, que incluem de Bush ao mendigo da esquina, de Gisele Bündchen à faxineira. Todos, indiretamente, seus filhos.

Mas ela própria não teve mãe. Não houve uma mulher em cujo colo ela pudesse sentar, cuja mão pudesse beijar, molhando-a de lágrimas. Eva nunca pôde comprar um presente do Dia das Mães. No entanto – notem o paradoxo – é este mudo sofrimento que mais a qualifica como uma figura materna. Mãe é isto: é agüentar em silêncio as dores do mundo, sem se queixar, sem ter a quem recorrer – e ainda agradecendo ao Senhor.

O OLHAR DA CRIANÇA SOBRE O MUNDO

Infância se traduz na agitação, no riso fácil, na energia ilimitada – mas infância se traduz sobretudo no olhar que as crianças lançam sobre o mundo, olhar este que as câmeras fotográficas (cada vez mais freqüentes, nesta época de triunfo da imagem) não cessam de registrar. Olhem fotos e constatem: há uma diferença entre o olhar da criança e o olhar do adulto, uma diferença que, claro, não surge de repente, mas que vai se consolidando com os anos – como as rugas, como as dores articulares, como a calvície. E como é o olhar da criança?

* * *

Em primeiro lugar, ele é límpido. Límpido como água de fonte, puro como água de fonte. E porque é límpido, nada revela sobre a própria criança, a não ser inocência. A criança faz do olhar o uso mais inocente possível. Diferente do adulto.

O olhar do adulto é turvo. Ou, se quisermos, é um olhar que, com o tempo, vai se turvando, como a lama sedimentada no fundo turva a água de uma fonte. E o que turva o olhar do adulto? A desconfiança. A suspeição. Será que este cara está mesmo dizendo a verdade, ou será que ele está me enrolando? Será que esta mulher gosta de mim, ou será que está atrás do meu dinheiro? A contrapartida da desconfiança, da suspeição é a dissimulação, a safadeza: vou enganar este cara antes que ele me engane, vou liquidá-lo antes que me liquide. Mas safadeza e dissimulação acabam aparecendo no olhar turvo. Como a icterícia, o derrame de bile, que tinge a esclerótica de amarelo. Em inglês a expressão *jaundiced eye*, olho amarelado, é sinônimo de uma visão preconceituosa (a bile, como se sabe, é o humor dos raivosos, dos ressentidos).

Em segundo lugar, o olhar da criança é buliçoso. Está em permanente movimento, descobrindo coisas curiosas aqui e ali: um passarinho, um objeto estranho, um homem engraçado.

O olhar do adulto é fixo. Ele se concentra nas coisas que interessam. O campo de visão do adulto é sempre restrito, como restrito vai ficando seu mundo: restrito em termos de relações humanas, restrito em termos de ideais, de propósitos.

* * *

Em 1963 estreou um filme tcheco que fez, à época, grande sucesso. Chamava-se *Um Dia, um Gato*. Contava a história de um gato que, mediante o uso de óculos especiais, conseguia perceber as pessoas tais como elas eram.

Nós, adultos, precisaríamos de óculos igualmente poderosos, mas dotados de um poder diferente. Óculos que não nos dessem a verdade nua e crua (muitas vezes insuportável), mas que nos devolvessem a capacidade de enxergar o mundo tal como visto pelas crianças que um dia fomos. Óculos capazes de anular a amargura, o ressentimento. Óculos capazes de restaurar a limpidez do olhar. Óculos capazes de alargar a nossa visão para incluir nela aquilo que menosprezamos, aquilo que ignoramos, aquilo a que renunciamos por falta de crença, de fé. Óculos assim não são encontráveis em qualquer óptica, nem estão ao alcance da técnica oftalmológica, por mais avançada que ela seja. Óculos assim existem em nossos sonhos.

Eles só aparecem quando enrugadas pálpebras fecham-se sobre tensos e cansados globos oculares. Quando o relógio do tempo volta atrás e conseguimos, nos sonhos, recuperar por alguns instantes a criança que um dia fomos.

NÓS, OS ÓRFÃOS

Acometido da pneumonia que, afinal, viria a levá-lo, meu pai tinha visões. Algumas o perturbavam muito, mas havia uma que parecia consoladora: ele revia seus pais, Marcos e Ana. Assim mesmo: aos 92 anos, próximo ao fim, meu pai buscava ainda a imagem daqueles que dele haviam cuidado em criança.

É que nunca deixamos de ser crianças. Com o tempo, vamos nos tornando crianças envelhecidas, engelhadas; mas a nossa fragilidade continua sendo a da infância, a nossa carência continua sendo a da infância. Na cena mais pungente dos Evangelhos, Jesus, crucificado, brada a Deus em desespero: "Por que me abandonaste?" Notem que essas palavras (*Eli, Eli, lama sabachtani*) são pronunciadas, não no litúrgico hebraico que era a língua dos sacerdotes e dos escribas, mas no aramaico falado pelo povo. Em nenhum momento Jesus é mais humano. A sua pergunta é também um queixume: desamparado, ele se vê só diante do medonho desfecho. Abandonado até mesmo pelo Pai Celestial.

Os pais nos abandonam, sim. Para nosso terror, eles se vão, para sempre. Cometem a suprema falta, a suprema traição, de morrer e de nos deixar. De repente, somos órfãos. E nós, os órfãos, constituímos uma irmandade patética, espalhada pelo mundo inteiro. Varia a nossa idade, varia o nosso grau de instrução, o nosso *status* social. O que não varia é essa perplexidade que, a partir da orfandade, será um constante componente de nosso olhar vago, perdido. A falta dos pais é uma lacuna que nada pode preencher e que remete ao absurdo mesmo da existência. É claro que continuamos vivendo, continuamos trabalhando, continuamos comendo, fazendo amor, indo ao cinema. Porque a vida, felizmente, é maior do que nós, e de algum jeito vai nos carregando em sua torrente impetuosa. Mas muitas vezes, no meio da noite acordaremos e, olhar esgazeado, formularemos em silêncio a pergunta para a qual a vida jamais dará qualquer resposta: meu pai, meu pai, por que me abandonaste?

A CHAVE DA CASA

Pais preferiam ficar acordados para abrir a porta a fornecer a chave da casa antes da hora. A chave não era só uma chave. Simbolizava autonomia.

Folha Equilíbrio (Anna Veronica Mautner),
13 de dezembro de 2001

Filho único de mãe viúva, ele tinha a clara noção do que era ser controlado. Meu filho, coma mais um pouco, você está muito magro. Meu filho, abrigue-se, está chovendo, você pode ficar resfriado. Meu filho, estou lhe achando estranho, você não está doente?

Ele aceitava tudo isso, mesmo porque reconhecia o esforço da mãe. Costureira, ela dava duro para sustentar a casa, pagar seus estudos. Mas sabia que em algum momento teria de lutar por sua independência. Em algum momento teria de provar que era um ser humano autônomo, disposto a seguir o seu próprio caminho. E assim, um dia, pediu a chave da casa. Não era sem tempo, diga-se de passagem: já estava com 18 anos, era o único em seu círculo de amigos para quem a mãe tinha de abrir a porta quando ele voltava (não muito tarde: para ela, meia-noite era o horário limite, a partir do qual tudo de horrível podia acontecer).

Para sua surpresa, a mãe, ainda que relutante, concordou com o pedido e deu-lhe uma cópia da chave. Que ele não chegou a usar. No momento em que, voltando para casa, ia introduzir a chave na fechadura, a porta se abria: era a mãe, que ali estava à sua espera. Você sabe que não durmo enquanto você não chega, dizia, à guisa de desculpa. Ele protestava: mas é um absurdo, mamãe, você ainda acordada, amanhã você tem de trabalhar. No fundo, porém, ficava contente com isso. Como sempre acontece nessas situações, havia uma espécie de cumplicidade entre eles.

Mas a cumplicidade terminou: a mãe adoeceu e, depois de uma longa agonia, acabou falecendo. Ele ficou inconsolável. Pensou até em mudar de casa, mas não conseguiu fazê-lo: seria uma traição. De modo que ali ficou, às voltas com doces e penosas lembranças. Os anos passaram, e tudo indicava que permaneceria um solteirão, mas um dia conheceu uma moça cujo sorriso lhe lembrava muito o de sua falecida mãe. Não só por causa disso, claro, mas sobretudo por causa disso, apaixonou-se por ela. Casaram-se e foram morar na casa dele. A ela, a idéia não agradara muito, mas a verdade é que se tratava de uma solução prática, como ele fez questão de frisar.

Ao cabo de dois anos, o sorriso desaparecera do rosto dela. O que ele via, agora, era uma carranca: brigavam muito e por coisas de menor importância. Uma noite, furioso, ele saiu de casa. Seu propósito era procurar uma mulher, qualquer mulher, e cair na farra. Não o conseguiu, obviamente. Por causa da chave: ela lhe lembrava que, afinal, tinha obrigações com a esposa e que precisava voltar para casa. Foi o que fez, às cinco da manhã. Mas, para sua surpresa, não pôde entrar: enquanto ele estivera fora, ela mandara trocar a fechadura.

Separaram-se, ela ficou com a casa, ele mora num minúsculo apartamento. Mas ainda conserva a antiga chave. Não sabe se é um talismã ou uma maldição. Na dúvida, fica com ela.

333

VIDA E CONTROLE

Dar ou não um celular para controlar o filho?
Folha Equilíbrio (Rosely Sayão), 1º de novembro de 2001

Órfão, pobre – sustentava-se com seu magro salário de *office-boy* –, Pedro orgulhava-se de uma única habilidade: sabia imitar como ninguém a voz de qualquer pessoa. No emprego, quando o patrão não estava e havia um telefonema que precisava ser respondido, era a Pedro que confiavam a tarefa, da qual ele sempre se saía bem. Embora fosse habitualmente tímido, ao telefone – e quando estava imitando alguém – mostrava uma desenvoltura surpreendente. Era capaz de ficar horas falando. Sem dizer nada. Ou inventando histórias.

De vez em quando Pedro era procurado por alguém que precisava exatamente disso, de uma voz substituta. Eram situações não raro inusitadas; por isso ele não estranhou quando, um dia, à saída do escritório, foi abordado por um rapaz que teria mais ou menos a sua idade, 25 anos, e que necessitava de seus serviços. A história era simples: o rapaz era do interior, mas estudava na capital. Por causa disso, a família dera-lhe um celular, que, obviamente, era não apenas um instrumento de comunicação, mas de controle. Desse controle, o rapaz queria se livrar – por três dias. Vou viver uma aventura, disse, com um sorriso misterioso, e não quero ser incomodado. Como de costume, Pedro não pediu detalhes. Limitou-se a dar o preço, que o rapaz aceitou sem vacilar: indagou apenas se alguma sessão de treinamento seria necessária. Pedro disse que não: já lhe tinha incorporado a voz. Só pediu, naturalmente, as informações indispensáveis para manter um diálogo familiar. O rapaz, muito organizado, entregou-lhe uma espécie de dossiê, com tudo o que Pedro necessitava saber a seu respeito.

Recebeu o celular e, tal como o esperado, no mesmo dia já estava tocando: era a mãe do rapaz. Pedro conversou longamente com ela, comentou o tempo, falou de um filme que estava em cartaz. A senhora até se admirou: como você está falante, meu filho, você nunca falou tanto ao celular. Mais tarde, o celular tocou de novo, e desta vez era o pai do rapaz. E depois a irmã. E o cunhado. Todos queriam falar. E todos mostravam-se admirados.

Durante três dias Pedro conviveu, por assim dizer, com aquela família. Mas então o rapaz voltou e ele teve de devolver o celular. Na hora do pagamento, disse que não queria receber dinheiro. Pedia apenas um favor: que o outro lhe deixasse, de vez em quando, usar o celular. Queria ter, nem que fosse por alguns minutos, a sensação de pertencer a uma família. De ser amado por alguém.

COMEÇANDO
A VIDA SEXUAL

Jovem deve iniciar vida sexual em casa?
Folha Equilíbrio (Rosely Sayão), 2 de agosto de 2001

*E*ra já um longo, e pouco inspirado, casamento. Convencionais, ambos contentavam-se com um mínimo de sexo, o suficiente para que nascessem três filhos, dos quais dois moravam no exterior. O caçula, com 23 anos, continuava em casa. E era uma fonte de embaraços. Não hesitava em trazer as namoradas para casa. E não hesitava em promover verdadeiras orgias. No começo os constrangidos pais só tomavam conhecimento desses folguedos pela música alta, as risadas, os gritinhos – isso porque a porta do quarto do filho ficava fechada. Mas a coisa foi num crescendo; não só a porta permanecia aberta, como o alegre par (quando era par, porque às vezes ele trazia duas moças, gêmeas) corria pela casa, sem roupas.

Os pais não sabiam o que fazer. Às vezes pensavam em reclamar – do barulho, ao menos –, mas não tinham coragem para tanto. No fundo, consideravam-se, ambos, quadrados; e ficavam se perguntando se os arroubos do rapaz não eram apenas a expressão de uma sexualidade normal, sadia. Porque a verdade é que outros motivos de queixas não tinham. O filho, universitário, era excelente estudante, cumpridor de suas obrigações. Mais que isso: não fumava, não bebia, não usava drogas. E, por último, mas não menos importante, era extremamente carinhoso com os pais.

— Eu não vou fazer como os ingratos dos meus irmãos — dizia. — Não vou abandonar vocês.

Uma declaração que os pais recebiam com indisfarçada gratidão. Entrando na velhice, os dois prezavam a companhia do jovem. E achavam que as ruidosas festinhas eram um razoável preço a pagar pelo generoso afeto filial.

Uma noite, porém, aconteceu uma coisa inesperada. Voltando do cinema, os dois constataram que estavam sem a chave. Tocaram a campainha. A porta entreabriu-se, o rosto sorridente do filho apareceu. Disse que estava com uma nova namorada, moça meio tímida. Será que os pais não se importavam de voltar dali a umas duas horas? Poderiam tomar algo num bar...

Foram. Caminhavam pela rua, ainda desconcertados, quando de repente o homem teve uma idéia. Apontando um hotel à sua frente, disse à mulher:

— Nós vamos passar a noite ali.

Foi o que fizeram. E foi uma grande noite. Tudo o que haviam reprimido ao longo da vida de casados explodiu naquele quarto. Uma celebração do amor conjugal.

De manhã, voltaram para casa:

— Onde é que vocês estavam? — perguntou o filho, intrigado.

Eles se olharam, sorriram e ficaram em silêncio. Há coisas no sexo que os jovens nem sempre entendem.

A POLIGAMIA NÃO
É MAIS AQUELA

Mórmon com 5 mulheres sofre processo em Utah por poligamia.
Mundo, 15 de maio de 2001

*E*m sua sentença, o juiz foi categórico: a poligamia teria de ser abolida. A prosseguir a prática, breve as mulheres dos polígamos seriam tão numerosas que teriam de usar crachá – caso contrário os maridos não se lembrariam dos nomes. O réu teria, portanto, de optar por uma das suas cinco mulheres.

Mas isto era um problema para ele. Amo-as todas de maneira igual, disse, não posso fazer essa escolha. O juiz insistiu: uma única mulher – ou cadeia. A decisão estava nas mãos do próprio réu.

Foi então que este lembrou a história de Salomão. Como se sabe, o rei bíblico – famoso por sua sabedoria – certa vez teve de julgar um caso difícil: duas mulheres haviam dado à luz ao mesmo tempo e no mesmo local. A criança de uma delas morrera e agora as duas lutavam pelo bebê sobrevivente. É meu, gritava uma. Não, é meu, berrava a outra. Salomão então ordenou a um guarda que cortasse a criança pelo meio, entregando as metades às mulheres. Uma delas nada disse, mas a segunda, em prantos, pediu que entregassem a criança viva à outra. Tu és a verdadeira mãe, foi a conclusão de Salomão.

O polígamo sugeriu que o juiz anunciasse a mesma coisa: ele seria dividido em cinco pedaços, cabendo um pedaço a cada esposa. Esperava que uma delas, como a mulher na história do rei Salomão, protestasse. Mas não foi o que aconteceu. O juiz deu a suposta sentença – e as mulheres continuaram impassíveis. O magistrado repetiu o que tinha dito – e nada. As mulheres, quietas.

Ele divorciou-se das cinco. E diz, para quem quer ouvir, que a poligamia não é mais aquela.

OS BRINQUEDOS
EM SEU LIMBO

Aonde vão os brinquedos quebrados?
Folhinha, 13 de dezembro de 2003

Ela passou a vida na mesma casa, uma enorme e luxuosa mansão situada num bairro aristocrático da cidade. Ali nasceu, ali passou a infância. Quando casou, o marido quis morar num apartamento moderno. Ela recusou. O pretexto era a necessidade de cuidar dos pais, já idosos, mas a verdade é que não conseguia se afastar do casarão, mesmo que este já não fosse prático. A principal razão para isso estava no sótão. Sim, a casa era tão antiga que ainda tinha sótão, ao qual se chegava por uma escadinha. Esta terminava numa espécie de alçapão que, levantado, dava passagem ao sombrio recinto. Ali estavam móveis antigos, baús com velhas roupas, objetos diversos sem serventia. E ali estavam os brinquedos dela.

Muitos brinquedos. Filha única, havia sido mimada pelos pais, desde criança. A mãe, inclusive, guardara para ela as suas próprias bonecas, belíssimas, sofisticadas. Às bonecas se haviam juntado os ursinhos de pelúcia, os cavalinhos, os cachorrinhos. Mas na mão da garota os brinquedos não duravam muito, mesmo porque serviam como válvula de escape para sua agressividade. Cada vez que ficava zangada, arremessava uma boneca, ou um ursinho, contra a parede. E as bonecas despedaçadas e os ursinhos rasgados tinham um destino comum, o sótão. Uma espécie de limbo, como dizia o pai, um homem calmo e resignado. Agora os pais já faleceram e os brinquedos de há muito sumiram: estão todos no sótão. Onde acumulam poeira e talvez sirvam de companhia para os ratos. A cada dezembro o marido lhe faz uma proposta: vamos doar aquilo tudo para uma instituição de caridade. Proposta que ela recusa.

Como recusa subir ao sótão. Mas, em seus pesadelos, vê os brinquedos reunidos. Eles falam, como acontece nos contos de fada. E de quem falam? Dela, claro. Da ingrata dona que está a apenas uns metros de distância, mas não quer vê-los. Não quer retornar à sua infância.

Os brinquedos, porém, não têm pressa. Sabem que um dia, movida por um impulso irresistível, ela subirá, como um autômato, a escada do sótão. Depois que entrar, o alçapão se fechará para nunca mais abrir. Ela então sentará no chão. Rodeada pelas bonecas e pelos ursinhos, que a fitarão impassíveis, ela lhes fará a pergunta que, desde há muito, tem em sua mente: qual o sentido da vida?

O silêncio será a resposta. A menos que um daqueles velhos gatinhos consiga ainda emitir um débil miado.

ANO-NOVO, VIDA NOVA

A dona de casa Maria do Socorro Teixeira Moreira não tem certeza da data de nascimento de seu filho mais velho. O menino não tem uma certidão de nascimento; na comunidade em que vivem (Caucaia, região metropolitana de Fortaleza), é comum a demora no registro. Maria não registrou o filho porque o pai deste não quis reconhecer a paternidade.

Cotidiano, 18 de dezembro de 2003

Ele nunca soube a data exata de seu nascimento. Interrogou a mãe várias vezes a respeito, mas, por mais que ela se esforçasse, não conseguia lembrar. Tinha memória fraca, em primeiro lugar. E depois, eram muitos filhos, muita coisa em que pensar. Simplesmente não recordava. O que o deixava muito triste: eu sou o único cara no mundo que não tem data de aniversário, pensava.

Um dia, porém, tomou uma decisão, uma decisão que a ele próprio surpreendeu pela audácia: arranjaria para si próprio um dia para o seu aniversário. Já que ninguém sabia quando ele havia nascido, esta data agora seria estabelecida pelo grande interessado, ele mesmo.

E seria uma grande data. Uma data da qual as pessoas não esqueceriam mais, senão por outra razão, então pelo fato de que essa data marcaria também algum evento notável. Primeiro pensou numa celebração religiosa, como a Páscoa. Mas isso gerava dois tipos de problema: a Páscoa é uma festa móvel, e não são todas as pessoas que a celebram, o que, para quem queria unanimidade, era um obstáculo. Depois pensou em algo marcante na história da humanidade: a chegada do homem à Lua. De novo, isso era problemático: se uma nova expedição lunar tivesse êxito, a experiência precursora ficaria relegada para um segundo plano. E alguma coisa da história do Brasil? O Dia da Independência, por exemplo? Mais uma vez viu nisso um potencial de controvérsia. Algum vizinho metido a besta poderia achar que ele pretendia uma associação com a heróica figura do príncipe Dom Pedro, o que, para um garoto de periferia, seria demasiada pretensão. Melhor evitar comentários ofensivos.

Àquela altura já estava quase desistindo de ter uma data natalícia. Mas, recentemente, algo lhe ocorreu, uma idéia luminosa, abençoada.

Primeiro de janeiro. Esse é agora o dia de seu aniversário. Um dia que o mundo todo celebra. Cada vez que os foguetes espoucarem no ar, estarão saudando o seu nascimento. Cada vez que as pessoas brindarem, estarão brindando também por sua felicidade. Porque o Ano Novo é para todos. Mesmo para aqueles que não sabem em que dia nasceram.

NOMES E
PRODUTOS

Pais dão nome de produtos a bebês. Levantamento realizado em cartórios civis do interior de São Paulo e da capital paulista revela que cresceu o número de famílias registrando os filhos como Bonna (margarina), Eno (antiácido), Adria (massas), Ariel (sabão em pó) e Gillette (lâmina de barbear). Nos EUA, a marca Lexus, da Toyota, emprestou o seu nome para 311 meninas no ano passado. Ainda fazem parte dos nomes preferidos pelos americanos as marcas Armani, Chanel, Porsche, Fanta, Guiness e Nivea.

Folha Dinheiro, 11 de outubro de 2003

Se havia pessoa que Rosana invejasse, era sua cunhada Camila. Não sem razão, aliás; notável empreendedora, tudo que Camila fazia dava certo. Durante anos trabalhara para empresas que ajudara a enriquecer, até que por fim decidira abrir o seu próprio negócio. E tudo indicava que teria êxito; o plano era fabricar um novo produto alimentício, uma mistura de cereais denominada Mix. Por coincidência, Rosana tinha acabado de ter um bebê, uma menina, e precisava registrá-la. No cartório, quando a encarregada perguntou que nome teria a criança, não hesitou: Mix, respondeu, prontamente.

O marido ficou furioso. Haviam combinado que o

nome da filha seria Daniela; mesmo que Rosana quisesse mudar, não poderia fazê-lo sem consultá-lo. E, sobretudo, não poderia ter escolhido um nome tão estranho. Rosana, porém, simplesmente ignorou a raiva do marido: com o nome de Mix, a menina certamente seria uma vencedora; afinal, Camila nunca errava. A cunhada, por sua vez, sentiu-se envaidecida e prometeu que a sobrinha receberia Mix de graça por toda a vida.

Isso, no entanto, não aconteceria. Por uma única razão: Mix (o produto, não a menina) não deu certo. Apesar de todas as pesquisas prévias, de todos os estudos, o público simplesmente ignorou a nova mistura de cereais. Em breve Camila fechava a empresa. Não desistiu, contudo. Agora fabricaria um detergente chamado Alva, que tinha tudo para emplacar. Quando Rosana ouviu a notícia, ficou perplexa; mas, logo em seguida, decidiu: foi ao cartório e trocou o nome da filha de Mix para Alva. De novo, o marido teve um ataque de fúria; de novo, ela o ignorou.

Alva, infelizmente, não emplacou; três meses depois, a empresa estava fechada, e Camila partiu para Kela, uma nova marca de sorvete. Alva, ex-Mix, virou Kela. E depois virou Trina (alimento para pássaros). E depois virou Gula, bolacha recheada.

Nada funcionava. Mesmo assim, e apesar de a filha já estar com um ano e meio, Rosana não desistia. Quando Camila disse que iria fabricar sandálias, de imediato perguntou a marca. Mas desta vez Camila não lhe disse; tinha uma proposta diferente. No novo ramo, enfrentaria um poderoso concorrente, o fabricante da famosa sandália Thespis. Pois esse era o nome que Rosana deveria dar à filha. Baseada na experiência anterior, Camila estava segura de que a fábrica Thespis em breve estaria quebrada.

Nomes, como se sabe, são coisas poderosas. Condicionam o destino das pessoas. E às vezes são capazes até de revolucionar o mercado.

DINHEIRO & SEXO

Mulher vai receber indenização do ex-marido por trabalho doméstico. Uma dona de casa de Duque de Caxias, RJ, vai receber indenização de R$ 3.600 por serviços prestados ao ex-marido. Ela alegou ter convivido durante dez anos com o homem, com quem teve dois filhos. Nesse período, por conta dos serviços domésticos, não exerceu atividade remunerada.

Folha Online, 30 de setembro de 2003

A indenização não foi apenas uma compensação material e moral; representou uma verdadeira mudança na vida dela, uma vida que até então tinha sido medíocre e sacrificada. De posse da quantia, ela foi à luta. Abriu um pequeno negócio e, trabalhando sem cessar, conseguiu ganhar dinheiro, bom dinheiro. Mudou-se da pequena casa em que vivia para um confortável apartamento, comprou um carro, começou a vestir-se melhor e a freqüentar bons restaurantes. Os amigos, que agora eram vários, apontavam-na como um caso de sucesso.

Apesar disso, ela não estava feliz. E não estava feliz por uma única razão: continuava sozinha. Namorados não lhe faltavam, claro, mas nenhum deles a satisfazia. E por fim teve de admitir: tinha saudades do ex-marido. Mau-caráter, ele, mulherengo, safado – mas, na cama, um verdadeiro artista.

Depois de muito hesitar, resolveu procurá-lo. Foi mal recebida; a indenização que tivera de pagar fora a gota d'água que precipitara o ex-marido numa situação difícil. Desempregado, estava até passando fome. Mesmo assim, não quis saber dela: se você veio aqui zombar de mim, pode ir embora. Ela disse que não, que queria apenas conversar um pouco, mas ele, alegando que estava ocupado, cortou o papo abruptamente.

Ela voltou para o apartamento, chorou muito. Mas, decidida como era, não aceitaria a derrota. Baseada na sua já razoável experiência empresarial, concluiu que tinha apenas usado uma estratégia errada. A aproximação teria de ser outra.

Voltou ao ex-marido, agora com uma proposta concreta: não queria reconciliação, não queria refazer o casamento. Queria apenas sexo e estava disposta a pagar por isso. Ele que estabelecesse um preço.

Para sua surpresa, e satisfação, a resposta foi positiva. Ele se propôs a recebê-la duas vezes por semana, durante duas horas, mediante o pagamento de uma quantia que até não era tão alta.

O arranjo tem funcionado satisfatoriamente, ao menos para a mulher. O problema é com ele, segundo os amigos. Está pensando em entrar na Justiça; alega que a prestação periódica de serviços configura vínculo empregatício e quer carteira assinada, 13°, férias e assistência médica.

Terá de fazer isso rapidamente. Antes que se apaixone por ela.

O PLANETA DOS
NOSSOS SONHOS

Novo planeta tem ano de 28 horas. Num mundo distante e estranho, um ano inteiro se resume a pouco mais de um dia. Poderia esse até ser o início de um bizarro conto de ficção científica, mas é o que um grupo de pesquisadores alemães acaba de descobrir: um planeta localizado fora do Sistema Solar leva pouco mais de um dia terrestre para completar uma volta em torno de seu sol. É o planeta com período orbital mais curto já descoberto.

Folha Online, 14 de maio de 2003

*L*uciana era belíssima, e tão logo ele a conheceu, decidiu: tinha de conquistá-la. Puxou conversa, ela disse que adorava automóveis e ele então a convidou para dar uma volta de carro naquela mesma noite. Convite que ela aceitou, entusiasmada. Excitadíssimo, ele correu para casa. Precisava conseguir o carrão do pai emprestado. Contou a história toda, explicou que não podia perder aquela chance e terminou com um apelo dramático: por favor, papai, me empreste o carro, por favor.

Para a sua surpresa, desagradável surpresa, o pai, habitualmente compreensivo e tolerante, não se mostrou solidário com a sua paixão. Não posso emprestar o carro, disse:

– Você não tem habilitação nem idade para dirigir.

Amuado, ele trancou-se no quarto. Telefonou para Luciana, cancelou o encontro. E, já que não podia sair, ligou o computador, entrou na internet. E foi então que leu, na *Folha Online*, a notícia sobre a descoberta de um novo planeta, no qual um ano inteiro durava pouco mais de 24 horas. O que lhe incendiou a imaginação. Naquele planeta estava, sem dúvida, a solução de seu problema. Lá, em poucos dias ele chegaria à maioridade. Em algumas semanas, seria um senhor, mais velho que o pai, inclusive. Poderia então voltar para casa e dizer: escute, rapaz, empreste-me seu carro. Você não precisa ter medo: já não sou aquele garoto sem idade para dirigir; tenho idade para ser seu pai. Ou seja, poderia ser o meu próprio avô. Portanto, não me venha com seu papo furado e me entregue logo a chave e os documentos.

O pai, sem dúvida, ficaria perplexo. Aquele homem de cabelos grisalhos e rugas – aquele homem era seu filho? Mas então teria de se render às evidências: há planetas que subvertem os critérios convencionais de idade, novos mundos onde as relações de poder dos pais para com os filhos têm de ser revisadas. Ainda assombrado, entregaria as chaves e os documentos, pedindo desculpas pelo tratamento arrogante antes dispensado ao filho.

Mas dois problemas então surgiriam. Desejaria, a garota, sair de carro com um velho, mesmo que fosse um velho de espírito juvenil? E um outro problema, em verdade anterior a este: como chegaria ele a um planeta tão distante se nem o carro do pai conseguia?

A VOLTA DO FALECIDO

Família colombiana confunde cadáver careca com tio cabeludo. Um vendedor de sucata colombiano desapareceu por alguns dias e voltou para casa apenas para descobrir que sua família achava que ele estava morto e se preparava para enterrar um cadáver careca. Aladino Mosquera deixou sua casa num bairro pobre da cidade de Buenaventura sem avisar ninguém. Seus parentes foram chamados ao necrotério local para identificar um corpo. "Era exatamente igual a ele", disse uma sobrinha. Ela admitiu não ter percebido que o morto era careca, enquanto seu tio tem uma vasta cabeleira negra.

Folha Online, 17 de setembro de 2002

A primeira surpresa foi a quantidade de gente na sua casa. Todos o olhavam com espanto, e até com terror, enquanto ele avançava pelo corredor em direção à sala de estar. E ali estava o caixão, as velas ao redor, as carpideiras e sua família, os irmãos, a sobrinha.

– O que é que está se passando aqui? – bradou, furioso. – Que caixão é esse?

O irmão mais velho se aproximou dele, mirou-o atentamente.

– Mas como? – perguntou numa voz trêmula. – Você não estava morto, mano?

– Morto? Eu? – Ele não estava entendendo. – Como poderia eu estar morto? Você não está falando comigo? Eu não estou morto coisa nenhuma, estou mais vivo do que nunca. Quem é que inventou essa história?

A sobrinha então contou o que tinha acontecido: você sumiu, então ficamos pensando o pior.

– E as suspeitas se confirmaram quando a polícia nos chamou para ver um morto no necrotério. Fui lá. Era a sua cara. Mais: ninguém estava reclamando o cadáver. Concluímos que você tinha morrido. E agora o estamos velando.

– A mim, não – protestou o homem. – Vocês estão velando alguém, um intruso. Quero ver a cara desse sujeito.

Aproximou-se do caixão, mirou o morto atentamente.

– De fato – disse por fim. – Esse cara é parecido comigo. A não ser por um detalhe. Um pequeno detalhe. E sabem qual é?

E, como ninguém respondesse, ele berrou, fora de si:
– Esse homem é careca, diabos! Careca! Completamente careca! Enquanto eu tenho a mais vasta e mais bonita cabeleira da cidade de Buenaventura! Como é que vocês puderam nos confundir?

Os familiares, olhos fitos no cadáver, não respondiam. Finalmente a sobrinha aproximou-se dele:
– É verdade, tio. Você tem razão. Nós cometemos um erro. Explicável: afinal, você vivia sumindo, nunca deu a mínima para a gente. Tínhamos a certeza de que um dia iriam encontrá-lo morto. E, quando apareceu esse cadáver, bem, achamos que poderia ser você. Afinal, nada impede que alguém raspe a cabeça antes de morrer. Se você quis morrer careca, bem, era a sua vontade.

– Mas espere um pouco! – gritou o homem. – Eu não estou morto!

A sobrinha sorriu, triste:
– Isso depende da maneira de ver as coisas. Para nós, você está, sim, morto. Até já registramos seu óbito. E, cá

entre nós, para você, será um bom negócio. Os credores vão desistir de cobrar o que você deve, seus desafetos vão esquecê-lo. Siga o nosso conselho: considere-se falecido e desapareça.
Ele pensou um pouco. Suspirou:
— Acho que você tem razão. Vou embora.
Já ia saindo, mas retornou:
— Escutem: vocês vão me enterrar como careca? Não façam isso, pelo amor de Deus. Atendam a meu último pedido.
Os familiares se olharam. A sobrinha sorriu:
— Não se aflija, tio. Agora mesmo vou comprar uma bela peruca preta. E lhe garanto: você vai ter, morto, a mesma cabeleira que teve em vida.

NOMES CONDICIONAM DESTINOS

Mãe italiana reclama que o marido registrou às escondidas o filho do casal com o nome de um premiado cavalo de corrida.
Folha Online, 12 de agosto de 2002

A operação toda foi muito complicada. Começou no cartório, quando ele foi registrar o filho recém-nascido.
— Qual o nome do garoto? — perguntou o encarregado e, quando ele disse, o homem olhou-o intrigado:
— Espere aí: parece nome de cavalo. Você tem certeza de que é isso mesmo? Olhe, que essas coisas podem ter repercussões sérias.
Ele garantiu: era aquele o nome, não tinha dúvidas. O escrivão deu de ombros e redigiu o documento. Que ele mostrou para a mulher naquela mesma tarde.
Recém-chegada da maternidade, ela ainda convalescia de um parto difícil. Quando olhou o papel, empalideceu:
— Mas isso é o nome de um cavalo!
De novo ele tentou negar. Sem resultado. Ela conhecia muito bem a paixão do marido por corridas, não se deixaria enganar. E repetiu, agora furiosa:
— Você deu ao nosso filho o nome de um cavalo! Como é que você foi fazer uma coisa dessas?

Ele então resolveu explicar:
— É verdade, mulher. É o nome de um cavalo. Mas você sabe de que cavalo estamos falando? É um campeão, mulher, um campeoníssimo, nunca perdeu uma corrida sequer. Um grande cavalo.
Uma pausa e ele continuou:
— Esse cavalo, mulher, tem mais sorte do que eu. Eu nunca ganhei nada, nunca consegui nada. E você sabe por que: por causa do meu nome. Meu pai fez o grande favor de batizar-me de Último. Segundo ele, isso correspondia a um propósito: ele não queria mais filhos, então eu seria o Último. E eu fui o último na família, o último no colégio, sou o último lá na empresa: último, sempre último. Agora: você quer que o nosso filho tenha o mesmo destino? Não, mulher. O nosso filho será um vencedor. Como esse cavalo que lhe dá o nome.
Ela não queria saber de explicações. Dois meses depois, estavam separados. Coincidentemente, ele perdeu o emprego.
Quem os ajudou foi o dono do cavalo, que ficou sabendo da história. Comovido, resolveu ajudar a família. E assim teria feito por muito tempo, se não fosse o azar: o cavalo, o grande campeão, machucou-se seriamente e nunca mais pôde correr.
Hoje, anos depois, o animal está no modesto sítio de seu dono. De vez em quando, o garoto vai lá, levado pelo pai. É uma coisa comovente: os dois se adoram. Afinal, como diz o caseiro do sítio, ambos têm o mesmo nome.

UM ABRIGO PARA
O CORAÇÃO

Uma organização alemã deve inaugurar em Berlim um abrigo para homens espancados. Estatísticas oficiais mostram que espancamentos de homens por suas mulheres representam 10% dos episódios registrados de violência doméstica na Alemanha.

Mundo, 5 de março de 2002

Eles eram um casal muito idoso. E muito solitário: tinham uma única filha que morava longe e que há muito tempo não dava notícias. Ah, sim, eram um casal muito pobre também: moravam num pardieiro alugado, passavam necessidade, às vezes não tinham o que comer. Sua única diversão era o jornal que o vizinho da frente costumava jogar fora. Ela, que ainda enxergava alguma coisa, lia em voz alta as notícias para ele. Depois passavam horas comentando a respeito.
Foi assim que ficaram sabendo do abrigo para homens espancados na Alemanha. Ah, que bom se aqui houvesse uma coisa parecida, suspirou a mulher. O marido estranhou: de que serviria a eles um abrigo para homens espancados? Bem, disse ela, você poderia ir para lá – pelo menos um de nós já não passaria tão mal. Ele achou graça da idéia, mas logo se deu conta de que não era o caso:

– O abrigo é para homens espancados pelas mulheres. E você não bate em mim.
Pensou um pouco e acrescentou:
– Você poderia fazê-lo, se quisesse. Fraco como estou, não teria a menor condição de me defender. E seguramente mereceria essa surra. Não foram poucas as vezes em que incomodei você.
Ela riu. Ficou um instante em silêncio e depois voltou à carga:
– Bem, eu não precisaria bater em você. Não de verdade, pelo menos. Eu lhe daria uns tapas, e você poderia dizer, sem medo de mentir, que apanhou da mulher. E, se me interrogassem, eu diria que sim, que bati em você, que tenho muita raiva de você, que agüentei todos estes anos, mas que agora não dá mais.
– Você diria isso? – perguntou ele, surpreso e magoado.
– Claro que diria. Por quê?
– Porque – disse ele, amargo – acho que, se você é capaz de afirmar uma coisa dessas, é porque, no fundo, você me detesta mesmo.
– Acho que sim – disse ela, com os olhos cheios de lágrimas. – Acho que detesto você. Você é orgulhoso, arrogante. E incompetente também. Nunca soube ganhar dinheiro. É por isso que estamos aqui, morando neste pardieiro.
Ele ficou em silêncio. Ela deixou o jornal de lado e, sem uma palavra, pegou a mão dele. Ficaram ali quietos. Não diziam nada, mas estavam pensando a mesma coisa: um dia, alguém criaria um abrigo para velhos casais espancados pela vida. E nesse abrigo eles passariam o resto de seus dias. Lendo no jornal curiosas notícias sobre abrigos para homens espancados.

TORMENTO NÃO TEM IDADE

Dormir fora de casa pode ser tormento. E, ao contrário do que as famílias costumam imaginar, ter medo de dormir fora de casa não tem nada a ver com a idade.

Folha Equilíbrio, 30 de agosto de 2001

Meu filho, aquele seu amigo, o Jorge, telefonou.
— O que é que ele queria?
— Convidou você para dormir na casa dele, amanhã.
— E o que é que você disse?
— Disse que não sabia, mas que achava que você iria aceitar o convite.
— Fez mal, mamãe. Você sabe que odeio dormir fora de casa.
— Mas meu filho, o Jorge gosta tanto de você...
— Eu sei que ele gosta de mim. Mas eu não sou obrigado a dormir na casa dele por causa disso, sou?
— Claro que não. Mas...
— Mas o que, mamãe?
— Bem, quem decide é você. Mas, que seria bom você dormir lá, seria.
— Ah, é? E por quê?
— Bem, em primeiro lugar, o Jorge tem um quarto novo

de hóspedes e queria estrear com você. Ele disse que é um quarto muito lindo. Tem até tevê a cabo.
— Eu não gosto de tevê.
— O Jorge também disse que queria lhe mostrar uns desenhos que ele fez...
— Não estou interessado nos desenhos do Jorge.
— Bom. Mas tem mais uma coisa...
— O que é, mamãe?
— O Jorge tem uma irmã, você sabe. E a irmã do Jorge gosta muito de você. Ela mandou dizer que espera você lá.
— Não quero nada com a irmã do Jorge. É uma chata.
— Você vai fazer uma desfeita para a coitada...
— Não me importa. Assim ela aprende a não ser metida. De mais a mais você sabe que eu gosto da minha cama, do meu quarto. E, depois, teria de fazer uma maleta com pijama, essas coisas...
— Eu faço a maleta para você, meu filho. Eu arrumo suas coisas direitinho, você vai ver.
— Não, mamãe. Não insista, por favor. Você está me atormentando com isso. Bem, deixe eu lhe lembrar uma coisa, para terminar com essa discussão: amanhã eu não vou a lugar nenhum. Sabe por que, mamãe? Amanhã é meu aniversário. Você esqueceu?
— Esqueci mesmo. Desculpe, filho.
— Pois é. Amanhã estou fazendo 50 anos. E acho que quem faz 50 anos tem o direito de passar a noite em casa com sua mãe, não é verdade?

AS MEIAS DE NOSSOS FILHOS

Um dos contos mais bonitos de Erico Verissimo chama-se "As mãos do meu filho". É a história de um homem que no concerto de seu filho, pianista famoso, evoca a infância deste. Não sem remorso, porque, boêmio, não foi exatamente o que se chama de um bom pai. De repente, porém, ele lembra de um episódio: certa noite de inverno, o filho, ainda bebê, estava na cama do casal. O homem sentia nas costas as mãozinhas da criança; e, com medo de machucá-las, passou a noite imóvel, sem dormir. Uma cota de sacrifício, modesta, mas que, evocada, funciona como absolvição.

Por associação, lembrei um outro episódio, que poderia ter como título as meias do meu filho, ou algo no estilo. Aconteceu comigo, mas é da experiência comum de todos nós, pais. Esses dias, fui jogar basquete. Na hora de colocar as meias, vi que tinha trazido as meias de meu filho, que estavam na gaveta das *minhas* meias. Estas coisas sempre nos dão uma sensação de invasão da privacidade, além do transtorno: como usar meias que não são nossas e, no caso, pequenas? Mas, não havendo outro jeito, resolvi experimentá-las. E, para minha surpresa, serviram. Um pouco apertadas, mas serviram.

É uma grata surpresa, esta. Para qualquer pai. Mostra que o garoto cresceu, que os pés já lhe proporcionam uma base ampla, e portanto firme. Parafraseando o Eclesiastes, pode-se dizer que há um tempo para o pai e um tempo para o filho. Há um tempo em que o filho calça os sapatos do pai e acha engraçado; há um tempo em que o pai bota as meias do filho e se sente confortado. Uma constatação que não deixa de ser um presente, até mesmo para o Dia dos Pais. Pois, afinal, não é só de furadeiras, barbeadores ou cadeiras-do-papai que precisamos. Necessitamos ser reconfortados; necessitamos da garantia de que nossa missão está sendo cumprida. Que estamos em condições de aproveitar as lições da existência, mesmo que fiquem, como as meias de nossos filhos, um pouco apertadas. Afinal, ninguém diz que, para o basquete da vida, é necessário todo o conforto do mundo.

MINHA MÃE NÃO DORME ENQUANTO EU NÃO CHEGAR

O título desta crônica foi tirado de um samba do grande Adoniram Barbosa: um rapaz explica à namorada que "não posso ficar mais nenhum minuto com você/sinto muito, amor, mas não pode ser" porque a mãe não dorme enquanto ele não chega.

De maneira geral, pais não dormem. Podem deitar, fechar os olhos, podem até roncar – mas na verdade não estão dormindo. Quando os filhos são pequenos, estão atentos a qualquer chorinho, a qualquer gemido; quando os filhos são maiores, é o silêncio, ao contrário, que os mantêm despertos, o ominoso silêncio do quarto vazio: o filho ou a filha não estão, foram a um aniversário, a uma festa... Quem sabe quando termina uma festa de adolescentes? Para eles a vida é uma festa permanente, na qual o relógio é um corpo estranho.

Enquanto isso, os pais esperam. Poderiam não estar esperando, claro; poderiam ter dado a chave ao filho ou à filha. Mas dar a chave é um gesto simbólico para o qual os genitores nem sempre estão preparados e que, de qualquer modo, não garante um repouso reparador; este só pode ter início após o abençoado ruído da dita chave girando na fechadura.

O que fazem os pais enquanto esperam? Uns fingem dormir. Outros rolam na cama, inquietos. E há os que se levantam e vão preencher estas horas, que afinal são parte de sua vida, com algo que alivie a ansiedade, e que seja útil. Conheço uma senhora que usa esse tempo para ler a *Enciclopédia Britânica*; já está no volume 16 (*Mush to Ozon*) e ainda não recuperou a tranqüilidade. Há um pai que vê todos os filmes do madrugadão; segundo ele, uma noite dessas o James Cagney o mirou da tela e disse: "Vai dormir, rapaz! Já estou farto de te ver aí todas as noites!"

Mas os pais não dormem. Como Macbeth, eles ouviram a ordem fatídica: "Sleep no more!" (ainda que, diferente de Macbeth, eles não tenham culpa alguma; ou talvez tenham; quem sabe o que se passa no coração dos pais?). Seu suplício nada tem a ver com a idade do filho. Amigo meu, divorciado, voltou a morar com os pais; precisava de um tempo para se recuperar do trauma. Um tempo que ele teve, contudo, de abreviar – porque, cada vez que saía, a mãe lhe dizia: não vá voltar tarde, meu filho! E, cada vez que o programa noturno estava a ponto de gerar um romance, ele se lembrava da mãe acordada, a esperá-lo, e voltava. A insônia dos pais é eterna e incurável.

A UM PAI ADOTIVO

É como Elisabeth Kubler-Ross descreveu em relação à idéia da morte: você passa por cinco estágios. No primeiro, você não acredita, nega: não, não pode ser verdade – é o que você diz. Você acha que se trata de um diagnóstico errado, de exames malfeitos, um engano que logo se desfará, um pesadelo que cessará quando você acordar.

O segundo estágio vem quando você se convence que é verdade: não houve engano, o diagnóstico está certo. Sua reação é então de ira. Por que eu? – é a pergunta que você faz. Por que não poderia ser um outro? Há gente que nem se importa com isso, por que não aconteceu a uma dessas pessoas?

No terceiro estágio, você barganha. Bem, você diz, já que me aconteceu, já que Deus (ou a natureza, depende de suas crenças) me castigou, quero uma indenização. Aí você busca na vida compensações para sua frustração – o que, se deve dizer, em muitos casos dá resultado. Você renuncia, dirige suas energias para outros campos, e consegue, senão esquecer, pelo menos viver razoavelmente.

Se, porém, você não consegue esquecer, você entra num estágio de depressão. Há um sentimento de vazio, de perda. Você sente que a noite vem chegando, e que ela é melancólica, triste. E aí, se você tem forças, você luta, e chega então a um quinto estágio: o da aceitação. Sim, aconteceu com você, você esperneou, barganhou, se deprimiu – mas a realidade continua diante de você. Ou melhor, diante de vocês, pois está na hora de dizer do que estamos falando: vocês são um casal que não pode ter filhos. Vocês fazem parte dos 10% a quem isto acontece. Você está, de certa maneira, caminhando pelo Vale da Morte, de que fala o salmo bíblico.

Mas se você passou por todas as amargas fases do progresso você chega a um ponto em que de repente – dialeticamente, para dizer a verdade – as coisas mudam. Você está à beira do fosso, você vê que não há outra solução: você tem de dar o Grande Salto para a Frente, arriscando arrebentar-se lá embaixo. E aí você respira fundo, você toma impulso e salta. Você adota uma criança. Em questão de horas, de minutos, você vai passando com vertiginosa velocidade pelas emoções mais diversas: júbilo, pânico, raiva... A criança está ali, nos seus braços: primeiro dormindo tranqüila, logo berrando. A noite é longa; você pensa, pensa muito; há momentos em que você é a pessoa mais feliz do mundo; outros, em que é a mais desgraçada.

Mas então chega a manhã. E esta manhã tem um sabor de ressurreição. Você andou pelo Vale da Morte, você sorveu até o fim o seu amargo cálice, você pode estar feliz ou não, mas você experimenta uma enorme paz. Você saltou num abismo e caiu no oceano de sua humanidade. Vá nadando, meu caro. Pelo menos, você não está só.

PAIS E FILHOS: AS MÚTUAS CHANTAGENS

*N*egociar é uma palavra que está na moda. Negociam patrões e empregados, negociam ministros e instituições internacionais; mas também negociam marido e mulher, pais e filhos. A negociação aí é emocional, mas segue as linhas do *business as usual*. As linhas – e as entrelinhas. Nessas, há lugar para uma série de manobras. Inclusive um pouco de mútua chantagem. Que não faz mal nenhum. É parte da vida.

1. A Chantagem dos Pais

Essa começa cedo. "Come toda tua bananinha e eu te levo no parque" é uma frase típica para convencer crianças inapetentes – e que continuarão inapetentes porque descobrirão, em primeiro lugar, que comida não falta (não há o drama da fome) e, depois, que é mais rendoso para os filhos de pais ansiosos recusar a comida do que aceitá-la. A chantagem alimentar se autoperpetua e abre caminho para todas as outras. Depois dela, vem a chantagem do banho: "Toma direitinho o teu banho que eu te compro uma revistinha".

Ou a do colégio: "Se passares de ano, eu te compro uma bicicleta".

Essas são manobras nas quais os pais oferecem alguma coisa. Mas há outro tipo de chantagem que obedece à fórmula "Olha só o que estás fazendo comigo". Exemplo: pais que não dormem enquanto os filhos não chegam. "Olha só o que estás fazendo comigo, passo as noites em claro por tua causa." Ou então: "Olha só o que estás fazendo comigo, eu me mato de trabalhar e tu não levas a sério os teus estudos".

Mães judias são, de acordo com o folclore, especialistas nesse tipo de chantagem. A respeito, uma historinha exemplar: o rapaz queria casar com uma moça, a mãe desaprovava. Sem coragem para enfrentá-la, acabou por casar em segredo. No dia seguinte telefonou à mãe:

– Casei, mamãe.

Para sua surpresa, ela não teve a esperada crise de nervos. Ao contrário, parecia até alegre:

– Que ótimo, meu filho. Eu sabia que vocês fariam isso. E, a propósito, quero que venham morar aqui.

– Mas, mamãe, só tem um quarto aí no teu apartamento.

– Não tem importância. Como eu estou indo agora me enforcar, vocês ficam com o apartamento todo.

2. A Chantagem dos Filhos

A chantagem filial é ainda mais precoce que a dos pais: começa com o choro noturno. Que pode ser sinal de fralda molhada, mas pode também ser só um aviso: estou aqui e vou ficar enchendo o saco até que vocês me tirem do berço. Depois vem a chantagem da comida, já descrita; e, depois dessa, a chantagem relacionada com os equipamentos de sobrevivência da infância e da juventude: "Se eu não ganhar uma prancha nova, nunca mais arrumo o meu quarto". Como quarto desarrumado é um terror para os pais, é certo que a nova prancha de surfe virá.

Passar no vestibular também permite ótimas barganhas, que abrangem, dependendo da situação financeira dos pais, desde uma viagem até um carro zero quilômetro. Aliás, nessa época de turbulência financeira internacional, é bom lembrar: ninguém é mais vulnerável a um ataque especulativo do que os pais. Toda promessa que fazem é cobrada com juros elevadíssimos: "Vocês disseram que quando eu me formasse ganharia o meu próprio apartamento". E lá vão os pais enfrentar o mercado imobiliário em busca do refúgio que garantirá a independência e a autonomia do filho e da filha.

Casados, os filhos ainda têm uma chance de extrair serviços dos pais, que se transformam em avós. "Nós vamos viajar e vamos deixar o Ricardinho com vocês durante duas semanas." O Ricardinho é um demônio, e os avós também tinham programado uma viagem, mas aí vem a frase decisiva:

– Vocês não vão bancar os avós omissos, vão?

É um beco sem saída. Chantagem bem-feita é isso: não deixa qualquer saída para os chantageados. O pior é que eles não querem saída. Querem mesmo essa terna chantagem. Que faz parte dos amáveis jogos da vida.

BIOGRAFIA

Cronologia

1937 – Nasce, em Porto Alegre, o primogênito do casal José e Sara Scliar
1951 – Conclui o ginásio no Colégio Rosário (Porto Alegre)
1954 – Conclui o curso científico no Colégio Estadual Julio de Castilhos
1955 – Ingressa na Faculdade de Medicina
1962 – Publica seu primeiro livro, *Histórias de Um Médico em Formação*, contos baseados em sua experiência como estudante
1962 – Forma-se em Medicina
1963 – Residência em Clínica Médica
1965 – Casa com Judith Vivien Oliven
1968 – Publica *O Carnaval dos Animais*, contos, que considera de fato sua primeira obra
1969 – Começa a trabalhar em saúde pública
1970 – Pós-graduação no exterior (Israel)
1971 – Primeiro romance: *A Guerra no Bom Fim*
1979 – Nasce o filho, Roberto
1993 – Professor visitante na Brown University
2003 – Eleito para a ABL

Traduções e Prêmios

Moacyr Scliar é autor de 68 livros em vários gêneros: ficção, ensaio, crônica, literatura juvenil. Obras suas foram publicadas nos Estados Unidos, França, Alemanha, Espanha, Portugal, Inglaterra, Itália, Rússia, Checoslováquia, Suécia, Noruega, Polônia, Bulgária, Japão, Argentina, Colômbia, Venezuela, Uruguai, Canadá, Israel e outros países, com grande repercussão crítica. É detentor dos seguintes prêmios, entre outros: Prêmio Academia Mineira de Letras (1968), Prêmio Joaquim Manoel de Macedo (Governo do Estado do Rio de Janeiro, 1974), Prêmio Cidade de Porto Alegre (1976), Prêmio Brasília (1977), Prêmio Guimarães Rosa (Governo do Estado de Minas Gerais, 1977), Prêmio Jabuti (1988, 1993 e 2000), Prêmio Casa de las Americas (1989), Prêmio Pen Club do Brasil (1990), Prêmio Açorianos (Prefeitura de Porto Alegre, 1997 e 2002), Prêmio José Lins do Rego (Academia Brasileira de Letras, 1998), Prêmio Mário Quintana (1999).

Foi professor visitante na Brown University (Department of Portuguese and Brazilian Studies), e na Universidade do Texas (Austin) nos Estados Unidos. Freqüentemente é convidado para conferências e encontros de literatura no país e no exterior.

É colunista dos jornais *Zero Hora* (Porto Alegre) e *Folha de S. Paulo*; colabora com vários órgãos da imprensa no país e no exterior. Tem textos adaptados para o cinema, teatro, tevê e rádio, inclusive no exterior. É médico, especialista em Saúde Pública e Doutor em Ciências pela Escola Nacional de Saúde Pública. Ocupa a cadeira 31 da Academia Brasileira de Letras.

BIBLIOGRAFIA

Conto

O carnaval dos animais. Porto Alegre, Movimento, 1968. Rio de Janeiro, Ediouro, 2001.
A balada do falso Messias. São Paulo, Ática, 1976.
Histórias da terra trêmula. São Paulo, Escrita, 1976.
O anão no televisor. Porto Alegre, Globo, 1979.
Os melhores contos de Moacyr Scliar. São Paulo, Global, 1984.
Dez contos escolhidos. Brasília, Horizonte, 1984.
O olho enigmático. Rio de Janeiro, Guanabara, 1986.
Contos reunidos. São Paulo, Companhia das Letras, 1995.
O amante da Madonna. Porto Alegre, Mercado Aberto, 1997.
Os contistas. Rio de Janeiro, Ediouro, 1997.
Histórias para (quase) todos os gostos. Porto Alegre, L&PM, 1998.
Pai e filho, filho e pai. Porto Alegre, L&PM, 2002.

Romance

A guerra no Bom Fim. Rio de Janeiro, Expressão e Cultura, 1972; Porto Alegre, L&PM.

O exército de um homem só. Rio de Janeiro, Expressão e Cultura, 1973; Porto Alegre, L&PM, 1980.

Os deuses de Raquel. Rio de Janeiro, Expressão e Cultura, 1975; Porto Alegre, L&PM, 1983.

O ciclo das águas. Porto Alegre, Globo, 1975; Porto Alegre, L&PM, 1996.

Mês de cães danados. Porto Alegre, L&PM, 1977.

Doutor Miragem. Porto Alegre, L&PM, 1979.

Os voluntários. Porto Alegre, L&PM, 1979.

O centauro no jardim. Rio de Janeiro, Nova Fronteira, 1980; Porto Alegre, L&PM, 1983.

Max e os felinos. Porto Alegre, L&PM, 1981.

A estranha nação de Rafael Mendes. Porto Alegre, L&PM, 1983.

Cenas da vida minúscula. Porto Alegre, L&PM, 1991.

Sonhos tropicais. São Paulo, Companhia das Letras, 1992.

A majestade do Xingu. São Paulo, Companhia das Letras, 1997.

A mulher que escreveu a Bíblia. São Paulo, Companhia das Letras, 1999.

Os leopardos de Kafka. São Paulo, Companhia das Letras, 2000.

Ficção Infanto-Juvenil

Cavalos e obeliscos. Porto Alegre, Mercado Aberto, 1981; São Paulo, Ática, 2001.

A festa no castelo. Porto Alegre, L&PM, 1982.

Memórias de um aprendiz de escritor. São Paulo, Cia. Editora Nacional, 1984.

No caminho dos sonhos. São Paulo, FTD, 1988.

O tio que flutuava. São Paulo, Ática, 1988.
Os cavalos da República. São Paulo, FTD, 1989.
Pra você eu conto. São Paulo, Atual, 1991.
Uma história só pra mim. São Paulo, Atual, 1994.
Um sonho no caroço do abacate. São Paulo, Global, 1995.
O Rio Grande farroupilha. São Paulo, Ática, 1995.
Câmera na mão, o Guarani no coração. São Paulo, Ática, 1998.
A colina dos suspiros. São Paulo, Moderna, 1999.
Livro da medicina. São Paulo, Companhia das Letrinhas, 2000.
O mistério da Casa Verde. São Paulo, Ática, 2000.
O ataque do comando P.Q. São Paulo, Ática, 2001.
O sertão vai virar mar. São Paulo, Ática, 2002.
Aquele estranho colega, o meu pai. São Paulo, Atual, 2002.
Éden-Brasil. São Paulo, Companhia das Letras, 2002.
O irmão que veio de longe. São Paulo, Companhia das Letras, 2002.
Nem uma coisa, nem outra. Rio de Janeiro, Rocco, 2003.
O navio das cores. São Paulo, Berlendis & Vertecchia, 2003.

Crônica

A massagista japonesa. Porto Alegre, L&PM, 1984.
Um país chamado infância. Porto Alegre, Sulina, 1989.
Dicionário do viajante insólito. Porto Alegre, L&PM, 1995.
Minha mãe não dorme enquanto eu não chegar. Porto Alegre, L&PM, 1996.
A língua de três pontas: crônicas e citações sobre a arte de falar mal. Porto Alegre, Artes e Ofícios, 2001.
O imaginário cotidiano. São Paulo, Global, 2001.

Ensaio

A condição judaica. Porto Alegre, L&PM, 1987.

Do mágico ao social: a trajetória da saúde pública. Porto Alegre, L&PM, 1987; São Paulo, Senac, 2002.

Cenas médicas. Porto Alegre, Editora da UFRGS, 1988; Artes e Ofícios, 2002.

Se eu fosse Rotschild. Porto Alegre, L&PM, 1993.

Judaísmo: dispersão e unidade. São Paulo, Ática, 1994.

Oswaldo Cruz. Rio de Janeiro, Relume-Dumará, 1996.

A paixão transformada: história da medicina na literatura. São Paulo, Companhia das Letras, 1996.

Meu filho, o doutor: medicina e judaísmo na história, na literatura e no humor. Porto Alegre, Artes Médicas, 2000.

Porto de histórias: mistérios e crepúsculos de Porto Alegre. Rio de Janeiro, Record, 2000.

A face oculta: inusitadas e reveladoras histórias da medicina. Porto Alegre, Artes e Ofícios, 2000.

A linguagem médica. São Paulo, Publifolha, 2002.

Oswaldo Cruz & Carlos Chagas: o nascimento da ciência no Brasil. São Paulo, Odysseus, 2002.

Saturno nos trópicos: a melancolia européia chega ao Brasil. São Paulo, Companhia das Letras, 2003.

Judaísmo. São Paulo, Abril, 2003.

Um olhar sobre a saúde pública. São Paulo, Scipione, 2003.

Luís Augusto Fischer é professor de Literatura Brasileira no Instituto de Letras da UFRGS, em Porto Alegre, RS. Mestre e doutor em Literatura, colabora em algumas publicações (*Folha de S.Paulo, Zero Hora, Bravo!* e *Superinteressante*) e é autor de alguns livros, entre os quais o *Dicionário de Porto-Alegrês* (Porto Alegre, Artes e Ofícios) e *Literatura Brasileira – Modos de Usar* (São Paulo, Abril).

ÍNDICE

Prefácio 7

TIPOS HUMANOS

O picareta	23
O interino	26
Os emergentes	28
O bloco dos contentes	30
A casa na árvore	32
O amor que ousa dizer seu nome (e exige cama de casal)	34
Em busca do esquecimento	36
Não nos deixeis cair em tentação	38
O rei dos dedos	40
Paixão virtual	42
O último hippie	44
Tatuagem	46
Os usos da insônia	48
O rei dos mentirosos	50
Metamorfose	52

O último concerto	54
O assaltante em seu labirinto	56
As agruras dos ladrões	59
Como num filme	62
As faces rubras da mentira	64
Lutando pela indenização	66
Rindo por dentro	68
Confissões de um abstêmio	70
Os lugares onde se salva a pátria	73

ESCREVER, LER

Ai, gramática. Ai, vida.	77
Estes jovens entrevistadores e seus fantásticos gravadores	81
Aos olhos da mestra	84
O primeiro caderno	86
A primeira cartilha	88
A arte de roubar livros	90
Roedor literário	93
Os direitos das mulheres (crônica e anticrônica)	95
Teclados	98
A paixão redigida	101
A alma do negócio	103
As letras no banheiro	105
Os livros como paixão	108
Estranhas histórias de escritores	110
Um ritual da vida literária	114

ABSURDO?

A noite em que os hotéis estavam cheios	119
Os 15 minutos de fama	121
A cor dos nossos juros	123
Salto no escuro	125
Os guerrilheiros da luz contra os traficantes de energia	127
Parafuso frouxo	129
As surpresas de um novo ano	131
Troféu e sonho	133
O preço da longevidade	135
Deus em partículas	137
Cerveja, carnaval e máquina de lavar	140
Uma mão lava a outra	142
No país do orgasmo	144
A mais antiga das profissões, o mais novo dos negócios	146
Em busca do ouro	149
O fundo do poço	151
Voto zero	153
Em busca do voto zero	155
A economia vista desde o banheiro	157

BICHOS

Os pássaros (versão brasileira)	161
A hora e a vez do macaco	163
O destino bate à porta	165

Homem-aranha	167
Ovos & emergência	169
A inconstância dos felinos	172
A ferocidade dos cães	174
O protesto dos felinos	176
O mosquito da vingança	178
A guerra da ciência	180
Mundo cão	182
Paixão exótica	184
Prova de amor	187

HOMEM & MULHER

Filosofia de verão	191
A mulher do Papai Noel	193
Cumplicidade	195
Amor & raquetes	197
Dois maravilhosos eletrodos	199
A bordo dos nossos sonhos	201
Rastreando a traição	203
amorperdido@uol.com.br	205
A luta do amor	207
Até que o Leão nos separe	209
A incógnita na equação	211
Cinto de castidade	213
Ele (ex-ela) e ela (ex-ele)	215
Esta exótica planta, a vingança	217
O beijo número 485	219
O direito ao orgasmo	221

O espaço do amor 223
Os roncos da paixão 225
A inimiga do Carnaval 227

VIDA DIÁRIA

O filho da empregada 233
O dia seguinte 236
No meu tempo era melhor. (Era mesmo?) 238
Os imprevistos usos do preservativo 240
Limpando as gavetas 242
Três casacos e suas histórias 244
A festa paulistana 248
A arte de lavar pratos 250
Senha 252
No banco do lado 254
Ponto de fuga 256
Quem tem medo da empregada? 258
Vida: o filme 260

VIOLÊNCIA URBANA

Carta a um assaltante 265
Carta a um jovem que foi assaltado 267
Não mentirás 269
Os problemas do transporte aéreo 271
No calmo mundo dos bonecos 273
O crime não compensa. Quando terceirizado 275

381

Histórias de celulares na prisão:
   1. Gosto não se discute 277
Histórias de celulares na prisão:
   2. A portadora 279
Tudo por um bolo 281
A nostalgia do seqüestro 283
O sono dos justos e outros sonos 285
Onde todos os túneis se encontram 287

FAMÍLIA

Controle remoto 291
O filho mais velho (uma queixa) 293
O filho mais moço (outra queixa) 295
Mãe, por incrível que pareça, é só uma 297
Pietà 299
Um filho e seu pai 302
Em homenagem ao Dia das Mães —
   O regimento interno da família —
      (Tal como visto pelas próprias mães) 305
Deixa a luz acesa, pai 307
A mamadeira das duas da manhã 309
À prova d'água 312
Vou-me embora desta casa! 314
Os sons do amor 316
Quando eu tinha a tua idade 318
O destino tatuado 320
O manifesto dos sem-netos 322
A mãe de Eva 325

O olhar da criança sobre o mundo 327
Nós, os órfãos 330
A chave da casa 332
Vida e controle 334
Começando a vida sexual 336
A poligamia não é mais aquela 338
Os brinquedos em seu limbo 340
Ano-novo, vida nova 342
Nomes e produtos 344
Dinheiro & sexo 346
O planeta dos nossos sonhos 348
A volta do falecido 350
Nomes condicionam destinos 353
Um abrigo para o coração 355
Tormento não tem idade 357
As meias de nossos filhos 359
Minha mãe não dorme enquanto eu não chegar 361
A um pai adotivo 363
Pais e filhos: as mútuas chantagens 365

Biografia 369
Bibliografia 371

GRÁFICA PAYM
Tel. (011) 4392-3344
paym@terra.com.br